古代文学与文化研究论集

孙立涛 主编

中国社会科学出版社

图书在版编目（CIP）数据

古代文学与文化研究论集/孙立涛主编. —北京：中国社会科学
出版社，2024.6
ISBN 978-7-5227-3318-0

Ⅰ.①古… Ⅱ.①孙… Ⅲ.①古典文学—文学研究—中国—文集
②文化史—研究—中国—古代—文集 Ⅳ.①I206.2-53②K203-53

中国国家版本馆 CIP 数据核字（2024）第 057777 号

出　版　人	赵剑英
责任编辑	王小溪
责任校对	师敏革
责任印制	戴　宽

出　　　版	中国社会科学出版社
社　　　址	北京鼓楼西大街甲 158 号
邮　　　编	100720
网　　　址	http://www.csspw.cn
发 行 部	010-84083685
门 市 部	010-84029450
经　　　销	新华书店及其他书店

印　　　刷	北京君升印刷有限公司
装　　　订	廊坊市广阳区广增装订厂
版　　　次	2024 年 6 月第 1 版
印　　　次	2024 年 6 月第 1 次印刷

开　　　本	710×1000　1/16
印　　　张	14
插　　　页	2
字　　　数	201 千字
定　　　价	79.00 元

目　录

关于早期琴歌研究的梳理与思考

孙立涛　程　诺

摘　要：先秦两汉琴歌作为中国古代琴歌发展史的源头，是不可忽视的存在。但由于早期琴歌多为托名之作，且产生时代不够明确，所以历来颇受质疑，直到近代将其作为研究对象的专论也比较少。近些年来，随着乐府研究、古代诗歌与音乐关系研究的推进，琴歌已渐入学者们的视野。诸位学者在历代琴歌辑录与探讨的基础上，于先秦两汉琴歌的辨伪与考证、诗乐关系、表演形式、构成要素及与其他文体间的关系方面作出了较为充分的研究，产生了一批极具启发性的研究成果。这为相关研究者提供了宝贵的经验，也为早期琴歌领域的进一步研究打下了坚实的基础。

关键词：先秦两汉；琴歌；乐府；诗乐关系

"琴歌"在古代或称"弦歌"，古琴家查阜西先生在《琴歌辨》中称："有词的琴曲而又可以演唱的，传统地称之为琴歌。"[①] 也就是说，琴歌是一种用古琴伴奏、和琴而歌的艺术形式。[②] 它在中国古代有着广泛的受众群体和漫长的发展历程，至今仍受到不少文人雅士的喜爱。琴歌曾长期保持着相和而歌的表演形式，因此琴歌研究也要注意音乐与歌辞相

---

① 查阜西：《琴歌辨》，《查阜西琴学文萃》，中国美术学院出版社1995年版，第161页。
② 自郭茂倩《乐府诗集》始，乐府诗中始设"琴曲歌辞"一类。从范围上来说，琴歌所涵盖的内容远多于琴曲歌辞，并可将琴曲歌辞涵盖在内，如此，琴曲歌辞便也可被称为琴歌。为了行文方便，本文除引用文献原文时与文中称谓保持一致，其余皆统用"琴歌"一词。

结合的特性。值得一提的是，南宋郑樵认为"琴之始也，有声无辞"，并提出"琴之有辞，自梁始"①的观点。此后，文人学士对琴歌的否定之声绵延不绝，而先秦两汉琴歌尤受质疑，人们或怀疑其存在的真实性，或认为其为后代伪作，或以为其语言粗陋、艺术水平不高。这是由于早期琴歌产生的具体时代并不明确，且歌辞多托名古代先王或圣贤而作，其间还存在过多的模拟说教的意味，因此一直到近代将其作为研究对象的专论也比较少见。20世纪80年代以来，学术界开始正视琴歌在中国文化史上的地位，重新审视其在文学与音乐上的双重价值。其后，随着乐府学成为专门的研究门类，琴歌也随之进入乐府学的研究领域。近些年来，王运熙、赵敏俐、吴相洲、廖群、王昆吾、周仕慧等学者关于乐府或汉诗研究的专著及琴学家的专论中，均对琴歌予以关注并作了相应的研究。这些成果或从历史源流出发进行探索，或从诗乐合一的角度进行立体分析，或注重多角度多学科交叉作综合探究，从而为琴歌研究的不断深入提供了可资借鉴的方式和方法。先秦两汉琴歌作为琴歌发展史的源头是不可忽视的存在，学者们在历代琴歌辑录与探讨的基础上，于传统文献、文本内容、诗乐结合、发展流变等领域进行了相应的研究，陆续出现了一批很有价值的研究成果。整体上看，近年来经学者们的不断努力，先秦两汉琴歌研究积累了不少经验并取得了一定的成绩，但仍留有很多可继续探索的空间。

一　先秦两汉琴歌辑录概况

早在汉代就有扬雄的《琴清英》和蔡邕的《琴操》②辑录琴歌。其

---

① （宋）郑樵：《通志略》，上海古籍出版社1990年版，第345、357页。

② 典籍所记《琴操》一书有三说：见于《旧唐书·经籍志》《新唐书·艺文志》的桓谭本，见于《隋书·经籍志》《旧唐书·经籍志》《新唐书·艺文志》的孔衍本，以及不见于正史记载的蔡邕本。关于此书的作者问题，学界众说纷纭，其中最主流的观点认为蔡邕是此书最初的撰者，持此观点的学者包括杨宗稷、刘师培、李祥霆等。另有人认为《琴操》的真实作者另有其人，而所谓的桓谭、蔡邕、孔衍其实都是托名。关于此可参见邓安生《〈琴操〉的版本与作者》，《民族文学研究》2014年第5期。笔者暂取"其作者为蔡邕、成书于东汉"这一观点。

中扬雄的《琴清英》一书大约亡佚于南宋，后得元明清学者的辑佚，目前仅存世五条，载录的是上古琴事和琴歌故事，其中第三条载有琴歌题目，第五条载有琴歌曲辞。王辉斌认为，《琴清英》是乐府诗批评史上第一部批评类专书，其开创的"题解类批评"这一新的批评方式对汉代及后世乐府诗批评产生了很大的影响。① 《琴操》是现存第一部真正意义上的琴歌类专著，琴歌题目、本事、歌辞均有载录，共收录了包括五曲、九引、十二操及《河间杂歌》二十一首等在内的五十三首琴歌，其中四首存目，十八曲仅有本事而无歌辞。清人丁绍仪将《琴操》收录于《全汉诗》卷一一"琴曲歌辞"中，认为除"五曲"为《诗经》中诗外，"九引""十二操""河间杂弄二十一章"均为两汉琴家拟作。西晋崔豹《古今注·音乐》辑录了部分琴歌本事，王运熙认为："现存解释乐府歌曲本事及缘起之作，无有早于是者。此书分量虽不多，但颇为前人所重视。"② 南朝释智匠《古今乐录》兼录部分歌辞与本事。唐人吴兢辑有《古乐府》十卷，"杂采汉魏以来古乐府词"，其中应有琴歌，但已经失传。他另有《乐府古题要解》两卷，是对《古乐府》所录十卷歌辞的题解。唐人刘餗《乐府古题解》亦有部分本事记载。北宋朱长文的《琴史》是一部琴学史专著，但在论述过程中有时会援引先秦两汉琴歌，也起到了一定的辑录作用。集大成之作当属北宋郭茂倩的《乐府诗集》，郭氏一书分历代乐府为十二类，其中第八类为"琴曲歌辞"，共占四卷，辑录上迄唐虞下至隋唐的琴歌共 103 题 205 首。其中，上古琴歌 20 题 26 首，大多以夏商周及春秋战国的人物事迹为题材，主要收录于"琴曲歌辞"第一、二卷；汉代琴歌作品 8 题 27 首，大多以汉代以来的人物事迹为题材，编录在"琴曲歌辞"第三卷。二者共计 28 题 53 首。郭氏编排琴歌先列始辞，后列拟辞，传承演变情况了然可见，于琴歌收录辑考方面作出了极大贡献。自此以后，乐府诗的编集中多分"琴曲歌辞"一类。南宋郑

---

① 王辉斌：《扬雄〈琴清英〉的乐府学价值》，《蜀学》2018 年第 1 期。
② 王运熙：《乐府诗述论》，上海古籍出版社 1996 年版，第 325 页。

樵在《通志·乐略》中列琴曲歌辞五十七曲，仅"采其目以俟可考"，略记本事。

宋代以后的琴学论著，以明代蒋克谦《琴书大全》一书辑录最为完备，此书卷一一、卷一二录琴曲曲调，曲调下附本事及歌辞，其中可见取材《乐府诗集》之痕迹，唯宋代以后部分诗人的拟作为蒋氏所新增。另有元代左克明《古乐府》、明人梅鼎祚《古乐苑》、明人吴勉学《唐乐府》、清人朱嘉徵《乐府广序》、清人顾有孝《乐府英华》等辑录文献，大多沿袭郭氏旧制，于乐府中专设"琴曲歌辞"一类。近代以来则有民国古琴家周庆云编著的《琴书存目》一书，搜集整理了历代琴学文献及琴歌著录情况。逯钦立《先秦汉魏晋南北朝诗》可算是郭茂倩《乐府诗集》之后又一部集大成之作，早期琴歌主要收录在三处："先秦卷"卷一"歌上"、卷二"歌下"部分，"汉诗"卷一一"琴曲歌辞"部分，以及部分文人的个人作品类集中，合计42题46首。逯钦立对琴歌进行了全面的搜集，对每一首琴歌进行了详细的考述，并将其按照真实的创作时间进行界定归类。他在"汉诗"卷一一考订了《琴操》的真伪，认为《琴操》所录作品，除"五曲"外皆为汉代拟作，同时也将部分托名上古先贤的歌辞划归为汉人作品。

除以上较系统或较多地辑录早期琴歌的文集外，像明代冯惟讷《古诗纪》、杨慎《风雅逸篇》这样的文人诗集中也收录了部分琴歌作品，唐宋类书《艺文类聚》《北堂书钞》《太平御览》等文献中也有零星的记载。

二　先秦两汉琴歌辨伪与考证

先秦两汉琴歌的辨伪工作是对其进行断代研究的基础，这自古以来便是早期琴歌研究的焦点问题，从《琴操》《乐府古题要解》《乐府诗集》等辑录琴歌的文集中即可看出端倪。一些文人学士在前人相关分析的基础上，对早期琴歌的真伪问题进行了或详或略的探讨，但各家说法并不统一，历朝历代对早期琴歌的评价亦不相同，研究者大致可以分为三类：第一类是肯定琴歌的真实性及其历史价值，持有此类观点的是以郭茂倩为首的一批学者；第二类是对琴歌持否定态度的学者，以南宋郑樵、近代梁启超为代表，后又有陆侃如、罗根泽等一批继承者；第三类学者则力求对各类琴歌分别加以考辨，不会盲目地对其全然肯定或者否定，以逯钦立、王易等一批近现代学者为主。

对早期琴歌持肯定态度者以南宋之前的学者为主，可能他们未对琴歌作出十分确切的评价，却将大量时间精力投入琴歌题解和歌辞辑录考证等工作上，由此可以看出他们已经默认了琴歌的真实性和重要性。唐代吴兢在《乐府古题要解》中说："案上诸语说多出《琴操》，《琴操》纪事好与本传相违，今两存者，以广异闻。"① 虽然他言及《琴操》"纪事好与本传相违"，却在书中援引了大量《琴操》中的内容，可见他并不怀疑此书的真实性。另外，吴兢在《乐府古题要解》序中还写道，"余顷因涉阅传记，用诸家文集，每有所得，辄疏记之"，这说明除去《琴操》一书，吴氏还参阅了大量其他文献，可见其辑考琴曲歌辞态度之严谨，这无疑从侧面显现出他对琴歌的高度认可。郭茂倩《乐府诗集》对琴歌的辑录和题解同样极见功力，他援引了包括《琴操》《古今乐录》《乐府古题解》《史记》《古今注》《唐书》《尚书》《博物志》《琴清英》等在内的四十多种书籍，同时在"琴曲歌辞"总序中还引用了大量典籍来说明古人对琴及琴歌的喜爱，称其"斯为尽善已"，不可不谓一种极高的评价。另外郭氏还提到，自五曲、九引、十二操后，琴曲歌辞的创作"作者相继，而其义与其所起，略可考而知，故不复备论"，由此可知，早期琴歌在他心目中不仅真实存在，而且其发展流变脉络亦清晰可见。北宋朱长文编纂的《琴史》是现存最早的一部体系完备、理论严整的琴学史著作，其中的"声歌"一节详细论述了琴歌之有无，认为自上古之时琴歌便可以入乐而歌，并简述了琴歌的生成方式和发展脉络。

---

① （唐）吴兢：《乐府古题要解》，丁福保辑《历代诗话续编》，中华书局 1983 年版，第57 页。

还有一些学者对早期琴歌持否定态度，这源于部分琴歌为托名作品的事实以及《琴操》乃晋人伪作的认识，并由此出发而否定琴歌本身的价值，更有甚者认为应将其从乐府诗中删除。关于此首先应该提及的是南宋学者郑樵，他在《通志·乐略》中提出"琴之有辞自梁始"的观点，认为"琴之九操十二引以音相授，并不著辞""琴工之始也，有声无辞"，从而否定了《琴操》及梁代以前所有琴歌的真实性。郑樵开后世怀疑之风，近代以来有梁启超、陆侃如、罗根泽等学者乘其风，得出了大体相同的结论。梁启超在《中国之美文及其历史》"汉魏乐府"一节中论及几首琴曲歌辞，他认定《琴操》一书为晋人伪作，且所录作品"无一首不滥俗恶劣"，均非先秦两汉作品应有之面貌，最终得出"舞曲、琴曲，则古代皆有曲无辞……其辞大率六朝以后人补作"的结论。① 郑樵只是否定了梁代以前的琴歌，仍将魏晋以来的文人拟作归入乐府，而梁启超则主张把"琴曲歌辞"一类从乐府中剔除，将后世拟作也一并否定。陆侃如认为郭茂倩《乐府诗集》的十二类分法并不可取，他在《乐府古辞考》中将乐府划分为郊庙、燕射、舞曲、鼓吹、横吹、相和、清商、杂曲八类，于梁启超的分类基础上多加"舞曲"一类，亦未单列"琴曲歌辞"，其理由依然是"《琴操》是第一部不可靠的书"②，且明言认同郑樵的观点。罗根泽编著的《乐府文学史》是学术史上第一部乐府诗史，他继承了梁、陆二人的观点，以历代琴曲皆有曲无辞和《琴操》乃不可信之书为由，不对琴曲歌辞进行专门研究，他在书中还言及陆侃如将琴歌中的后世拟作"援'散乐'附入舞曲"③。另外，萧涤非《汉魏六朝乐府文学史》、王运熙《乐府诗论丛》、杨生枝《乐府诗史》，均将琴歌一笔带过，甚至中华书局出版的繁体本《乐府诗集》也在序言中说："琴曲似可分属相和、清商等类，似不必另立以一类。"④

---

① 梁启超：《中国之美文及其历史》，东方出版社 1996 年版，第 12、32 页。

② 陆侃如：《乐府古辞考》，商务印书馆 1927 年版，第 9 页。

③ 罗根泽：《乐府文学史》，东方出版社 1996 年版，第 15、16 页。

④ （宋）郭茂倩编：《乐府诗集》，中华书局 1979 年版，第 3 页。

除以上两种截然相反的观点，还有部分学者在对早期琴歌进行考辨的基础上，有选择性地对其肯定或否定，作出了相对客观的评价，在此归为第三类。如明人谢榛在《四溟诗话》中说："《越裳操》只三句，不言白雉而意自见，所谓'大乐必易'是也。"① 明人胡应麟在《诗薮》中评价《霍将军歌》，称赞其"典质冠冕，雍然盛世之音""雄丽浑成，真大将军语"，他还对那些假托上古圣贤而作的琴歌进行了部分否定，认为其为后人伪作。② 清人崔述的观点与胡应麟大致相同，他在《丰镐考信录》中提出《琴录》辑录的上古琴歌乃后世托名伪作，但对韩愈《拟幽兰操》等后世文人的拟作持肯定态度。民国时期王易著有《乐府通论》一书，他在书中虽言"古琴曲不必有辞"，但"不必"不等于"无"，且王氏是从琴曲音乐的特性出发，得出琴曲可以作为但曲单独存的结论，既符合宋代琴歌向纯器乐曲转变的真实情况，也没有否定琴曲配辞而歌的客观事实，与郑樵、梁启超等人的观点有别。他也言及"今所传上古圣贤之作，多不足信"，但又肯定了郭茂倩将琴曲歌辞列入乐府的做法，认为其"划然不可移"，只是觉得郭氏在收录琴歌时见之则收、不加分辨，无法保证所录歌辞的真实性，所以他在收录时便加以考证，仅取"可疑较少者"③ 收录书中。

以上学者都对琴歌进行了一定程度的考辨，不因琴曲歌辞存在伪托之作而否定其全部价值。近些年来，不断有学者为琴歌正名，否定类的观点渐行渐远，研究的新视角不断出现。随着乐府学和琴学研究分别在文学界和琴学界的兴起，琴歌研究也逐渐向纵深方向发展。如王昆吾在其著作《隋唐五代燕乐杂言歌辞研究》中承认琴歌及《琴操》等文献的真实性和重要性，深入研究了琴歌的配辞问题，并对郑樵等学者的否定观点进行了驳斥。另外，赵敏俐、廖群等学者还对先秦两汉琴歌进行了

---

① （明）谢榛：《四溟诗话》，商务印书馆 1936 年版，第 1 页。
② （明）胡应麟：《诗薮》，上海古籍出版社 1979 年版，第 3、133 页。
③ 王易：《乐府通论》，中国文化服务社 1946 年版，第 44、131 页。

专题性的研究。赵敏俐先生在《先秦两汉琴曲歌辞研究》一文中对现存的琴曲歌辞作出研判，认定作于先秦两汉时期歌辞与本事俱存的琴曲歌辞为50首：包括《琴操》所录31首；《乐府诗集》30首，其中15首与《琴操》相同；《先秦汉魏晋南北朝诗》辑录36首，包括《琴操》中所录28首，《乐府诗集》中与《琴操》不同者4首，据其他书籍补录《琴操》3首，以及《梁甫吟》1首。①廖群在《代拟琴歌与先秦人物故事的汉代演绎》一文中称，先秦两汉琴歌当为47首，其中37首假托先秦时人所作。②郑维玲的《先宋琴曲歌辞研究》对先宋琴曲歌辞进行了整理，并对本事、歌辞最早见载的书籍和流变进行了考证，按照时间顺序辑录于附录中，共得先秦琴曲歌辞与本事俱全者10首，两汉琴曲歌辞70首，歌辞本事俱全者55首，《伐檀》《驺虞》《鹊巢》《白驹》《周金縢》《梁山操》《谏不违歌》《孔子厄》《三士穷》《聂政刺韩王曲》10首仅余本事，《雍门周说孟尝君》仅有两句歌辞而无本事，《怀陵操》《独处吟》《流澌咽》《双燕离》《处女吟》5首本事与歌辞俱亡。③由此可见，目前学界对创作于先秦两汉时期的琴歌数量尚未有一个统一的结论。

三　单篇琴歌作品的研究

早期琴歌中的个别篇目早已进入人们的研究视野，但研究对象主要集中在《神人畅》《箜篌引》《龙蛇歌》《怨旷思惟歌》等几首热门作品上，其中又以《箜篌引》的研究最早也最为全面，学者们往往从题名、作者、本事、版本、创作时间、主题风格、艺术手法、音乐属性等方面选择一两个角度进行研究，关于此我们可从以下两个方面来看。

首先来看对《箜篌引》的研究。《箜篌引》的称谓、作者、产生年代、产生地点等问题在学术界讨论颇多。朴正阳《〈公无渡河〉之辨析》

①　赵敏俐：《先秦两汉琴曲歌辞研究》，《文学遗产》2010年第2期。
②　廖群：《代拟琴歌与先秦人物故事的汉代演绎》，《文学遗产》2018年第4期。
③　郑维玲：《先宋琴曲歌辞研究》，硕士学位论文，复旦大学，2010年，第92—112页。

一文的研究角度包括题目辨析、年代考证、价值讨论三个方面，他认为目前《乐府诗集·相和歌辞》中记载的四句曲辞应称为《公无渡河》，《箜篌引》其曲为与《瑟调曲》相似的歌曲，其古辞早已失传，而将《公无渡河》认定为《箜篌引》的曲辞则是由于音乐和传说的误解造成的。① 李岩《朝鲜古代名谣〈箜篌引〉存疑续考》一文分析了目前学界对《箜篌引》歌名认识和使用的复杂情况，并以记载此歌最早的文献《琴操》与《古今注》均将此曲记录为《箜篌引》之事实，认定称此曲为《箜篌引》更为合适，作者还结合中国古代音乐理论中的阴阳学说及歌谣本事所体现的悲剧意味，进一步将此曲归为相和歌瑟调曲。② 王莉《〈箜篌引〉的音乐属类考论》一文则认为，此曲作为相和歌被称为《公无渡河》更为确切：其一，此称谓更符合相和歌立足于本事，缘事而发的类别特征；其二，后世文人辑录、评价、拟写此曲时多称为《公无渡河》，证明此名更符合歌谣流传和接受的事实，作者还考证了《箜篌引》由民歌到琴曲歌进而向相和歌演变并最终固定为相和歌的过程，并从体裁特点、传播特点、审美特征三方面探索了琴曲歌转化为相和歌的内在原因。③ 张哲俊《〈箜篌引〉是古朝鲜的歌谣吗?》一文，挖掘了《箜篌引》本事中的人名、地名等因素，认为只有将人名、地名等因素的研究与卧箜篌产生的时间范围结合起来，才能最终解决《箜篌引》到底是古朝鲜歌谣还是乐浪郡歌谣的问题。④ 另有李文《乐府〈箜篌引〉所用乐器及演奏方式》一文，从演奏乐器与演奏手法方面进行了辨析，认为《箜篌引》本事中狂夫妻使用的乐器是卧箜篌，而乐府《箜篌引》使用的乐器当为琴，《琴操》中箜篌的演奏方式为"鼓"而不是"引"。⑤

---

① 朴正阳：《〈公无渡河〉之辨析》，《延边大学学报》（社会科学版）1989 年增刊。
② 李岩：《朝鲜古代名谣〈箜篌引〉存疑续考》，《东疆学刊》2004 年第 4 期。
③ 王莉：《〈箜篌引〉的音乐属类考论》，《兰州学刊》2006 年第 9 期。
④ 张哲俊：《〈箜篌引〉是古朝鲜的歌谣吗?》，《外国文学评论》2016 年第 2 期。
⑤ 李文：《乐府〈箜篌引〉所用乐器及演奏方式》，《中国社会科学报》2019 年 2 月 25 日第 6 版。

其次来看《箜篌引》之外，对其他几首琴歌的研究。我们知道，乐府诗中往往存在大量同名异篇作品，后世文人借古题创制新乐府也是常见的现象，但在先秦两汉时期，同名歌诗并不多见，故《琴清英》与《琴操》中两篇不同的《雉朝飞操》便尤其引人注目。《雉朝飞操》最早见载于扬雄的《琴清英》，后《琴操》《古今注》中也有载录。《琴操》《古今注》的记载大致相同，而《琴清英》所载则是完全不同的琴曲故事。王辉斌认为：二者所载之所以不同，有可能是因为蔡邕发现了扬雄所载有误，因而选择了另一版本的琴曲故事；《琴操》中载及的《思归引》与《琴清英》中《雉朝飞操》本事相同，也可佐证这一点。① 其实早在南宋时期，郑樵已注意到《琴清英》所载《雉朝飞操》与《琴操》中《思归引》的本事相似，他在《通志·乐略》中说："据雄所记大概与《思归操》之言相类，恐是讹易。"② 认为是扬雄辑录时将二者解题混淆所导致的。关于此，今人赵德波在《蔡邕〈琴操·雉朝飞操〉考论》一文中提出了不同的看法，他认为《琴清英》版《雉朝飞操》虽与《思归引》十分相似，但二者在主题上仍有较大的差别，属于两种不同的曲目；作者通过考证进一步认为，两篇《雉朝飞操》的不同是同名异篇的正常现象，这种现象在《诗经》时代已经出现，至汉末已经十分普遍，因而并不存在讹误之说；同时作者还探究了歌诗中同名异篇现象出现的原因，并结合史实和曲辞分析了两篇《雉朝飞操》的异同：二者相同之处在于对《诗经·小雅·小弁》雉鸟意象的继承，不同之处在于各自蕴含了卫、齐二地不同的文化特征，另外二者还存在雅俗之别、正变之分，属于两种不同的曲目，故决不可混为一谈。③ 除此之外，赵德波还有《蔡邕〈琴操·鹿鸣〉考论》一文，主要分析了朝廷传统雅乐《鹿鸣》与汉代琴曲《鹿鸣》的关系，作者通过梳理《鹿鸣》在汉代的流传情况，并

---

① 王辉斌：《扬雄〈琴清英〉的乐府学价值》，《蜀学》2018 年第 1 期。
② （宋）郑樵：《通志略》，上海古籍出版社 1990 年版，第 356 页。
③ 赵德波：《蔡邕〈琴操·雉朝飞操〉考论》，《中州学刊》2010 年第 5 期。

结合蔡邕的音乐思想及《琴操》一书的编排、内容、性质进行研究，最终认为，汉代琴曲《鹿鸣》与朝廷传统雅乐《鹿鸣》并存，但分属于两个不同的雅乐系统，琴曲《鹿鸣》在题目上借鉴了雅乐古题，而在内容及演奏方式上二者已全然不同，琴曲雅乐《鹿鸣》的出现与汉代楚歌兴盛、琴曲地位提升的音乐文化背景相契合，同时也反映出借鉴《诗经》歌诗（尤其是题目），是早期琴曲创造的一个重要途径。①

《神人畅》是早期琴歌中唯一一首以"畅"命名的，展现出神秘悠远的音乐氛围。吴钊认为，"琴最早可能是巫师手中一种能发声的法器"②。此曲的存在或许可印证他的猜想。柯黎《古琴曲〈神人畅〉浅析》一文，利用古琴家丁承运先生的打谱，试图从结构、旋律、节奏、调式等要素上探寻琴歌的构曲规律与特点，以展现"畅"这一古老琴曲体裁的风貌。③ 近些年来，还有部分相关研究在探讨《神人畅》的发展流变之时，顺便探及早期琴歌《神人畅》的内容、产生背景及神人对话、天人合一的音乐主题，展现了其与远古时期神秘祭祀场景的关联。④

除以上关于《雉朝飞操》《鹿鸣》《神人畅》的研究成果，还有阳清《〈龙蛇歌〉综论》一文对《龙蛇歌》八种不同的异文进行了考据，分析了其不同的文化内涵和艺术风貌；⑤ 过元琛《关于"王昭君自请远嫁匈奴"的传说及琴曲〈怨旷思惟歌〉的产生年代——兼考今本〈琴操〉的撰者》一文，通过对今本《琴操》作者问题的考述进而认定《怨旷思惟歌》是晋代文学自觉风气下的产物；⑥ 亓娟莉《〈越裳操〉本事考》一文

---

① 赵德波：《蔡邕〈琴操·鹿鸣〉考论》，《学术交流》2010 年第 3 期。
② 吴钊：《追寻逝去的音乐踪迹：图说中国音乐史》，东方出版社 1999 年版，第 182 页。
③ 柯黎：《古琴曲〈神人畅〉浅析》，《黄钟》2004 年增刊。
④ 如：柏雪《琴曲到筝曲的嬗变——〈神人畅〉的艺术构思与艺术表现》，硕士学位论文，福建师范大学，2016 年；胡慧《对筝独奏曲〈神人畅〉的研究与分析》，硕士学位论文，中国音乐学院，2016 年；刘滨砚《筝曲〈神人畅〉中古琴"做韵"技法及表现探微》，硕士学位论文，南京艺术学院，2018 年。
⑤ 阳清：《〈龙蛇歌〉综论》，《浙江工业大学学报》（社会科学版）2007 年第 3 期。
⑥ 过元琛：《关于"王昭君自请远嫁匈奴"的传说及琴曲〈怨旷思惟歌〉的产生年代——兼考今本〈琴操〉的撰者》，《复旦学报》（社会科学版）2009 年第 3 期。

认为,《越裳操》本事的创作基于一定的历史事实而非杜撰,并推断其乐府古题最晚产生于汉代;① 陈婕《从古琴曲〈龟山操〉窥探孔子之思》一文,从作品的名称、本事、歌辞、曲谱四个方面探寻历史事件,进而研究孔子挽救无道之世的用心及其对礼乐政治的思考;② 等等。

四　琴歌诗乐关系研究

琴歌按照生成方式概可分为"依字行腔"与"倚声填词"两类,无论何种生成方式,辞与曲总是相互影响、不可分割的。诗乐关系问题早已受到学界的高度重视,而琴乐与诗歌的关系也得到了一些学者的关注,相关研究成果包括汉语声韵调、诗歌句读与琴歌曲调、节奏之间的关系。另外,对琴歌配辞形式、表演形式的探索也属于诗乐关系研究的范畴。

"依字行腔"琴歌的曲调、演唱受到诗歌的影响最为明显,诚如徐桦、赵毅《琴歌刍议》一文称,"以辞化曲"的琴歌在谱曲时必须按照诗词的格律规范,"从字读、语调的变化进而形成演唱的旋律"。③ 关于这点,学者刘明澜已经作出了较为细致的探讨,他认为古代琴歌具有"吟诵性的旋律""散文化的节奏"等艺术特征,"琴歌旋律产生于诗歌语言咏诵基础上",足见曲辞语言对琴乐影响之大。刘明澜进而认为,汉语特殊的"前声后韵"的音节排列次序和声调的变化使其本身带有旋律性,这就使得"琴歌旋律的抑扬起伏与歌辞平仄声调相和谐"成为可能;从节奏方面说,"琴家一向反对节奏上的人为束缚","古代琴歌的节奏则完全建立在诗词语言句读的基础上,由句意读义所决定"。④ 这就要求无论是诗歌吟诵还是琴歌演唱,节奏上的顿挫不能破坏内容意义的完整性,因而二者均不追求齐整的节拍,琴歌节奏音从意转,最终形成了有节奏而无节拍的特殊风貌。可见,刘明澜从汉字语音、句意读义着手,展现

---

① 亓娟莉:《〈越裳操〉本事考》,《宝鸡文理学院学报》(社会科学版) 2011 年第 1 期。
② 陈婕:《从古琴曲〈龟山操〉窥探孔子之思》,《学术研究》2014 年第 6 期。
③ 徐桦、赵毅:《琴歌刍议》,《中国音乐》1999 年第 3 期。
④ 刘明澜:《中国古代琴歌的艺术特征》,《音乐艺术》1989 年第 2 期。

了诗歌中最基本的单位对琴乐的影响，虽然文中所举例证均为唐宋时期较为成熟的曲辞齐整的琴歌，但其结论仍可适用于多用杂言句式的先秦两汉琴歌中。值得一提的是，刘明澜文中所提及的琴歌是王昆吾所说的"歌乐齐奏的琴歌"，按照王昆吾的推测，这种琴歌大致在曹魏时期方才兴起，如果这一推断可靠的话，刘明澜文中的结论对先秦两汉琴歌研究便失去了直接的指导意义。那么先秦两汉时期，琴歌表演中的诗与乐又是如何配合的呢？按照王昆吾的研究，从琴歌诞生之初至隋唐时期，"歌乐间奏的琴歌"占据着主流地位，且曲与歌还可能使用不同的乐调。当弹奏与歌唱不同时进行时，曲辞与曲调间的相互影响必然会弱化。当然二者之间的联系并非全然消失，这一点从王昆吾对鲍溶《湘妃列女操》文学特点的分析中可见一斑，此琴歌的曲辞跳跃性很强，意境也较为凌乱，与鲍溶其他诗歌相比有较大的差距，这便与歌乐间奏的表演形式有很大的关系。如此，从分析曲辞文学性出发进而探索先秦两汉琴歌的诗乐关系，也不失为一种研究角度。王昆吾在《隋唐五代燕乐杂言歌辞研究》第六章中专论"琴歌"，除思考琴曲演唱方式对琴歌的影响，还对自古以来琴歌是否配辞的争论作出回应，批驳了郑樵提出的琴歌产生之初"有声无辞"的观点，并列举了琴曲配辞而歌的若干证据。① 另外，按许健所言，"弦歌与讲话的关系非常密切，在运用时二者常常相互补充或相互替代"，讲话"很可能在配合琴曲讲述有关故事，为琴声作必要的补充"，② 讲与唱相结合，可以起到调节氛围、启发观众想象的作用，大大增强了琴歌艺术的感染力。

　　王昆吾将琴曲的配辞方式分为"歌乐间奏的琴歌""歌乐齐奏的琴歌"两类，并认为"至少在音乐史上的相和歌尚未转变成完全的乐歌之前，'正文对音'的琴歌是不可能存在的"。③ 周仕慧对此提出了不同意见，认为"这种观点明显否定了在相和歌之前歌辞具有辞、曲对应的辞

① 王昆吾：《隋唐五代燕乐杂言歌辞研究》，中华书局1996年版，第258—265、271页。
② 许健：《弦歌与琴歌》，《音乐探索》1991年第1期。
③ 王昆吾：《隋唐五代燕乐杂言歌辞研究》，中华书局1996年版，第263页。

乐关系"，为此她以歌辞文本为基础研究上古琴歌入乐的基本特征，探索上古琴歌的配辞方式，最终发现琴歌曲辞的句式、语言因入乐歌唱形成了一定的类型化的体式，由此确定了上古琴歌中诗歌句式声韵与音乐曲调的联系：第一，曲辞较为集中的抒情叙事主题使琴曲曲调的基本内涵逐渐固定下来；第二，曲辞韵式反映了琴乐的节奏旋律，曲辞句尾韵字造成的句末尾音占有固定的时值，与乐曲中的节奏停顿相对应；第三，弦乐非均整时位律动无拍节奏促进了曲辞句式的转变，杂言骚体成为琴歌中最为流行的句式，这增大了曲辞的内容含量、增强了曲辞的抒情性，更容易表现音乐节奏旋律的多样性与流畅性；第四，曲辞中重复出现的实词之间错落拟声虚词的语言现象是弦歌"一唱三叹"演唱方式的展现，曲辞中重复出现的相似性语汇或许意味着音乐旋律的重复，声辞的更替出现是乐段变换的标志。可见，周仕慧从内容、形式两方面展示了诗乐间的相互影响，认为曲辞语言体式与音乐旋律之间同质同构，所以上古时期存在"歌乐齐奏的琴歌"①。周仕慧的研究践行了吴相洲先生所提出的"三个层面五个要素"② 的研究方法，从用韵和句式的角度探讨琴歌、中国古代传统音乐与诗歌之间的关系。

对先秦两汉琴歌诗乐关系进行研究，还需注意上古琴歌的原始形态、表演模式、生成方式等要素，但在缺少上古音乐史料的情况下，研究者只能在曲辞文本及琴学理论中进行探索。历朝历代琴歌发展情况并不相同，在古琴音乐与诗歌都处于早期的先秦两汉，以上研究成果或许并非完全适用，但其间的研究思路和方法为我们继续深入研究提供了很多宝贵经验。

五　人声与琴乐关系研究

琴歌艺术需要人声吟唱与古琴弹奏相互配合，二者是一个有机整体。

---

① 周仕慧：《琴曲歌辞研究》，北京大学出版社 2009 年版，第 61—75 页。
② 吴相洲：《关于建构乐府学的思考》，《北京大学学报》（哲学社会科学版）2006 年第 3 期。

在先秦时期，琴歌本是众多弦歌中的一种，为何独有琴歌能够取得独立的地位且绵延数千年，主要在于人声与琴乐的配合较其他乐器而言有一种天然的优势。清人祝凤喈在《与古斋琴谱补义》中言："夫曲即人之歌声……于吟揉，则若哦咏而长韵；于逗，则如喝腔而急截；于撞，则重复其音；于唤，则如窃字之标射，先一字明重，后一字暗轻，以两声合切一音是也。"① 这是以人声对古琴演奏技法的诠释，从中亦可看出琴曲近人声，通过特殊的弹奏技法可在一定程度上达到人声的效果。总之，古琴特有的音色、多样的演奏技法与独特的人声唱和水乳交融，使得琴歌能够十分细腻地表达多种情感，有着强大的艺术感染力，所以琴歌从朝廷礼乐中独立后逐步发展成文人雅士抒情养性的特有方式。

琴歌在琴乐与人声的配合上颇为讲究。从古琴方面来说，其多样的左右手弹奏技法能够模仿人声旋律的线条感，而古琴特有的音色使得琴乐带有特殊的韵味与悠远的意境，能更加清晰流畅地表达情感的变化。褚云霞在《从古琴到琴歌》一文中说："中国音乐也始终都特别重视音色在音乐中的表现功能，重视音色作用人的感觉的直接性与特殊性，以及由此而来的音乐表现方面的'质感'。"② 张晓农《琼林瑶树声，行云流水韵——论中国古代琴歌的演唱特色》一文认为，"古琴的器乐性特征影响了琴歌的声乐特色，限定了琴歌演唱的行腔风格和润色特征"，导致古琴不易演奏快速、喧闹的乐曲，多只作为文人自娱性演唱的伴奏。③ 周子然进一步认为，古琴本身的中和音色和曲辞朦胧的文学意境对人声唱和存在一定程度的制约，人声的加入不能破坏原本的意韵，应该浅唱低吟、含蓄自然，不能用过于饱满的音色来破坏整体的美感。④ 古琴作为载德之

---

① （清）祝凤喈：《与古斋琴谱补义》，《续修四库全书》子部第 1095 册，上海古籍出版社 2002 年版，第 662 页。

② 褚云霞：《从古琴到琴歌》，《艺术百家》2003 年第 3 期。

③ 张晓农：《琼林瑶树声，行云流水韵——论中国古代琴歌的演唱特色》，《交响》2002 年第 4 期。

④ 周子然：《琴歌声音呈现形态探究》，硕士学位论文，西南大学，2021 年，第 4 页。

器，其所承载的教化功能、所蕴含的时代文化内涵以及文人化气息浓郁的曲辞，其实都对人声演唱提出了一定的要求。当然，琴歌演唱也并非没有可供发挥的空间，演唱者在充分掌握曲辞内容情感的基础上，也可进行二度创作，随意赋形，以体现个人演唱特色的独创性，尤其是许多即兴演唱的琴歌更是如此，但要注意不能脱离琴乐本身传统意蕴太远。这一点在张晓农的《琼林瑶树声，行云流水韵——论中国古代琴歌的演唱特色》一文中亦有提及。

古琴的音强较弱，且音域只有四个八度加一个大二度，这使得琴乐缺乏表现大跨度乐曲及激烈情感的先天条件，但古琴拥有七个散音、一百一十九个泛音、一百四十七个按音，① 其优势在于表现琴曲内容与情感的细腻程度。对于其先天的劣势，只能通过开发更多的演奏技法，或调整节拍、弹奏力度等方式进行弥补。褚云霞认为，古琴因其特有的"走手音"使点状的音得以线化，而音的线化从音色上说则为"声腔化"，从而使古琴的发音获得了较强的人声效果。② 琴歌还另外具有一重人声唱和的优势，人声音域要比古琴宽广，且古琴音色"声腔化"的同时，人声也在向着"琴韵化"方向发展，正如章怡雯所说："右手的弹奏如同演唱时的破口、咬字，左手的走手音如同演唱时的运腔，演奏时左右手间的虚实相映、疏密相间能灵活的表现音乐形象，因此琴歌的弹与唱能够达到相携至趣的妙境。"③ 巫东攀亦认为，古琴上左手技法产生不同的声音效果同汉语的声调变化有密切的关系，左手的吟、猱、逗、绰、注、撞等技法主要是用以模仿汉语声调，以衬托唱腔、突出吐字、强化表情，右手的滚、拂、撮等技法则起营造氛围的作用，用泛音表达空灵、幽雅的意境。④ 由此可见，古琴独特的器乐特点加之左右手弹奏技巧，不仅使琴乐的质感不断向肉声靠近，其塑造形象、营造

① 杨青、徐元编：《古琴艺术知识 200 问》，人民音乐出版社 2011 年版，第 67 页。
② 褚云霞：《从古琴到琴歌》，《艺术百家》2003 年第 3 期。
③ 章怡雯：《琴歌艺术研究》，硕士学位论文，上海音乐学院，2010 年，第 11 页。
④ 巫东攀：《琴歌艺术鸟瞰》，《湖北师范学院学报》（哲学社会科学版）2009 年第 3 期。

意境氛围、表达情感的功效也在不断增强。琴歌中的人声与琴乐是一个有机整体，歌者在演唱时会根据古琴弹奏技巧、诗歌内容、情感的变化不断变换演唱方式，使人声与琴乐水乳交融。有了人声的加入，琴歌便具有了单纯器乐曲与声乐曲不具备的叙述与抒情功能，琴歌的风格也更加多样化。

在人声技巧方面，今人查阜西认为，琴歌的演唱必须要遵循"乡谈折字"之法，否则便不能移情。"乡谈折字"之法是早期琴歌即兴自弹自唱演唱形式的现代遗存，查阜西在《琴歌的传统和演唱》一文中对此进行了解释："'乡谈'就是方言，'折字'就是要求在演唱时用你的纯正的方言，把琴歌中每一字的'四呼开合'和'四声阴阳'结合起来，折转到谱音上去。"另外针对琴歌腔少的特征，查阜西认为在咬字时不必像戏曲家那样讲究"字正腔圆"，而要"字真韵透"。[①] 此外他还谈及，在将四声阴阳转移到谱音上时，谱音和字音需要相互制衡，将每一字跨越的音程限制在二度与小三度的范围之内，加上利用谱内走指音的腔势，便足以表达感情，不必将某些跨度较大的方言字音的全部音程都转移到曲调中来。[②] 这种"折字"的方法有利于文字声韵与琴乐旋律的统一，在演唱时可达到"谱外透韵"的效果。刘明澜则在"乡谈折字"的基础上对琴歌演唱提出了更加具体的要求：第一，因各地方言不同，平仄四声、四呼开合也因地而异，因此在歌唱时首先要明确方言中每一字的四声阴阳，但"折字"不宜过多，以免旋律繁簇花哨；第二，查阜西认为琴歌的唱法是"一种折衷于民歌与昆曲之间的典型唱法"，所以要"掌握所用方言中每个字发音的口型"，并"适当运用反切，又要避免切音过细，咬字太死的弊病"。[③] 关于第二条要求，刘海莉也有大致相同的观点，她认为琴歌唱法要与戏曲中的某些唱法相区别，演唱时尤其要注意

---

① 查阜西：《琴歌的传统和演唱》，《中央音乐学院学报》（季刊）1995 年第 4 期。
② 查阜西：《琴歌谱例杂言》，《查阜西琴学文萃》，中国美术学院出版社 1995 年版，第 204 页。
③ 刘明澜：《中国古代琴歌的艺术特征》，《音乐艺术》1989 年第 2 期。

对呼吸的控制，以演唱出"一贯珠"似的连贯、匀称的乐句。除此之外，她还提出"凝神""全腔"的演唱方法，即需要"透彻的理解歌词的内涵情感和古琴音乐特有的乐句进行规律"，"并在琴曲弹、唱过程中保持精神的集中，随着旋律的起起伏伏运用不同的手法表达不同的意境和感情"。①

当然，以上所述无论是古琴的弹奏指法还是人声的唱和技巧，都已经发展到了一个十分成熟的阶段。对于先秦两汉琴歌来说，必然不完全适用。先秦两汉时期的琴歌曲调和演奏技法早已消亡，早期古琴指法的研究大多是依据文学作品中对古琴演奏时的描写，或根据出土古琴、陶俑、画像砖等进行的合理推论。考古学家对出土的战国、汉代古琴进行研究后得出了一系列较为基础的结论。通常认为，琴在周代已经很流行，但从周至汉，琴的形制并不固定。目前出土的上古琴全都是带长尾的半箱体，无徽，琴弦有7—10根不等。随县曾侯乙墓中出土的战国早期十弦古琴为周文化系琴，其共鸣箱是全封闭的，四壁较厚，共鸣箱容积小，因而音响效果、发音质量都比较差，并不算是成熟的设计。就其指法方面来说，李纯一认为此琴能够弹奏散音、七徽左右的按音，部分容易被掌握的泛音也有使用的可能。② 王迪等认为，因琴面不平、弦距狭窄等器型构造上的缺失，此时的古琴难以在演奏中使用快速而复杂的指法。③ 吴钊认为，此时的古琴侧重于右手技巧，以弹奏散音或泛音为主。④ 杨秋悦对古琴右手指法进行了研究，认为琴曲演奏中右手一直处于十分重要的地位，在早期琴乐中更是如此，古琴右手指法不仅数量多于左手，发展得也更早。⑤ 这与考古学家对出土古琴的研究结论可相互印证。古琴的形制到战国晚期已经有了明显的改进，从湖南长沙五里牌楚墓出土的战国

---

① 刘海莉：《谈古琴歌的演唱艺术》，《管子学刊》2010 年第 3 期。

② 李纯一：《中国上古出土乐器综论》，文物出版社 1996 年版，第 450 页。

③ 王迪、顾国宝：《漫谈五弦琴和十弦琴》，《音乐研究》1981 年第 1 期。

④ 吴钊：《追寻逝去的音乐踪迹：图说中国音乐史》，东方出版社 1999 年版，第 182 页。

⑤ 杨秋悦：《琴用右手指法研究》，《中国音乐》2013 年第 4 期。

晚期九弦古琴来看，此时的古琴共鸣腔较大，弦也较长，有助于音质的提高和音量的增大，上翘的琴尾使得琴弦离琴面更高，这样弹奏多种按音便成为可能。长沙马王堆汉墓出土的西汉初期七弦古琴，琴面较平，不但为演奏较多按音创造了条件，而且为左手施展较复杂的指法技巧提供了可能。在此琴的六、七两弦相当于八、九徽处琴面上留有左指滑奏造成的磨损，表明左指按音已经有所发展；[①] 共鸣箱与隐间的加长进一步提高了音质音量；弦数的减少使得音色与音量也更加均衡。以上三例古琴是不同时期古琴的代表，它们之间有着继承和发展的关系。由此可见，从战国到西汉时期，古琴不断调整自身的形制，淘汰音质欠佳的高端弦，增加按音、泛音的数量，提高音质音量、增加琴乐的表现能力。[②] 董文静认为，据先秦史料中对大量诸如师涓、师襄、师旷等琴家的记载来看，当时的琴曲指法已经发展到很高的水平，她还在汉代琴俑中找到了与按音相似的动作，而汉代的琴学理论较先秦来说更加丰富，许多音乐赋中出现了对古琴音乐或弹琴场景的描述。[③] 虽然文学作品中的描写带有一定的夸饰成分，但依然可以从中看出，当时的琴曲已经具备了相当的表现力，汉代古琴艺术总体上呈现出蓬勃发展的势头。这样看来，学者们对发展成熟阶段古琴弹奏指法和人声唱和技巧的研究成果，多多少少会适用于先秦两汉时期的琴歌之中。

六　琴歌构成要素研究

作为一种综合性艺术形式，琴歌由许多要素构成，所以若想详尽地把握琴歌艺术，需要对琴歌的构成要素分别进行研究。吴相洲先生认为，对于一首乐府诗作品而言，要从曲名、曲调、本事、体式、风格五个要素上进行把握，他组织的"乐府诗构成要素研究"项目共成书四本，是

---

① 吴钊：《追寻逝去的音乐踪迹：图说中国音乐史》，东方出版社1999年版，第182页。

② 李纯一：《中国上古出土乐器综论》，文物出版社1996年版，第451—453页。

③ 董文静：《论古琴右手指法的发展与变迁》，硕士学位论文，武汉音乐学院，2008年，第8—13页。

相对系统的研究成果，虽并非针对先秦两汉琴歌而发，但提供了许多具有启发性的研究思路和方法。另外，王昆吾、赵敏俐、廖群、周仕慧等学者也有专门对某一要素而作的研究成果。整体上看，针对早期琴歌构成要素的研究主要集中在曲名和本事两方面。

第一，琴歌曲名研究。吴相洲先生指出："曲名是乐府诗第一要素，是总领其他要素的总纲，是乐府诗的标志。因此，考察曲名的含义、发生、演变等情况，是首先应该做的工作。"① 琴歌曲名研究，也可以说是题名研究主要以琴歌"类名"与"个名"为研究对象，考察题名的由来、含义、演变，不同"类名"与琴曲类型的关系，题名演变映射出的琴曲发展状况，等等。郭茂倩《乐府诗集》引《琴论》曰："和乐而作，命之曰畅，言达则兼济天下而美畅其道也。忧愁而作，命之曰操，言穷则独善其身而不失其操也。引者，进德修业，申达之名也。弄者，情性和畅，宽泰之名也。"② 陈旸《乐书·琴瑟》载："畅则和畅，操则立操，引者引说其事，吟者吟咏其事，弄则弄习之，调则调理之。"③ 可见，人们早已认识到不同曲名的琴歌拥有不同的创作动机，其所表达的思想情感也不尽相同。

王昆吾《隋唐五代燕乐杂言歌辞研究》从琴歌表演形式的角度，对"吟""引""操""弄"进行解释，并揭示其在琴曲发展特点方面的意义，研究思路是通过分析琴曲术语来探讨其与琴曲类型的关系。作者认为，"操弄"是讲究指法段节的繁奏之曲，"曲引"是讲究节奏句拍的曼声之曲，二者是全然不同的两种琴曲类别。④ 后作者又于《关于〈乐府诗集·琴曲歌辞〉的几个问题》一文中继续对"操弄"和"曲引"两类琴曲的关系进行了探讨，认为"古人对'操'和'引'有不作明确分判的习惯"，"'操'和'引'要区别，但这种区别并不被强调"，而后作者根

---

① 吴相洲：《关于建构乐府学的思考》，《北京大学学报》（哲学社会科学版）2006年第3期。

② （宋）郭茂倩编：《乐府诗集》，中华书局1979年版，第822页。

③ （宋）陈旸：《乐书》，景印文渊阁《四库全书》，经部第211册，上海古籍出版社1987年版，第504页下、505页上。

④ 王昆吾：《隋唐五代燕乐杂言歌辞研究》，中华书局1996年版，第300—302页。

据早期琴曲"声多韵少"的特点判定，"二者的关系，从更本质的意义上看，是'声'与'韵'的关系……反映了音乐发展、琴曲演奏技术发展的历史过程"①，提出了从古琴技艺和审美风尚探讨琴曲类别的新角度。周仕慧注意到"同题琴曲歌辞之间具有很强的类型化的特点"，这种类型化特点展现在曲调、体式、内容、风格各个方面，这就使总结归纳不同题名的特殊内涵成为必然。她的《琴曲歌辞研究》挖掘了"操""引""弄"类琴歌题目中蕴含的信息，包括题目类型化特点及新创情况、题目所隐含的琴曲发展演变情况、琴乐类别、琴歌体制、乐歌内容，等等，从曲辞体式、主题内容、音乐风格等方面总结了"操""引""弄"的含义。② 亓娟莉《乐府琴曲歌辞古题辨析》一文主要搜寻了古代对"操""引""弄""畅"的训诂释义，与不同类型琴歌体制上的特点相互对应，同时还略谈了四者间的关系。③ 张煜《乐府诗题名研究》④ 是专门对乐府诗题名进行研究的专著，他采用了与他人不同的研究思路，不再关注每类题名的诗体特征，也不执着于从古代解题类著作中搜寻古人对题名的解释，而是将目光聚焦在题名本身，并多渠道探索题名辞源含义，再研究此字缘何成为乐府诗题名，确定为题名后又经历了哪些发展演变。全书对九个"类名"与部分"个名"进行了分析，其中"类名"中述及的"歌""引""吟"类题名则是与琴歌相关的研究。

由于"歌""吟"并非典型的琴歌类名，所以部分学者的成果中并未论及，但"歌"类题名于先秦两汉琴歌中占有相当高的比重，尤其是先秦时期的琴歌，几乎全部属于"歌"类题名，故应将其纳入琴歌题名研究之列。《初学记》卷一五《乐部上》引《尔雅》曰"声比于琴瑟曰歌"⑤，

---

① 王昆吾：《关于〈乐府诗集·琴曲歌辞〉的几个问题》，赵敏俐编《中国诗歌与音乐关系研究》，学苑出版社 2005 年版，第 148 页。

② 周仕慧：《琴曲歌辞研究》，北京大学出版社 2009 年版，第 23—54 页。

③ 亓娟莉：《乐府琴曲歌辞古题辨析》，《咸阳师范学院学报》2008 年第 3 期。

④ 张煜：《乐府诗题名研究》，北京大学出版社 2013 年版。

⑤ （唐）徐坚：《初学记》，中华书局 2004 年版，第 376 页。

即以琴瑟伴奏而唱的音乐形式称为"歌",可见"歌"类题名与古琴联系之久远。参照张煜对每类题名所作研究综述来看,"歌"类题名的研究相对充分。张煜在前人研究的基础上,结合古代乐器使用情况解释"歌"的含义及其演变,认为在周代主要由"歌钟"进行演奏的诗歌被统称为"歌",后随着乐府伴奏乐器的增加,汉魏时期琴瑟伴奏的诗歌在题目中沿用了"歌"字并继承了其体制特点,而"吟"类题名于先秦两汉琴歌中并不多见,张煜提出了"吟"类题名源自古琴弹奏指法"吟猱"之"吟"的观点,① 虽缺少文献及出土实物的证实,但不失为一种合理的推论。当然学界也存在不同的见解,比如刘明澜认为琴歌中之所以存在大量以"吟"为题的篇目,是因为"两千多年前的以琴伴奏的歌,是诗人为抒发感情,曼声长吟而成的"。② 王昆吾则认为,琴歌"吟""引""曲""歌"等诸名,是相和方式的不同运用而造成的,"'吟'是'咏'和'叹'的意思"。③ 这与刘明澜的观点较为相似。相比较而言,"引"类题名多出现在汉代琴歌中。周仕慧总结了"引"作为乐府题名的三种意涵,即乐曲乐调名,大曲中的"序曲"部分,载始末意的乐府诗类别。④ 此结论也得到了张煜等学者的认同,但在"引"类题名的溯源问题上,周、张二人却表现出不同的认知。二人都认为"引"题不限于琴歌,其争议点在于:周仕慧认为"'引'大概开始是用以称呼琴曲的,后来成为乐府诗体之一"⑤,由此乐府诗类型中才出现了以"引"为题的诗篇;张煜则在考察了"引"字的辞源含义及竖箜篌形制后认为"'引'题的出现原本与古琴无关,它代表了包括琴歌在内的多种音乐歌辞""乐府'引'题源自古乐器'竖箜篌'"。⑥

---

① 张煜:《乐府诗题名研究》,北京大学出版社 2013 年版,第 28—29、104 页。
② 刘明澜:《中国古代琴歌的艺术特征》,《音乐艺术》1989 年第 2 期。
③ 王昆吾:《隋唐五代燕乐杂言歌辞研究》,中华书局 1996 年版,第 264、301 页。
④ 周仕慧:《琴曲歌辞研究》,北京大学出版社 2009 年版,第 42—50 页。
⑤ 周仕慧:《琴曲歌辞研究》,北京大学出版社 2009 年版,第 43 页。
⑥ 张煜:《乐府诗题名研究》,北京大学出版社 2013 年版,第 86、88 页。

以上所述琴歌曲名研究各有侧重，有的在总结题名具体内涵的同时注重探索各类题名的类型化特征，有的从文字、器乐及历史环境入手进行多方位的考察，有的则是基于琴歌文本及早期记述的文学性研究。整体上看，目前关于琴歌曲名的研究成果尚不多见，部分研究领域也存在一些争议。

第二，琴歌本事研究。吴相洲先生认为："本事是包含本作品信息最多的要素。某一乐府诗在其产生的时候，往往有一个本事。这些本事或记曲名由来，或记本曲的曲调，或记该曲的传播，或记该曲的演变，从中可以看到该曲的题材、主题、曲调、体式、人物等许多情况。"① 先秦两汉琴歌文本在形式上大多短小精悍，单独读之通常不能理解其中含义，唯有结合本事中记载的琴曲故事方知其中之深意。另外，本事研究也是了解琴歌其他构成要素的重要依据。总之，本事及其中蕴含的曲调、曲名等信息，与曲辞一起构成了琴歌这一独特的综合性艺术形式。本事研究可算是琴歌研究中的新兴领域，从文学角度来说，赵敏俐先生认为本事具备了中国早期小说的形态；② 廖群亦认为，琴曲表演中的本事交代是富于小说色彩的叙述文学作品。③ 这样看来，琴歌本事甚至可以作为一种单独的文学形式存在。从传播角度来说，曾晓峰等提出了乐府诗"文依事传"的传播特点，认为乐府本事是"一种引发诗人创作的本源性故事"，"它以一种故事性、传奇性、叙事性等易于被记录和流传的方式，辅助了乐府诗歌的生存和延续"。④ 按照此说，本事对于琴歌传播及展现内容完整性方面也能发挥重要功能。

历代文人学士在辑录琴曲歌辞时往往会连同本事一起收录。今人向回有《乐府诗本事研究》一书，其中分析了乐府诗本事的内容和类型，

---

① 吴相洲：《关于建构乐府学的思考》，《北京大学学报》（哲学社会科学版）2006 年第 3 期。

② 赵敏俐：《先秦两汉琴曲歌辞研究》，《文学遗产》2010 年第 2 期。

③ 廖群：《代拟琴歌与先秦人物故事的汉代演绎》，《文学遗产》2018 年第 4 期。

④ 曾晓峰、彭卫鸿：《试析汉乐府文事相依的传播特点》，《中南民族大学学报》（人文社会科学版）2004 年第 2 期。

探索了本事的多种来源与流变，并总结了本事在传播和文学方面的价值，较为全面系统地展示了乐府诗本事可供研究的各个方面。① 书中构建的本事研究框架，同样适用于琴歌本事研究。赵敏俐《先秦两汉琴曲歌辞研究》是十分少见的先秦两汉琴歌专论，其中提供了琴歌本事研究的独特思路与视角。文中以表格的形式列举了 50 首琴曲故事主题，主要集中在感伤时政、思念贤人、怀才不遇、避世退隐、思乡念亲等几个方面。本事是琴曲故事的重要载体，这些故事主题也可算是对琴歌本事主题的总结。这些琴曲故事"与历史记载并不完全相符，很多是在历史人物故事原型上的再创造"，"我们虽然不清楚它们的作者，但是其抒情主体却明显地具有汉代文人特征"，② 故事主题真实地反映了汉代文人的政治关怀、生活遭际和思想情感，相应的琴曲歌辞也是汉代文人诗歌创作的有机组成部分。另外，作者还以《聂政刺韩王曲》《龙蛇歌》《箕子操》为例，分别从"原型故事与文学母题的整合""口传诗学特征""故事的再造"三个方面论述了琴曲故事的生成与发展历程，认为这些琴曲故事本身也是文学史上饶有兴趣的话题。赵敏俐先生在文中还指出，琴曲歌辞都是托名古人所作，其本事并不可靠，且在先秦两汉歌诗类型中唯有琴曲歌辞是这种情况，为何会如此呢？这或许与汉乐府歌诗表演活动有关，"两汉乐府歌诗艺术是以娱乐和观赏为主的，为了达到更好的娱乐和观赏效果，自然要在表演方面下功夫"。③ 廖群在《代拟琴歌与先秦人物故事的汉代演绎》一文中也认为，汉代出现了演绎先秦人物故事的琴歌表演，这种琴曲故事演绎是由本事叙述和歌辞抒情共同完成的，其中"演绎历史人物故事乃是供人欣赏'节目'中的重要部分"，由此"汉代琴曲表演者创作了大量模拟前代人物口吻弹唱的代拟体歌诗……这些琴歌代拟抒情，决定了对抒情主人公及其本事做出交代是琴曲表演的必备元素"。④

---

① 向回：《乐府诗本事研究》，北京大学出版社 2013 年版。
② 赵敏俐：《先秦两汉琴曲歌辞研究》，《文学遗产》2010 年第 2 期。
③ 赵敏俐：《汉乐府歌诗演唱与语言形式之关系》，《文学评论》2005 年第 5 期。
④ 廖群：《代拟琴歌与先秦人物故事的汉代演绎》，《文学遗产》2018 年第 4 期。

可以说是汉代人的娱乐需求以及琴歌表演，导致了大量托古琴歌作品的出现。廖群此文专门研究代拟体琴歌，其中含有对代拟体琴歌本事的大量分析，她从古代文献、出土文物两方面揭示了汉代琴歌表演代拟抒情的本质特点，探究了汉代琴歌本事中显露的表演痕迹，以及特殊文化环境下汉代琴歌本事中蕴含的新创作，以此展示了先秦琴歌本事向汉代琴歌本事的演进过程。

琴歌本事研究虽起步较晚、成果不多，但研究起点较高，赵敏俐与廖群两位先生的研究促使本事研究不断细化，为学界提供了本事创作与文化背景结合研究的新角度，并提高了琴歌本事在汉代文学史上的地位。向回的研究虽非针对先秦两汉琴歌本事而发，却为本事研究领域划定了整体框架，同样值得相关研究者参考借鉴。

七 琴歌与其他艺术形式的关系研究

先秦两汉琴歌作为一种音乐文学，一直保留着和乐而歌的表演方式，同时作为乐府诗中的一大门类，其必然与其他艺术形式产生千丝万缕的联系。关于琴歌与其他艺术形式间的关系早已引起了学者们的关注，相关研究内部包括琴歌与相和歌间的关系，琴歌与楚骚体或《诗经》体的关系，其中尤以琴歌与楚骚体的关系研究较为充分。

相和歌是在"街陌谣讴"的基础上发展而成的，从声调上看它继承了各地民间的传统声调，从演奏形式看其采用丝竹伴奏、人声相和的形式，与琴歌如出一辙。蔡邕《琴赋》中提及的《梁甫吟》《饮马长城窟行》《楚妃叹》《鸡鸣》都是汉代十分流行的相和歌，这表明除了演唱形式外，琴歌与相和歌在曲调、内容主题方面也有着紧密的联系。许健《相和歌与琴曲》一文从民歌、歌舞乐曲、但曲三个方面揭示了相和歌在生成、繁荣、衰落过程中与琴曲的密切联系，文中列举的具体曲目或依琴曲古调填辞而来，或存在相和歌、琴歌两种艺术形式，或有着与琴曲相似的曲式结构，等等，最终作者认为："由相和歌派生出来的歌、舞、音乐，都与琴曲有过千丝万缕的联系；由相和歌创造出来的艺术成果，在琴曲中颇能有所体现。"① 王昆吾在《关于〈乐府诗集·琴曲歌辞〉的几个问题》一文中称，"由于用相和的形式歌唱，所以琴歌也可理解为一种特殊的相和歌——只不过是用琴作为伴和手段的一种相和歌"，"琴歌主要有相和歌和著辞两种类型，其中最重要的是相和歌。从琴歌的句式、本事当中，可以看到很多相和而歌的迹象"，某些作品"一方面是琴曲歌辞，另一方面是相和歌辞"，作者还进一步将相和歌的发展分为两个阶段，"一是以歌和歌的阶段，二是以器乐和歌的阶段"，这两种阶段的相和歌又分别对应着不同类型的琴歌，"相和形式的琴歌对应的是谣歌，属以歌和歌；相和形式的琴歌曲对应的是相和歌曲，属配有器乐的相和歌"。② 这更加细致地阐释了琴歌与相和歌的对应关系，同时这一观点的提出，无疑为进一步探索早期琴歌与相和歌的关系提供了思路和方向。

楚骚体在中国诗歌史上占有十分重要的地位，其与琴歌的关系古人早有认识，如朱熹即认为"操"类琴歌"最近《离骚》"，"《离骚》本古诗之衍者，至汉而衍极，故《离骚》亡。操与诗赋同出而异名"。③ 现今，研究者们已经意识到楚骚体具有衍生其他句式的造句能力，进而注意到其与乐府诗之间的承继关系，其中部分论述涉及琴歌方面的内容。郭建勋《论乐府诗对楚声楚辞的接受》一文，结合先秦楚国琴瑟流行的历史事实，认为骚体"兮"字句一唱三叹的抒情特点正与"操"类琴歌表达处境困窘之忧愁的曲子相适应，故而多用骚体形式的"操"类琴歌实际上与楚声哀怨传统有很大关系。④ 周仕慧《琴曲歌辞研究》第二章详细探究了骚体琴歌与楚声的关系。作者通过先秦时期古琴演奏楚歌的文献记

---

① 许健：《相和歌与琴曲》，《音乐研究》1985 年第 3 期。

② 王昆吾：《关于〈乐府诗集·琴曲歌辞〉的几个问题》，赵敏俐编《中国诗歌与音乐关系研究》，学苑出版社 2005 年版，第 148 页。

③ （宋）朱熹撰，蒋立甫校点：《楚辞集注》，上海古籍出版社、安徽教育出版社 2001 年版，第 270 页。

④ 郭建勋：《论乐府诗对楚声楚辞的接受》，《中国文学研究》2002 年第 4 期。

载追溯琴乐与楚声的渊源关系，并逐步展现二者间联系逐渐加深的过程：先秦时期，楚骚体用作琴歌仅是个案；两汉时期，楚声成为琴曲的主要表现形式，并最终形成一种特殊的琴歌体式。另外，作者还具体探讨了琴歌与楚声在曲式上的相似性，从虚声辞的运用、用韵位置、韵部特点等方面探索了琴歌韵律所表现出的楚调风格特征。① 其不足之处在于，作者虽然在分析二者相似性的同时有意凸显了骚体琴歌的特殊性，但关于骚体琴歌对楚声的继承与发展方面展现得不够明显，且其例证多为后世体制规整的骚体琴歌而非先秦两汉骚体琴歌，以此作为两汉琴歌与楚歌关系的论据似不具有十足的说服力。苏慧霜《从郭茂倩〈乐府诗集〉初探汉唐乐府与楚辞的关系》一文述及郭茂倩《乐府诗集》所分十二类乐府诗中有十类保存着楚声、楚调，其中包括琴曲歌辞，作者认为：古琴曲"九引"中的《楚引》显然是楚声无疑，《飞龙引》则出自《离骚》"为余驾飞龙兮，杂瑶象以为车"一句；古琴曲中的"十二操"的性质与楚骚最近，郭茂倩《乐府诗集·琴曲歌辞》中所录刘邦的《大风起》与项羽的《力拔山操》都是典型的楚歌，另外，《乐府诗集·琴曲歌辞》中一系列以"湘妃"为题的琴曲歌辞，也均以楚骚体呈现，这显示了乐府歌者对楚辞题材的喜爱和仿作。② 该文只是点明了属于楚歌范畴的琴曲篇目，对于二者之间的详细关系并未展开讨论。廖群在《"代拟体"与"述"屈原——以代拟琴歌为参照，兼及"兮字歌"新考》一文中提出了楚辞中"述"屈原之作可作琴曲演唱的观点，她从"兮"字入手探索楚辞与代拟体琴歌的关系，认为"述"屈原代拟体作品体式是由琴歌自弹自唱的性质决定的。③

另外，廖群在《先秦说体文本研究》第八章论述了汉代代拟琴歌与

---

① 周仕慧：《琴曲歌辞研究》，北京大学出版社 2009 年版，第 96—111、128—148 页。

② 苏慧霜：《从郭茂倩〈乐府诗集〉初探汉唐乐府与楚辞的关系》，《云梦学刊》2011 年第 4 期。

③ 廖群：《"代拟体"与"述"屈原——以代拟琴歌为参照，兼及"兮字歌"新考》，《中国文学研究》2018 年第 3 期。

先秦说体文学的关系，探索了两汉琴歌表演形式对先秦说体文学的演绎创作与促进传播之功：首先，琴歌表演以古琴伴奏，以表演者自弹自唱为表演形式，表演由故事性"说白"、歌辞演唱、古琴弹奏三部分组成，其中歌辞演唱主要用于抒情，故事性"说白"是表演主体；其次，琴歌表演增设了"援琴而歌"或"作歌"情节，将故事与演唱融合起来，复又以故事主人公的口吻创作歌辞，代拟抒情，歌辞中有时还会巧妙地融入历史传说和典故，同时创作者还在"说白"部分增添描述成分，通过增添动作、表情描写以及细化情节等方式对先秦故事加工润色，使其更富有文学色彩，如此便可达到吸引观众的效果；最后，"说白"部分或被作为琴歌本事与曲辞一同收录于琴集、乐府集及琴论著作中，或被听众记诵、转述变成"俗说""俗传"，或被时人引述进入"说体"故事集，因此许多汉代史传、故事著作中的篇目，虽不见于今见琴歌集，但有弹唱、援琴或作歌情节，可能也是先经过琴歌表演演绎后进入史传文学或故事辑录。① 可见琴歌表演在促进说体文学传播方面的重大功用。除以上所述外，关于琴歌与其他艺术形式间的关系研究，还有高长山的《汉代琴曲歌辞与乐府诗、五言诗的关系》一文，作者在文中否定了琴曲歌辞对五言诗体生成的推动作用，探索了汉代琴曲歌辞以四言、骚体为主的主要原因，展现了其在乐府诗中的独特地位以及文学、审美特征的独特性。②

在先秦两汉时期，多种文化形态的发展方兴未艾，处于同一时间段内的文学艺术在共同的社会环境、审美心理的影响下，相互之间必然会产生千丝万缕的联系，而彼时的琴歌艺术也必然会借鉴其他相对成熟的艺术形式以发展自身。总体来说，学界已经普遍认识到琴歌与其他文体间的诸多关系，也产生了一批极具启发性的研究成果，这为相关研究者继续探寻琴歌与更多文化样式间的关联提供了宝贵经验。

① 廖群：《先秦说体文本研究》，中央编译出版社 2018 年版，第 643—654 页。
② 高长山：《汉代琴曲歌辞与乐府诗、五言诗的关系》，《艺术评论》2009 年第 4 期。

结　语

琴歌是弦歌中的重要代表，早期琴歌与礼乐政治有着较为密切的关系，内容展现的多是圣人制礼乐而天下治的民本、仁爱思想。根据《尚书》《诗经》《礼记》等典籍文献的记载，先秦琴乐在宗庙仪典活动、宾客宴飨场合以及公卿大夫的日常生活中应用广泛。孔子及儒门弟子即十分重视弦歌诵诗，至汉代则有帝王、文人及乐工纷纷加入琴歌创作的行列，从而琴歌的内容得以扩展，抒情性和个性化也进一步增强。与此同时，琴歌的题名、曲调及体式也得以定型，并为魏晋隋唐时期琴歌的繁荣发展奠定了基础。琴歌研究，从大的方面讲包含音乐与文学两个方面，从小的方面讲则涵盖了诗歌、散文、表演、乐律、乐器、礼乐、教育、传播等诸多方面。晚清之前，对琴歌及相关问题的研究并不多见，多以辑录和零星点评为主。近代以来，又有部分学者对琴歌持否定态度，其间虽有学者为其正名，但于研究上并无太多推进。如今绝大多数的研究者已经可以理性地审视琴歌，能够多角度、多方位地对其研究考证，从目前的研究成果来看，虽多以魏晋、隋唐时期的琴歌为主，但先秦两汉琴歌研究也已得到足够的重视。诸位学者在先秦两汉琴歌的辨伪与考证、诗乐关系、表演形式、构成要素等方面进行了较为充分的研究，此外，先秦两汉琴歌的辑录与考辨方面逐渐细化；早期琴歌本事、题名研究，琴歌与其他文体的关系研究，也逐步得到重视；琴歌由先秦到两汉的时代发展轨迹渐趋明朗；早期琴歌本事的后世演进，也正在成为一个十分值得研究的文学话题；等等。总之，先秦两汉琴歌于中国古代琴歌史上具有重要的源头意义，对其研究应紧密结合时代文化背景，尽量还原琴歌创作表演的历史情境，拓宽研究思路，多学科交叉、多角度切入，以加强研究的广度和深度。如今随着乐府学和琴学研究的不断推进，王昆吾、许健、查阜西、赵敏俐、吴相洲等一批学者先后对琴歌研究提出了建设性的指导意见，并引领着琴歌研究向着更加明朗的方向发展，相信随着学者间交流的增多和研究的深入，先秦两汉琴歌研究领域将会涌现出越来越多的研究成果。

（孙立涛，青岛大学文学与新闻传播学院特聘教授；程诺，青岛大学文学与新闻传播学院研究生）

《远游》之"韩众"考辨

王瀚乐

摘　要：《远游》文本中所出现的"韩众"，是《远游》作者研究的一条关键线索。历史上最早存名的所谓"韩众"，指的是《史记·秦始皇本纪》中的那位秦代方士。秦方士韩众为秦始皇入海求仙药，因逃不还。这一事件在追崇神仙的汉代人眼中，充满求仙的浪漫色彩，同时韩众又是前代的知名神仙方士，因而依据秦方士韩众的本名与本事，韩众的仙话就这样在汉代产生了。所谓的古仙人"韩众"，出现于《列仙传》佚文中，其实是汉代人的附会之说，其传说也没有超脱于秦方士韩众的本事。因此，《远游》中出现的"美韩众之得一"指的是秦方士韩众，由此也可以证明《远游》的作者并非屈原，而是秦朝以后的一位汉代作家，《远游》属于汉人拟骚之作。

关键词：《远游》；韩众；汉人拟骚之作

《远游》是否为屈原所作？这一问题，自近现代以来，无疑已经成为楚辞研究领域的一桩悬而未决的公案。自汉代学者提出《远游》是屈原所作以来，其后千余年，学者们秉持汉人的观点，也都认为《远游》是屈原的作品。直到清中叶以后，才有学者明确指出《远游》并非屈原所作。关于这一问题，最早明确指出《远游》并非屈原所作的是清代学者胡濬源，他在《楚辞新注求确·凡例》中说："屈子一书，虽及周流四荒，乘云上天，皆设想寓言，并无一句说神仙事。虽《天问》博引荒唐，亦不少及之。'白蜺婴茀'，后人虽援《列仙传》以注，于本文实不明确何？《远游》一篇，杂引王乔、赤松且及秦始皇时之方士韩众，则明系汉人所作。可知旧列为原作，非是。"① 胡氏明确指出《远游》中有王乔、赤松子这些在汉人作品中才大量出现的仙人，且"羡韩众之得一"之"韩众"，是秦朝的神仙方士，此人断不会出现在屈原的作品中。由此胡氏认为，此前的学者历来将《远游》列为屈原的作品这一判断是错误的。胡氏对《远游》的质疑出现以后，近现代以来的诸多学者（如陆侃如、郭沫若、张树国、常森等）受其启发，对《远游》作者的归属问题，从神仙方术的产生、辞句的相仿、思想情感的异质性等多个角度展开了详细的研究。② 在此，笔者仅就"《远游》中的'韩众'"这一角度，对《远游》作者的归属问题，提出个人的一点看法，希望能从这一小的层面深入下去，进而窥探《远游》作者问题之一二。

《远游》中"奇傅说之托辰星兮，羡韩众之得一"的"韩众"一词，为探究《远游》创作年代提供了一条可靠的线索。王逸注《远游》篇"韩众"曰："众，一作终。"③ "韩众"（或作"韩终"）一词在现存文献中，最早出现于《史记·秦始皇本纪》：

> （三十二年）因使韩终、侯公、石生求仙人不死之药……（三十五年，侯生、卢生）乃亡去。始皇闻亡，乃大怒曰："……今闻韩众去不报，徐市等费以巨万计，终不得药，徒奸利相告日闻。卢生等吾尊赐之甚厚，今乃诽谤我，以重吾不德也。诸生在咸阳者，吾使人廉问，

① 杨金鼎：《楚辞评论资料选》，湖北人民出版社1985年版，第492页。
② 关于近现代以来学界对《远游》作者问题的相关研究文章及研究动态，参见李昭《〈楚辞·远游〉作者问题研究综述》，《中国诗歌研究动态》（第二十四辑），学苑出版社2020年版，第297—308页。
③ （宋）洪兴祖：《楚辞补注》，中华书局1983年版，第164页。

或为訞言以乱黔首。"于是使御史悉案问诸生，诸生传相告引，乃自除犯禁者四百六十余人，皆坑之咸阳，使天下知之，以惩后。①

　　秦始皇时期是神仙思想逐渐发展的一个时期，而"韩众"则是秦时的著名方士。方仙道兴起于战国末期，《史记·封禅书》记载："自齐威、宣之时，驺子之徒论著终始五德之运，及秦帝而齐人奏之，故始皇采用之。而宋毋忌、正伯侨、充尚、羡门高最后皆燕人，为方仙道，形解销化，依于鬼神之事。邹衍以阴阳主运显于诸侯，而燕齐海上之方士传其术不能通，然则怪迂阿谀苟合之徒自此兴，不可胜数也。"② 可见，当时的神仙方士多是来自齐地或者燕地。他们为了满足人主长生的欲望，因着地理上的优势，完善了蓬莱仙话系统，附会出蕴有不死之药的海上三神山仙话："蓬莱、方丈、瀛洲。此三神山者，其傅在勃海中，去人不远；患且至，则船风引而去。盖尝有至者，诸仙人及不死之药皆在焉。其物禽兽尽白，而黄金银为宫阙。未至，望之如云；及到，三神山反居水下。临之，风辄引去，终莫能至云。"③ 此后，方仙道又因为秦始皇的求仙活动，而得到进一步发展。秦朝一统之后，秦始皇尤好方仙道，渴望能像仙人一般长生不死。而秦始皇追求长生的理论基础，正是此前由燕齐神仙方士所创造出的海上三神山仙话。"及至秦始皇并天下，至海上，则方士言之不可胜数。始皇自以为至海上而恐不及矣，使人乃赍童男女入海求之。"④ 因为不死之药在海上神山中，陆地上不可寻得，只能乘船入海以求。于是为了得到这不死之药，秦始皇派遣大量方士入海求仙药。他统一天下之后，多次于东南沿海地区巡行，其主要目的，也是希望能够得到海上的仙药，通过仙药来实现其长生不死的愿望。

　　关于秦始皇派方士入海求仙药一事，世所熟知的是徐福（即徐市）

---

① （汉）司马迁：《史记》卷六《秦始皇本纪》，中华书局1959年版，第252—258页。
② （汉）司马迁：《史记》卷二八《封禅书》，中华书局1959年版，第1368—1369页。
③ （汉）司马迁：《史记》卷二八《封禅书》，中华书局1959年版，第1369—1370页。
④ （汉）司马迁：《史记》卷二八《封禅书》，中华书局1959年版，第1370页。

入海求仙药，往往忽略了史籍中所记载的这位"韩众"。据《汉书·郊祀志》谷永谏成帝好鬼神，谷永具列前代神仙方士的荒谬，其中也提到了"韩众"（韩终）："秦始皇初并天下，甘心于神仙之道，遣徐福、韩终之属多赍童男童女入海求神、采药，因逃不还，天下怨恨。"① 由此可见，"韩众"也是和徐福类似的"入海方士"。"韩众"正是秦始皇派遣去海上寻不死之药的神仙方士之一。②

　　以上是汉代史籍中出现的韩众，可见都是指的秦时的一位神仙方士。那么对于《远游》中出现韩众这一现象，尚有以下几点问题需要予以解决。一方面，倘使《远游》中的韩众指的是秦始皇时期的那位方士，则《远游》的作者可以确定地说不是屈原，《远游》的创作年代要晚于屈原的年代。另一方面，倘若说《远游》是屈原所作，则意味着《远游》中所出现的"韩众"就并非秦始皇时的方士，而早于屈原时代，就需要有一位古仙人的名字，和秦时"韩众"恰好同名，且其为屈原所了解。关于屈原之前已经有一位古仙人"韩众"这一问题，支持屈原作《远游》的学者也对此进行了详细的论证。首先是汤炳正先生，汤先生在《楚辞类稿》中据"同术慕用"的惯例，推测古代有一位仙人叫作韩众，秦之韩众只不过是仰慕古仙人，因而与之同名的：

　　　　凡遇古人异代同名者而误合为一人，是错误的。因此，秦有韩众，与《远游》所谓古代韩众，既不应混为一谈，也不应以为误文。据"韩众"而将《远游》写作时代移于秦汉以后，实为不确之论。盖古有神话传说"韩众"，故始皇方士之以"韩众"自号，此殆即太炎先生所谓"同术""慕用"。例如《史记·扁鹊仓公列传》：扁鹊"姓秦氏，名越人"，"或在齐，或在赵，在赵者名扁鹊。"《正义》

云："《黄帝八十一难序》云：秦越人，与轩辕时扁鹊相类，乃号之为扁鹊。"此之与秦方士之号曰"韩众"的史例相同。①

汤先生举出了几则"慕用"的例子，因而通过以类相从的原则，推测秦之"韩众"也是慕用古代仙人韩众之名。这个结论其实是值得商榷的。汤先生所举的"慕用"的例子，皆有文献的支撑，而关于秦"韩众"之"慕用"，则是根据某种惯例而作出的推论，并未有相关文献来支撑这一结论。虽然这种情况不是没有可能出现，但是以没有文献根据进行类比似的立论，其所得出的结论总不算坚实，且汤先生说"盖古有神话传说'韩众'"，这个论断也是不尽科学的。"韩众"见于汉代人典籍之中者，皆是那位秦始皇时的方士。只有托名刘向的《列仙传》，有不太相类的记载。

《楚辞补注》引旧题刘向《列仙传》曰："齐人韩终，为王采药，王不肯服，终自服之，遂得仙也。"②李贤注《后汉书·张衡列传》中的《思玄赋》也引用到了这则材料，但这则材料也有值得论说的地方。首先，这则材料早已经佚失，不见于今本《列仙传》当中，其真伪尚且需要进一步考辨。其次，就算这则材料确实是古本《列仙传》的佚文，以《列仙传》的文体性质来看，这则"韩终"传说究属口耳相传以至于最终编撰成条，相对于《史记》《汉书》等史籍的严肃记载，这条佚文的史实是否完全可靠，尚且值得进一步讨论。同时，亦尚不能完全排除编撰仙话成集的后人因秦神仙方士"韩众"之名附会成说的可能。最后，就算假设这则材料确实有一定的史料价值，也并不能因此肯定材料中的"韩终"和秦"韩终"有何不同。因为秦之"韩终"本是燕齐之地的方士，在秦统一六国之前，战国晚期燕齐两地的诸侯亦有求取仙药的行为，因此可能"韩终"在秦统一六国之前，作为活动于燕齐之地的神仙方士，

---

① 汤炳正：《楚辞类稿》，巴蜀书社 1988 年版，第 395 页。
② （宋）洪兴祖：《楚辞补注》，中华书局 1983 年版，第 164—165 页。

也曾有过为燕齐诸侯求药的行为。同时又因为这则材料的时间线索并不明晰，而方仙道又是战国晚期才出现的，因此，也就不能排除这则所谓《列仙传》佚文所记录的，其实就是秦方士"韩终"这一可能。至于句末所谓"遂成仙也"，无非后世的神仙方士为自神其道的附会之说，不足以援为史据。同时，就算《列仙传》佚文所写的确实是早于秦"韩终"的一位古代的成仙之人，也是因为时间上的模糊，也不能确定这位古人的出现时间就一定早于屈原。

还有学者从其他方面入手来论证《远游》中的韩众并不是秦方士韩众。学者力之曾对《远游》中的"韩众"进行系统研究，并撰写专文对"韩众"的问题进行讨论。在《〈远游〉之"韩众"必先于屈原——兼论〈远游〉的作者问题》一文中，力之首先对此前出现的非屈学者的论断进行了系统的批驳，进而更提出"三个前提""汉人之所说韩众有二""李、洪互证"等证据（作者尤以前两个为其最坚实的证据。"李、洪互证"上文已辨，兹不赘述）来证明《远游》中的"韩众"不是《史记·秦始皇本纪》与《汉书·郊祀志》谷永谏书中出现的那个方士"韩众"。① 虽然力之的讨论非常系统，且汇集了不少支持《远游》为屈原所作的学者观点进行论述，使其研究具有一定的代表性，但是这位学者所得出的论断，也有值得进一步商榷的地方，于兹一一详辨。

一方面，是力之所论述的"汉人之所说韩众有二"的问题。力之指出：

> 汉人所说的韩众有两种情况：（1）正面的，如《七谏》之被"问天道之所在"者与班彪赋之"讲神篇而校灵章"者；（2）负面的，如《秦始皇本纪》所说导致460余人"坑之咸阳"者与谷永谏成帝时所说的"天下怨恨"者。这两个"韩众"各有所指，不能混为一谈。②

---

① 力之：《〈远游〉之"韩众"必先于屈原——兼论〈远游〉的作者问题》，《中州学刊》2019年第4期。

② 力之：《〈远游〉之"韩众"必先于屈原——兼论〈远游〉的作者问题》，《中州学刊》2019年第4期。

　　力之通过分析汉代的史籍与赋作，认为汉人眼中的韩众实有两个。一个是早于屈原的古仙人，另一个则是秦之方士。古仙人韩众的形象是正面的、高洁的，而秦之方士韩众的形象则是反面的、低劣的。乍一看去，论据充实，论点好似也没有问题，但是仔细研究一下，就不难发现此说的不当之处。作者批驳非屈学者们的"实二而一"（指把两个韩众都当作秦韩众去论说），却不料自己其实并没有将这一问题看全面。《史记·秦始皇本纪》对于秦始皇焚书坑儒的缘起记载得很明白，可以说有很多原因最终导致了秦始皇的焚书坑儒，而最直接的原因也并不是"韩非去不报"，而是卢生等人的诽谤。力之在此夸大了韩众在这一事件中的作用，认为韩众是导致焚书坑儒的主要原因，这无疑是不准确的。同时，《汉书·郊祀志》中的所谓导致"天下怨恨"的秦方士韩众，之所以通过在谷永的谏书中以这种面貌出现，也是有其特殊的历史原因的。当时汉成帝好鬼神，神仙思想在社会上盛行，成帝身边聚集了一批神仙方士。谷永希望成帝能够远离这些"言祭祀方术者"，因而上书罗列前代方士的伪迹：

　　　　昔周史苌弘欲以鬼神之术辅尊灵王会朝诸侯，而周愈微，诸侯愈叛。楚怀王隆祭祀，事鬼神，欲以获福助，却秦师，而兵挫地削，身辱国危。秦始皇初并天下，甘心于神仙之道，遣徐福、韩终之属多赍童男童女入海求神、采药，因逃不还，天下怨恨。汉兴，新垣平、齐人少翁、公孙卿、栾大等，皆以仙人黄冶、祭祠、事鬼使物、入海求神、采药贵幸，赏赐累千金。大尤尊盛，至妻公主，爵位重累，震动海内。元鼎、元封之际，燕、齐之间方士瞋目扼捥，言有神仙、祭。致福之术者以万数。其后，平等皆以术穷诈得，诛夷伏辜。至初无中，有天渊玉女、巨鹿神人、阳侯师张宗之奸，纷纷复起。①

————————

① （汉）班固：《汉书》卷二五《郊祀志下》，中华书局1962年版，第1260页。

谷永在此罗列了前代的诸多方士，可见并不是只有"韩终"一人，其目的也仅在于举例论证自己对于这些荒谬的神仙方士的看法："皆奸人惑众，挟左道，怀诈伪，以欺罔世主。听其言，洋洋满耳，若将可遇；求之，荡荡如系风捕景，终不可得。是以明王距而不听，圣人绝而不语。"① 在谷永的谏书中，"韩终"是以一个入海求药因逃不还，而导致"天下怨恨"的秦朝方士的形象出现的。这一形象有利于谷永论说的展开，虽有夸大其词之嫌，但是整体上是符合一定时期的历史实际情况的，但是，并不能够因此说"在汉代'家喻户晓'的秦时'韩众'，乃其时'天下怨恨'之人"②。首先，谷永所谓的"天下怨恨"，只是概说，所谓"天下"人，到底包含哪一部分人，是否当时秦朝所有人都"怨恨"，还是仅仅"童男女"之家"怨恨"？可见，谷永所谓"天下"，并不是全天下人，只是一种为了议论方便的概说罢了，其说具有一定的参考价值，但只对汉成帝时的大臣对皇帝接近方士这一件事所持有的态度有参考价值，而对于秦时百姓对"韩众"的真正态度，参考意义并不大。其次，就算说"韩终"受"天下怨恨"，那也应是指受部分秦人的怨恨，而不是指受汉代人怨恨（力之文中所谓"其时'天下怨恨'之人"之"其时"，指的是汉代），对于谷永的文意，在此不可随意偷换概念。因此，不能通过谷永谏逐方士的一篇谏文，来定论汉代人整体上对秦之韩众有什么样的态度。

那么汉代人整体上对秦之韩众的态度是什么样的呢？结合汉代社会崇尚神仙思潮的历史情况，也不难进行合理推断。神仙思想产生于战国晚期，及至汉代，由于帝王的追崇以及一般民众的狂热信仰，更使神仙思潮成为汉代思想文化领域内极其重要的一个方面。神仙思潮深刻地影响着汉代社会的各个方面，大到帝王的封禅祭祀，小到民众的日常生活，

① （汉）班固：《汉书》卷二五《郊祀志下》，中华书局 1962 年版，第 1260 页。

② 力之：《〈远游〉之"韩众"必先于屈原——兼论〈远游〉的作者问题》，《中州学刊》2019 年第 4 期。

无处不见神仙思想的影响。流传至今的汉代史籍与文艺作品，以及考古发现的汉画像石、服饰、镜铭、陶器、墓画等，都含有丰富的神仙因素。可见就接受层面来说，汉代人热衷于神仙信仰。汉武帝时，上书言神仙方术者以万数，汉宣帝修武帝故事，也热衷求仙，其后汉成帝因无子嗣、汉哀帝因疾病缠身，都曾广求方术之士。在民间，西汉晚期人民狂热崇拜西王母，至东汉时期，方术之士由帝王的宫廷走入民间，而东汉中后期道教兴起，更使大量方术在民间得以广泛传播。由此可见，在社会层面，汉代人有崇尚神仙、广求方术的倾向。因此，韩众作为前代的著名神仙方士，也不至于受到汉代社会的过多排斥，且汉代神仙思潮极盛，这也决定了汉代是一个仙话创生的时代。韩众作为前代的知名方士，入海求仙药而不还，在汉人的狂热想象中，这一事迹本身就带有极高的浪漫色彩。因此，韩众求仙药不还的这一结果，也不免使后人以之与成仙进行联想，《远游》中有"奇傅说之托辰星兮，羡韩众之得一。形穆穆以浸远兮，离人群而遁逸"，后两句也不能说与韩众入海求药不还的仙化想象完全无关。因此，可能在这一仙话创生的时代，秦之韩众作为求仙药的知名方士，逐渐地被汉人附会上了仙的色彩，进而汉人创造出了上面那一则时代感模糊的仙话（《列仙传》佚文），而这也使得当今有些学者误以为秦韩众之前，还有另一位古仙人韩众存在，但是无论如何，这一后来出现的依据秦韩众而附会的成仙事迹，秦之韩众的本事依然没有在这仙话化的过程中被磨灭：韩众依然是作为神仙思潮繁盛的燕齐之中的"齐人"出现的，且其主要事迹依然是"求仙药"。在不同的语境下，秦韩众也就以这样不同的面貌呈现在我们面前，因此，东方朔《七谏》"闻南籓乐而欲往兮，至会稽而且止。见韩众而宿之兮，问天道之所在? 借浮云以送予兮，载雌霓而为旌"① 与班彪《海赋》"松乔坐于东序，王母处于西箱。命韩众与岐伯，讲神篇而校灵章"② 中出现的韩众形象，实际

---

① （宋）洪兴祖：《楚辞补注》，中华书局 1983 年版，第 249—250 页。
② 龚克昌等评注：《两汉赋评注》，山东大学出版社 2011 年版，第 341 页。

上就是指经汉代人仙话化之后的秦方士韩众。力之批驳所谓"二而一
之",将一个历史人物的两种面貌,略显机械地分成两个人物去进行论
述,其根本原因就在于没能历史地去看问题,没能对"韩众"这一历史
人物文化内涵的变迁过程进行更深一步的考量。

另一方面,则是关于力之所说的"三个前提"的问题。三个前提之
中,"同术慕用"这个问题上文已有论述,此处不再展开,这里来看其他
两个前提。先看力之提出的第一个前提:

> 《楚辞》中非屈作者均代屈设言。故此,"见韩众"一事,乃东
> 方朔代屈原言。即其认为《远游》为屈原作而先秦另有一韩众。①

可见这一前提中涉及《楚辞》中除屈原作品之外的其他所有作品,
而这部分作品中与本文论题关系尤为密切的,就是汉人拟骚之作。董运
庭指出:"入选《楚辞》的仿骚体作品,必须至少符合三项标准:一、必
须是带'兮'的骚体句式;二、不能以赋名篇,即在题目中不能出现
'赋'字;三、内容上必须悯屈悼屈,甚至设身处地代屈原立言,即用屈
原的口吻抒情言志。前两条标准是就艺术形式而言,第三条标准则就思
想内容而言。"② 胡凡英说:"总之,悲痛悯惜的情感格调,谏上慰己的目
的指向,屈原倡发于前、文人缵述其后的辞体一统化形式,这就是刘向
《楚辞》选目的标准条件……真正自觉学习摹拟屈原并形成风气的是汉
人。"③ 可以说,在今本《楚辞》题为屈原所作的作品之外,其他作者的
作品都与屈原有着不同程度的联系,特别是汉人拟作,其思想上的悲感

---

① 力之:《〈远游〉之"韩众"必先于屈原——兼论〈远游〉的作者问题》,《中州学刊》
2019 年第 4 期。
② 董运庭:《楚辞流传与"屈原一家之书"的〈楚辞〉结集》,《中国楚辞学》(第十一
辑),学苑出版社 2009 年版,第 126 页。
③ 胡凡英:《〈楚辞〉汉人拟作散论》,《中国楚辞学》(第六辑),学苑出版社 2005 年版,
第 352、355 页。

忧思、语句上的模拟借鉴，无一不可看出《楚辞》中其他作者与屈原作品的紧密联系。因此，除去尚有争议的篇目（如《招隐士》①），《楚辞》中的汉人拟作，在思想内容上确实属于"悯屈悼屈"，虽然不能说是"均代屈设言"，但也有数篇存在这一特点。

东方朔的《七谏》就是一篇可以被称为"代屈设言"的作品。东方朔《七谏》称："闻南藩乐而欲往兮，至会稽而且止。见韩众而宿之兮，问天道之所在?"② 东方朔认为屈原作《远游》，因而依《远游》设辞，"韩众"当然是出自《远游》中的"奇傅说之托辰星兮，羡韩众之得一"，而《七谏》中的这两句，在句式结构上，则来源于《远游》中的"顺凯风以从游兮，至南巢而壹息。见王子而宿之兮，审壹气之和德"。由东方朔认为《远游》为屈原所作，而又引用到"韩众"，似乎可以得出屈原之前确实有一位古仙人韩众，但是这一结论仍需进一步斟酌。这里需注意的是，东方朔是否曾读过《远游》? 这就需要结合楚辞在汉代的流传与结集等方面来综合论说。西汉宫廷尚楚声，汉高祖好为楚歌，汉武帝也曾创作过《秋风辞》一类的辞作，汉宣帝亦好辞赋。同时楚辞在诸侯王与民间也从未停止流传，据《汉书·地理志》记载："汉兴，高祖王兄濞于吴，招致天下之娱游子弟枚乘、邹阳、严夫子之徒，兴于文景之际。而淮南王安亦都寿春，招宾客著书。而吴有严助、朱买臣，贵显汉朝，文辞并发，故世传楚辞。"③ 汉初骚体赋以及拟骚之辞的繁盛，都说明这一时期楚辞传播十分广泛，影响极其深远。特别是东方朔主要活动的武帝朝，武帝时期，淮南王安曾入朝作《离骚经章句》，严助、朱买臣也俱以楚辞见幸，可见楚辞在当时的传播，是相当繁盛的，但是这并不是说这一时期所称的"楚辞"和我们今天所见的王逸注的《楚辞章句》完全相同。当时楚辞的传播，应当是以单篇为主，如司马

---

① 李诚：《汉人拟楚辞入选〈楚辞〉探由》，《文学遗产》2006 年第 2 期。
② （宋）洪兴祖：《楚辞补注》，中华书局 1983 年版，第 249—250 页。
③ （汉）班固：《汉书》卷二八《地理志下》，中华书局 1962 年版，第 1668 页。

迁在《屈原贾生列传》中说："余读《离骚》、《天问》、《招魂》、《哀郢》，悲其志。"① 胡凡英据此说当时"屈原作品仅以单篇形式流传"②，这一说法有其参考价值，但同时，在单篇流传之外，因为楚辞的影响力日渐扩大，于是有了结集的必要，而汉武帝时期，对楚辞进行结集整理者，可能就是淮南王及其群臣。据汤炳正先生分析，《楚辞释文》的篇次或为古本《楚辞章句》的原始篇次，而这一篇次的具体顺序又与今本有较明显的不同。汤炳正先生据这一古本的篇次顺序进行细致的考辨，认为《楚辞》的编集分作五次。第一次编集的人是宋玉，将屈原之《离骚》与己作《九辩》编集。第二次编集的人即是淮南王或其群臣，他们将时人视为屈作的《九歌》《天问》《九章》《远游》《卜居》《渔父》结集，同时又附了一篇编集者自己创作的《招隐士》。③ 淮南王本人雅爱楚辞，同时淮南王都寿春，此为楚之旧都，对散佚于民间的屈原作品进行搜集整理也有地理上的优势。淮南王及其群臣对楚辞进行结集，无疑促进了屈原作品的传播。《远游》可能以单篇或结集之后的形式，被东方朔读到了，但无论东方朔是以哪种形式读到的，由上文的分析可以进行合理推断，武帝时期的学者可能已经读到了《远游》的文本，并且相当一部分学者认为《远游》是屈原的作品。

但是，正如汉人所坚信是屈原创作的《卜居》《渔父》等篇章，在后世被证明其实并非屈原所作一样。《远游》虽被汉人认为是屈原所作，在后人看来，汉人去屈原时代不远，似乎在判断作品著作权这一问题上，汉人有着不容置疑的权威性。其实这一点当然是不准确的，学术并不以成说的先后来判定对错，而是以事实是否有依据来辨别是非。因此，虽然汉代学者认为《远游》是屈原的作品，因其时代较早，有很大的参考价值，但是不应当认为汉人所说的就一定没有问题，丝毫不容商榷。

---

① （汉）司马迁：《史记》卷八四《屈原贾生列传》，中华书局 1959 年版，第 2503 页。

② 胡凡英：《〈楚辞〉汉人拟作散论》，《中国楚辞学》（第六辑），学苑出版社 2005 年版，第 350 页。

③ 汤炳正：《〈楚辞〉的编纂者及其成书年代的探索》，《江汉学报》1963 年第 10 期。

　　因此，也就不难辨明力之所提出的"第二个前提"了。上面所提出的"实事求是"这一研究理路，同样能对力之所提出的"第二个前提"进行有效的论证。力之在"第二个前提"中指出："刘向、王逸均认为《远游》是屈原所作。因之，'韩众'果真是《秦始皇本纪》所说者，刘向如何被骗过，王逸又怎会以'喻古先圣'说之?"① 其实，想要论证《远游》的作者，最主要的依据还是文本，这就要求我们在研究问题时，应当对相关文献进行细致的考辨，让文本自身说话。汉人认为《远游》为屈原所作，只是当时的一种学术观点。作为早期楚辞的研究者，汉人的看法具有极高的参考价值，但是我们在具体研究中，不能不加分别地以汉人的观点为学术的真理，而在研究《远游》作者问题时尤其应当注意这一点。不应以汉人的观点作为论证的前提，去得出《远游》是屈原所作这一结论，而关于力之"第二个前提"中"因之"后半段的论述，前文在分析秦方士韩众在汉代的仙话化问题时已经给出了答案，兹不赘述。

　　因此，不难看出，历史上最早存名的所谓"韩众"，指的是《史记·秦始皇本纪》中的那位秦代方士。秦方士韩众为秦始皇入海求仙药，因逃不还。这一事件在追崇神仙的汉代人眼中，充满求仙的浪漫色彩，同时韩众又是前代的知名神仙方士，因而依据秦方士韩众的本名与本事，韩众的仙话就这样在汉代产生了。所谓的古仙人"韩众"，出现于《列仙传》佚文中，其实是汉代人的附会之说，这则仙话也并没有超脱于秦方士韩众的本事。因此，正是因为《远游》文本中出现"羡韩众之得一"，可以证明《远游》的作者并非屈原，而是秦朝以后的一位汉代作家，《远游》也同贾谊《惜誓》、东方朔《七谏》一样，属于汉人拟骚之作。

　　（王瀚乐，青岛大学文学与新闻传播学院研究生）

────────────

　　① 力之：《〈远游〉之"韩众"必先于屈原——兼论〈远游〉的作者问题》，《中州学刊》2019 年第 4 期。

吴均五言诗的律化倾向

王今晖　周燕懿

摘　要： 吴均的五言诗"清拔有古气"，同时具有鲜明的时代印迹与个人风格特点，是继沈约、谢朓之后大力创作新体诗的代表诗人之一。吴均对新体诗形式的探索比前人更为深入，在声律、用韵、篇制以及对偶方面都有明显的律化倾向，是五言诗近体化道路上不可忽视的存在。

关键词： 吴均；五言诗；声律；篇制；对偶

吴均创作的五言诗现存135首，主要集中在齐末与梁天监年间，正处于永明时代稍后的时期。永明诗人提出新的诗歌理论规范，对诗歌声律、用韵、篇制等方面提出了新要求，这种诗歌被称为"新体诗"或"永明体"。受永明诗风影响，吴均大力创作新体诗。如果说永明时期的诗歌属于新体诗的创作初期，许多规范与要求未能很好地落实到诗中，那么吴均即是沿着永明诗人开拓的诗歌新天地，深化永明体的创作实践，使诗歌逐渐走到律化的道路上。

一　永明体的声律实践

关于永明体的记载，《南史·陆厥传》云：

时盛为文章，吴兴沈约、陈郡谢朓、琅琊王融以气类相推毂，汝南周颙善识声韵。约等文皆用宫商，将平上去入为四声，以此制韵，有平头、上尾、蜂腰、鹤膝。五字之中，音韵悉异；两句之内，角徵不同。不可增减，世呼为永明体。①

从以上内容中，可对"永明体"作如下分析。第一，永明体的代表人物为沈约、谢朓、王融，他们以周颙的声韵学为基础，把声韵学内容转化为声律规则，创立永明声律说并身体力行地运用到自身诗歌创作中。第二，永明体专指沈约等利用声律规则创作的五言诗，即永明声律说应用的范围仅限于五言诗中。在一句五个字中以"平、上、去、入"四声相间排列，呈现出抑扬顿挫、高低有致的音乐美；在五言诗的前后两句当中，也要做到不同声调相对，使其做到浮切流通、上下倡协，因而有"五字之中""两句之内"的说法。第三，永明体必须遵循声病规范，文中提到的"平头""上尾""蜂腰""鹤膝"即指应避免的病犯，沈约等就是在此基础上确立了永明体诗歌的声律规范。

关于"平头""上尾""蜂腰""鹤膝"的注解，今最早见于唐时日本僧侣遍照金刚所著《文镜秘府论·西卷》，书中称："平头诗者，五言诗第一字不得与第六字同声，第二字不得与第七字同声"②，"上尾诗者，五言诗中，第五字不得与第十字同声"③，"蜂腰诗者，五言诗一句之中，第二字不得与第五字同声"④，"鹤膝诗者，五言诗第五字不得与第十五字同声"⑤。其中，"蜂腰"是在一句之内的声律规范，《文镜秘府论·西

---

① （唐）李延寿：《南史》，中华书局 1975 年版，第 1195 页。
② ［日］遍照金刚：《文镜秘府论》，人民文学出版社 1975 年版，第 180 页。
③ ［日］遍照金刚：《文镜秘府论》，人民文学出版社 1975 年版，第 182 页。
④ ［日］遍照金刚：《文镜秘府论》，人民文学出版社 1975 年版，第 184 页。
⑤ ［日］遍照金刚：《文镜秘府论》，人民文学出版社 1975 年版，第 186 页。

卷》引沈约语云："五言诗中，分为两句，上二下三。凡至句末，并须要杀。"① 刘滔亦云："为其同分句之末也。其诸赋颂，皆须以情斟酌避之。"② 而其余"平头""上尾"与"鹤膝"，则是规范句与句之间的关系。据此，何伟棠提出："这些病犯规条都在强调一个声调异同对立、避免同声调字彼此相犯的用声原则，在具体做法上则要求字声对立回换的安排跟五言诗'上二、下三'的节律结合起来，跟平上去入四声分用的'四声律'结合起来。"③ 根据永明声病说的规范，也结合沈约、谢朓、王融等的永明体诗创作，能够总结出符合永明声病说的四种律句形式，以下简称为永明律句：

a. 〇仄'〇〇仄'④

A. 〇仄〇〇平

b. 〇平〇〇仄

B. 〇平〇〇平

　　当然，我们要注意到，永明声病说要求"平上去入"四声分立。关于四声二元化的思想，是梁代中后期才开始有的，而平仄之说的确立，则是在唐代以后。上述表示仅为供简洁观看所用，其中的"仄'"，指此处"上、去、入"皆可用。在沈约等永明诗人的创作中，除前三类依据"二五异声"法则安排的律句，还有一种特殊律句"〇平〇〇平"，这是诗人在诗歌创作中的自觉变通行为，《文镜秘府论·西卷》在解释"蜂腰"时也曾注解："第二字与第五字同去上入，皆是病；平声非病也。"⑤ 这种律句在沈约等的实际创作中也时常存在，约占整体诗

---

① ［日］遍照金刚：《文镜秘府论》，人民文学出版社 1975 年版，第 185 页。
② ［日］遍照金刚：《文镜秘府论》，人民文学出版社 1975 年版，第 185 页。
③ 何伟棠：《永明体到近体》，广东高等教育出版社 1994 年版，第 9 页。
④ 这种律句形式中的"仄'"表示此处为"上、去、入"三声，但两个"仄'"的声调不同。
⑤ ［日］遍照金刚：《文镜秘府论》，人民文学出版社 1975 年版，第 185 页。

句的 10%，如沈约《行园》中的"秋菰亦满坡"①（平入上）。根据以上
四类律句形式，结合其他声病规则，可以得出永明体前后两句之间的八
种声律格式②：

aA：〇仄'〇〇仄'，〇仄'〇〇平

bA：〇平〇〇仄，〇仄〇〇平

aB：〇仄'〇〇仄'，〇平〇〇平

Aa：〇仄'〇〇平，〇仄'〇〇仄'

Ab：〇仄〇〇平，〇平〇〇仄

ab：〇仄'〇〇仄'，〇平〇〇仄'

ba：〇平〇〇仄'，〇仄'〇〇仄'

Ba：〇平〇〇平，〇仄'〇〇仄'

其中 aA、bA、aB 三种为押平声韵的律联，而 Aa、Ab、ab、ba、Ba
五种则为押仄声韵的律联。吴均五言诗正是基于沈约等创立的永明体声
病说而创作的。钱良择《唐音审体》云：

> 齐永明中，沈约、谢朓、王融创为声病，一时文体骤变。谢玄
> 晖、王元长皆没于当代，沈休文与是时作手何仲言、吴叔庠、刘孝
> 绰等并入梁朝，故通谓之齐梁体。自永明以迄唐之神龙、景云，有
> 齐梁体，无古诗也。虽其气格近古者，其文皆有声病。③

随着沈约、谢朓、王融等相继离世，吴均、何逊、刘孝绰等梁代诗
人继续永明体诗歌创作，在实践中深化五言诗的声病规范。由于沈约等

---

① 逯钦立辑校：《先秦汉魏晋南北朝诗》，中华书局 1983 年版，第 1641 页。

② 此八种声律格式中，仍需注意第一字中不能有"上去入"同声，但平声可同。

③ （清）王夫之等：《清诗话》，上海古籍出版社 1978 年版，第 781 页。

人处在永明体声律理论的提出阶段，许多声病理论未能很好地转化成五言诗创作，而作为后继者，吴均大力创作永明体诗歌，并在诗中有意识地追求声律和谐之美。

统计吴均 135 首五言诗，共得 1138 句，符合四种永明律句的诗句共1118 句，其中"a. ○仄'○○仄'"有 157 句（约占律句的 14%），"A.○仄○○平"有 342 句（约占律句的 31%），"b. ○平○○仄"有 421 句（约占律句的 38%），"B. ○平○○平"有 198 句（约占律句的 18%）。吴均在五言诗创作中，对于"上二、下三"的音步节奏末句字的声调，即第二、第五字的声调运用上十分重视声律和谐，且第二字与第五字平声与上去入三声相协调的 b、A 两种律句型占据整体律句的近 70%，体现出吴均对于句内声病问题的重视与规避。

再看吴均五言诗中的律联。上文可知，符合永明声病说的律联有八种，这八种律联在吴均诗中都有体现。吴均五言诗共有 569 联，其中押平声韵的有 375 联，押仄声韵的有 194 联。在押平声韵的 375 联中，有214 联符合声律要求，其中，"aA：○仄'○○仄'，○仄'○○平"28 联（约占 13%），"bA：○平○○仄，○仄○○平"有 152 联（约占平声韵律联的 71%），"aB：○仄'○○仄'，○平○○平"有 34 联（约占 15.9%）。在押仄声韵的 194 联中，有 102 联符合声律要求，其中，"Aa：○仄'○○平，○仄'○○仄'"有 16 联（约占 15.7%），"Ab：○仄○○平，○平○○仄"有 46 联（约占仄声韵律联的 45%），"ab：○仄'○○仄'，○平○○仄'"有 7 联（约占 6.9%），"ba：○平○○仄'，○仄'○○仄'"有 17 联（约占 16.7%），"Ba：○平○○平，○仄'○○仄'"有 16 联（约占 15.7%）。从上述统计数据看，吴均五言诗中注重声律的句联已近 60%，他应用最多的律联是押平声韵的bA 式，不仅做到在一句之中二五字相异，并且在两句一联之内，相对的字也为不同声调。

沈约在《宋书·谢灵运传论》中曾言："欲使宫羽相变，低昂互节，若前有浮声，则后须切响。一简之内，音韵尽殊，两句之中，轻重悉异。"① 所谓"低昂""轻重""浮声切响"，指的就是音律的高低起伏、错落有致，而在永明体诗人的创作实践中，他们发现最能表现出"轻重""低昂"相间的声调安排，就是平声与上、去、入三声交错，吴均五言诗中 bA 律联的大量应用即是如此，这种创作倾向也为齐梁后期② "四声二元化"的提出提供现实依据。

二　严格细致的用韵

关于诗歌用韵，王力曾指出："用韵的宽严，似乎是一时的风尚：诗经时代用韵严，汉魏晋宋用韵宽，齐梁陈隋用韵严，初唐用韵宽。"③ 齐梁陈隋时期的用韵受永明声律说影响，要求比前代更为严格。吴均作为齐梁时期的诗人，其用韵形式深受永明体诗人影响。为了诗歌形式的整齐与音调和谐，通常情况下采用一韵到底中途不换韵的声韵格式。在吴均 135 首五言诗创作中，仅有 8 首诗采用转韵形式，且这 8 首都是篇幅在 12 句以上的长诗。吴均绝大多数诗歌采用一韵到底的用韵格式，有时会以韵尾相似的邻近韵部通押。在用韵方面，他既遵循齐梁诗歌用韵的大部分规律，同时又有自身风格影响下的用韵特色。关于吴均五言诗的用韵统计④，见表 1。

表1　　　　　　　　　　　　　吴均五言诗用韵统计

声调	韵部	运用次数	韵部	运用次数
平	1 东	4	13 删	1
	2 支	10	14 山	1

① （南朝梁）沈约：《宋书》，中华书局 1974 年版，第 1779 页。
② 梁代大同年间，刘滔率先从理论上提出"二五异声"到"二四异声"的问题，这实际上就是四声二元化的先导，也是永明体向唐律演变过程中的重大理论。
③ 王力：《南北朝诗人用韵考》，《清华大学学报》（自然科学版）1936 年第 3 期。
④ 关于吴均五言诗的用韵统计，主要是考察一韵到底的诗歌创作用韵情况，不包含吴均转韵体的 8 首长篇诗歌。统计中的韵部分类依据《广韵》。

续表

声调	韵部		运用次数	韵部		运用次数
平	3 脂之　同用		2	15 先仙　同用		4
	4 微		11	16 萧宵　同用		2
	5 鱼		1	7 歌	歌　独用	1
	6 模		2		歌戈　同用	2
	7 齐		5	18 麻		2
	8 灰咍　同用		2	19 覃		1
	9 真	真　独用	3	20 阳	阳　独用	1
		真谆　同用	1		阳唐　同用	3
		真欣　同用	1	21 庚	庚耕清　同用	1
	10 文		6		庚清　同用	2
	11 元魂痕　同用		3	20 青	青清　同用	1
	12 寒	寒桓　同用	1		青庚耕清　同用	1
		寒桓删　同用	2	21 尤侯　同用		4
		寒桓元　同用	1	22 侵		3
	总计		85			
上	1 语		1	3 马		6
	2 海		1	4 有		1
	总计		9			
去	1 送		1	5 队		1
	2 寘		1	6 霰线　同用		3
	3 遇		1	7 漾宕　同用		1
	4 暮		1	总计		9
入	1 屋		6	5 铎	药铎　同用	1
	2 质	质　独用	1		铎　独用	1
		质术　同用	2	6 陌昔　同用		1
	3 月没　同用		4	7 缉		2
	4 屑薛　同用		1	8 职		2
	总计		24	9 德		3

　　有关南北朝诗歌的韵部问题，王力在《南北朝诗人用组韵考》一文中对南北朝时期诗歌用韵情况予以归纳总结，并已注意到诗歌在南北朝

不同阶段用韵的演变。周祖谟《齐梁陈隋时期诗文韵部研究》一文也作了颇为详细的分析。结合二人对南北朝诗人整体用韵特点的总结，对照吴均五言诗具体用韵情况，可以得出以下结论。

第一，吴均五言诗用韵有许多符合南北朝诗人用韵的一贯方式，如侵、缉、职、德等韵独用，先仙、元魂痕、月没等同用，这是南北朝诗人通用的押韵习惯。但南北朝作为一个朝代更迭频繁的时期，其内部不同阶段的诗歌用韵是有差异存在的，王力把南朝用韵分为三个阶段：第一阶段是刘宋时期，第二阶段是齐梁时期，第三阶段则是陈隋时期。他认为"南北朝第一期的韵部较宽，以后的韵部较严"①。周祖谟亦从此说，他指出："这一时期（齐梁陈隋时期），包括北齐、北周在内，韵文押韵的部类比前代刘宋时期更加紧密。"② 作为齐梁诗人，吴均诗歌用韵是有深刻时代印迹的。与刘宋时期相比，齐梁时期的用韵更为严格，押韵的部类比之前更为细致。刘宋时期东冬钟江、支佳、脂微、鱼模虞、灰哈齐皆、歌麻、屋沃烛觉、质术栉等韵部本可同用，随着用韵要求的严格，自齐梁始，这些合用韵部逐渐细化。在吴均诗中，东、支、微、鱼、模、麻、屋等韵都已经独立使用，即使未能独用，其合用的韵部也在减少，如灰哈齐皆、质术栉分离，诗中仅使用灰哈、质术同韵，体现出不断细化的特点，这种特点也符合南朝诗歌用韵变化的发展趋势。

第二，在符合齐梁时期用韵的情况下，吴均本人在诗歌中用韵更加严格。齐梁时期可以通用的韵部如真谆臻、歌戈、阳唐、尤侯幽、质术、药铎等部，吴均开始尝试对其进行独用或再细化合用，如在真谆臻韵中，吴均共有诗5首，其中3首为真独韵，1首为真谆同韵，还有1首是真欣同韵。严格来讲，欣韵在南北朝时期不属于单独韵部，现存王仁昫《刊谬补缺切韵》的韵目中并未单列一部。王力提出："欣韵或归

① 王力：《南北朝诗人用韵组韵考》，《清华大学学报》（自然科学版）1936年第3期。

② 周祖谟：《齐梁陈隋时期诗文韵部研究》，《语言研究》1982年第1期。

文，或归真；大致可说第一期的欣归文，第二期以后的欣归真。"① 欣
部是在《广韵》中才逐渐从其他韵部中分离出去的，因此，这里的真
欣同韵，实际上可以统归于真部。也就是说，在齐梁时期真谆臻可以通
用的情况下，吴均5首诗中已有4首独用真韵，而仅1首押真谆韵。相
对于齐梁时期整体用韵于刘宋时期的精细，吴均本人用韵则在此基础上
更为严格。在歌戈、阳唐、质术、药铎的同用押韵中，吴均已经在诗中
尝试单押歌、阳、铎、质韵，在南北朝人惯用的尤侯幽合押中，吴均
也只选用尤侯两韵，这就能体现出吴均本人对用韵形式的严格、细致
追求。

第三，吴均五言诗的押韵仍有自身的风格特点。总体而言，押平声
韵的有85首，押仄声韵的有42首，以押平声韵为主，这符合永明体诗歌
用韵的规律。刘跃进统计南朝诗人平仄押韵问题后指出："从元嘉诗，到
永明诗，到宫体诗，以至于近体诗，押平声韵的诗越来越多，特别是从
元嘉到永明这一时期，变化更为明显。"② 吴均五言诗用韵，固然是平声
韵多而仄声韵少，但与永明时期其他诗人相比，其五言诗押仄声韵的数
量明显高出其他诗人。统计王力和周祖谟所列的南北朝诗歌常用韵部，
我们可以发现，其中大部分是平声韵，而有少部分入声韵，上、去二声
并未提及，可见，当时诗歌极少用仄声韵的。吴均诗歌的仄声韵占整体
诗歌用韵的1/3，确实是当时所罕见的现象。刘跃进认为："凡是押仄声
韵的，根据传统的看法，往往归入古体诗类。"③ 而观察吴均用仄声韵的
五言诗，其声律格式、诗歌体式及内容等都是新体诗样式，这是吴均在
永明体创作中的新变。他以新体诗形式而用仄声韵，能使诗歌显得古
拙，具有古诗意境。同时，相比于平声韵，仄声韵每个韵部的可入韵字
较少，而若能以仄声韵入律而不出韵，则更能显示诗人对诗歌音韵的熟

---

① 王力：《南北朝诗人用组韵考》，《清华大学学报》（自然科学版）1936年第3期。
② 刘跃进：《门阀士族与永明文学》，生活·读书·新知三联书店1996年版，第134页。
③ 刘跃进：《门阀士族与永明文学》，生活·读书·新知三联书店1996年版，第133页。

练把握。《唐诗纪事》卷六四："《梁书》云：'昭明善押短韵，吴均善押强韵。'"① 这里所谓"押强韵"，即指吴均对险窄仄声韵的应用，这种押险韵、窄韵的做法使其诗歌具有奇险的风格特色。在押仄声韵创作中，吴均对仄声韵的辨析已经十分细致，上、去、入三部，除了可以通押的霰线、荡宕、月没、屑薛，② 其余的都可独用，尤其是马、屋、缉、职、德等部，吴均已可创作多首诗而不出韵。

　　总体来说，吴均五言诗符合南朝齐梁时期声韵的基本规则，在此基础上，吴均本人的用韵更为严格、细致，在许多同用韵部中，吴均已经开始逐渐尝试减少同用韵部，甚至有些韵部已经开始独用。与此同时，吴均在用韵方面有擅押仄声韵的独特风格，在押仄声韵时，用韵十分细致，同时他利用永明新体诗形式而辅以仄声韵，使其诗歌显得古拙奇险，具有个人风格特色。

三　五言八句为主的篇制

　　永明体产生之前，五言诗创作的篇幅都是视诗人所要表达的内容而定，并不存在一篇中固定几句的体式。随着永明体诗歌确立，沈约等提出声病规范，在一句之内以及句与句之间讲求声调的高低起伏、错落有致的和谐音韵美。在声律规范众多的情况下，诗人开始有意识地缩短诗歌篇幅，以减少病犯的出现。不仅如此，永明诗人对用韵的规范也逐渐加强，他们在诗歌创作中追求一韵到底，中途不转韵、换韵。诗歌声韵的安排无疑会影响诗歌的讽咏效果，从而决定诗人对诗歌篇制长短的选择。刘勰在《文心雕龙·章句》中表示："然两韵辄易，则声韵微躁；百句不迁，则唇吻告劳，妙才激扬，虽触思利贞，曷若折之中和，庶保无咎。"③ 这就表示，当时的诗人已经意识到过短或过长的诗歌篇制会影响

---

① （宋）计有功辑：《唐诗纪事》，上海古籍出版社2008年版，第699页。

② 据王力《南北朝诗人用韵研究》，这几个韵部在南北朝时是可以通用的。《广韵》中虽分其为两部，但也在韵部下方标识可以通用。可见在实际诗歌创作中，这几个韵部一直是可以通押的。

③ （南朝梁）刘勰著，范文澜注：《文心雕龙注》，人民文学出版社1962年版，第571页。

诗歌整体美感。因此在创作中，他们以一韵到底的声韵格式来限制诗歌篇制，以此达到一种"中和之美"。

声韵规范要求使诗歌篇幅缩短，但是什么样的篇制最适合声律表达，是经过长时间探索得出的结论。永明诗人对诗歌篇制进行广泛摸索，对于五言四句、六句、八句、十句的形式都进行了有益的创作尝试。此以永明体三位代表诗人的五言诗为例，做概括统计（见表2）。

表2　　　　　　　王融、谢朓、沈约五言诗篇制数量及占比统计①

诗人	五言诗总数	五言四句		五言六句		五言八句		五言十句		五言十二句及以上	
王融	85	29	34%	1	1%	31	36.5%	10	12%	14	16.5%
谢朓	132	16	12%	0	0%	43	33%	32	24%	41	31%
沈约	155	29	19%	23	15%	47	30%	14	9%	42	27%

在三人的五言诗创作中，数量最多且占整体比重最高的均为五言八句的篇制。至于其他篇制，则出现了不同情况：王融五言四句诗较多，仅次于五言八句诗，占比为34%；谢朓和沈约五言十二句及以上的诗作较多，仅次于五言八句诗，占比分别为31%和27%。谢朓的五言十句诗也较多，占比24%。由上述统计可知，永明时期诗人的诗歌篇制主要集中在五言八句，而五言四句、十句、十二句及以上也有大量诗作作品。作为永明体的后继者，吴均的五言诗在延续这种创作趋势的同时又有着新的变化（见表3）。

表3　　　　　　　　　吴均五言诗篇制及占比统计

	五言四句	五言六句	五言八句	五言十句	五言十二句及以上
共计	21首	6首	66首	33首	9首
占比	15.6%	4.4%	49%	24.4%	6.7%

---

① 本统计所计诗人诗歌数量，源自逯钦立辑校《先秦汉魏晋南北朝诗》，中华书局1983年版。

与王融、谢朓和沈约相比，吴均的五言诗创作中形成了五言八句的绝对优势，占比高达49%；居次位的是五言十句诗，占比为24.4%；五言十二句及以上的诗作则明显减少，占比仅为6.7%。这是吴均在诗歌创作实践中对永明体篇制不断探索和大胆尝试的结果。

当然，我们要看到，五言八句篇制的确立是顺应南朝诗歌创作潮流的，吴小平曾就丁福保《全汉三国晋南北朝诗》所辑，对全齐、梁、陈三代五言诗进行统计，他表示："五言诗的形式已明显呈现出趋于短小、固定的大势。诗人们创作了大量的五言四句式诗与五言八句式诗，其中，五言八句式诗最为突出。……无论是数量还是比率，都远远超过其他形式的诗，占有明显的优势。"[①]永明以后，五言八句诗的创作是逐渐增多的，根据吴小平统计，齐代五言八句占五言诗百分比为29%，梁代为29%，直到陈代才达到55%，而作为齐梁之际的诗人，吴均在创作中已然大量创作五言八句诗，可以说在五言诗篇制的确立上，吴均走在了时代前列。

观察永明以来诗歌短小化趋势下的篇制类型，五言四句为绝句前身，在诗歌的内容含量和声律运用上与五言八句、十句有较为鲜明的差别，而五言八句与十句则更为相近，诗人在创作中势必要对二者进行优劣选择。吴均显然对这个问题进行过思考与探索，他积极进行五言八句与五言十句的诗歌创作，甚至在组诗中尝试同时运用两种篇制，如《赠王桂阳别》（三首）和《发湘洲赠亲故别》（三首）这两组诗作中，前两首都是五言十句，而最后一首却为五言八句。纵观吴均五言八句诗中的永明律句与律联比例均高于五言十句诗，说明他对这种篇制已经多有心得，并进行了成功的尝试。

四　对偶诗句位置的安排

钱良择《唐音审体》有云："其先本无排偶；晋，排偶之始也，齐、

---

①　吴小平：《中古五言诗研究》，江苏古籍出版社1998年版，第251页。

梁，排偶之盛也，陈、隋，排偶之极也。"① 齐梁时期对偶形式的兴盛，
深受永明新体诗创作的影响。永明体在体式上趋于短小，诗歌篇幅缩短，
相比于魏晋时期诗人动辄在长篇诗中大量使用对偶，齐梁时期的诗歌逐
渐转向"叠用奇偶，节以杂佩"② 的对偶方式。同时，由于声律说的提出
对诗歌格律声韵提出了一定要求，使得诗歌在创作中无法随心所欲，必
得讲求和谐流畅的音韵之美。一方面，声律的运用对对偶提出了更高要
求；另一方面，对偶的词句语言对称与声律的音调和谐又可以更为紧密
地结合在一起。吴均五言诗中的对偶句，已十分讲究声律，绝大部分都
符合永明律联的声律规范，以平声韵律联为例，分析如下：

bA：○平○○仄，○仄○○平

      马头要落日，剑尾掣流星。（上平平入入，去上入平平）

      流连逐霜彩，散漫下冰澌。（平平入平上，上去上平平）

      日昏笳乱动，天曙马争嘶。（入平平去去，平去平平平）

      握兰登建礼，拖玉入舍晖。（入平平去上，平入入上平）

      黄鹂飞上苑，绿芷出汀州。（平平平去上，入上平平平）

      流蘋方绕绕，落叶尚纷纷。（平平平上上，入入去平平）

aA：○仄'○○仄'，○仄'○○平

      蹀躞青骊马，往战城南畿。（入入平平上，上去平平平）

      且复小垂手，广袖拂红尘。（上入上平上，上去入平平）

      山没清波内，帆在浮云中。（平入平平去，平上平平平）

aB：○仄'○○仄'，○平○○平

      斜看水外翟，侧听岭南犎。（平去上去入，入平上平平）

      日映昆明水，春生鸊鹈楼。（入去平平上，平平平入平）

      野战剑锋尽，攻城才智贫。（上去去平上，平平平去平）

① （清）王夫之等：《清诗话》，上海古籍出版社 1978 年版，第 780—781 页。

② （南朝梁）刘勰著，范文澜注：《文心雕龙注》，人民文学出版社 1962 年版，第 589 页。

　　对偶与声律的结合，是永明体诗歌创作的要求。当然，永明体诗人对于对偶的探索不仅于此。永明体的创作，无论是声律、用韵、篇制，实际上都是向着中和平衡的方向发展，由此形成诗歌的"中和之美"，对于对偶的应用也是如此。永明体诗人不仅使对偶在两句之中位置上相对、声律上和谐，同时，他们还在追求对偶句位置的"中和"，使诗歌整体能够保持形式上的对称性，具有结构对称的美感。考察永明时期三位代表诗人的五言八句诗和五言十句诗，已经可以看出他们在实际创作中对偶句位置的安排倾向（见表4）。

表4　　　　　　　王融、谢朓、沈约五言诗对偶句在诗中所处位置统计

诗人	五言篇制	总数	对偶句数量	对偶位置											
				对一联				对两联				对三联			对四联
				一	二	三	四	一二	二三	三四	其他	一二三	二三四	其他	一二三四
王融	八句	31	20	2	5	4	2		2	1	2	2			
	十句	10	9		1						3	1	2	2	
谢朓	八句	43	25	5	9	7			2		1	1			
	十句	32	25	3	7	3	1		1	2	2	3	2		1
沈约	八句	47	33	3	7	7		2	6	2	4	1			1
	十句	14	9			4		2	1	1	1				

　　首先来说五言八句诗。三位诗人作品中的对偶句基本上都安排在前三联，仅王融和沈约的少数几首诗在第四联用对偶。仅有一联运用对偶的情况最多且多为第二联或第三联，分别是王融13首（其中二、三联共9首），谢朓21首（其中二、三联共16首），沈约17首（其中二、三联共14首）。有两联运用对偶的情况次之，分别是王融5首，谢朓3首，沈约14首，这其中除沈约有6首诗在二、三联位置使用对偶句之外，并无显见的规律。有三联运用对偶的情况较少且均出现在五言八句诗的前六句，分别是王融2首，谢朓1首，沈约1首。至于五言八句皆用对偶的情

况只在沈约的 1 首诗中出现过。

其次来说五言十句诗。因为诗作的整体数量偏少，所以运用对偶的诗句数量也明显低于五言八句诗。王融的诗作中仅有一联运用对偶的 1 首，有两联运用对偶的 3 首，有三联运用对偶的 5 首，对偶句在诗中的位置分布没有明显规律。谢朓的诗作中仅有一联运用对偶的 14 首，有两联运用对偶的 5 首，有三联运用对偶的 5 首，有四联运用对偶的 1 首，对偶句在诗中一、二、三、四联位置的分布较为平均。沈约只有 9 首诗运用了对偶，其中仅有一联运用对偶的 6 首，有两联运用对偶的 3 首，对偶句主要分布在二、三、四联。

可见，三位永明诗人的五言诗虽然明显出现了多在诗歌中段（即五言八句诗在二三联、五言十句诗在二三四联）运用对偶的情况，但并没有形成显见的创作规律，只能说永明诗人对于五言诗中对偶句位置的合理性安排进行了初步探索。

吴均作为永明体后期的重要诗人，围绕五言八句和十句诗中对偶句位置的合理安排方面，显然做了更多的思考和大胆的探索，在创作实践中也形成了明显的创作规律。

表5　　　　　　　　吴均五言诗对偶句在诗中所处位置统计

体式	存诗总数	对偶诗数	对偶位置									
			对一联				对两联			对三联		对四联
			一	二	三	四	一二	二三	三四	一二三	二三四	一二三四
五言八句	66	62		13	13		1	30		5		
五言十句	33	31				3		7	6	3	11	1

从表 5 可知，吴均无论是在五言八句和十句诗创作的总体数量上，还是在运用对偶的诗歌数量所占比例来看，都远远超过王融、谢朓、沈约等。吴均的五言八句诗多达 66 首，运用对偶的达到 62 首。仅有一联运

用对偶的 26 首，均在二、三联的位置；有两联运用对偶的 31 首，均为连续运用，其中 30 首集中在二、三联位置上；有三联运用对偶的 5 首，均为一、二、三联连续运用。吴均的五言十句诗有 33 首，运用对偶的达到 31 首。仅有一联运用对偶的 3 首，均在第四联的位置；有两联运用对偶的 13 首，均为连续运用，其中 7 首在二、三联位置上，6 首在三、四联位置上；有三联运用对偶的 14 首，均为连续运用，其中 3 首在一、二、三联位置上，11 首在二、三、四联位置上。

应该承认，吴均五言诗中对偶诗句的明显增多，也与齐梁时期"缉事比类，非对不发"① 风尚的逐渐强化有关，但他在沈约等人永明体创作经验的基础上，进一步深入探索，尤其是将对偶句多安排在五言八句和十句诗的中间几联的位置，无疑更富于美感，也符合永明体诗歌所追求的"中和之美"。正如吴建辉所言："（吴均）比永明诗人进一步加强了对偶意识，并初步探究出了对偶在诗中的最佳位置。"② 需要特别强调的是，在吴均的五言八句诗中，二、三联位置运用对偶的诗歌数量与所占比已经取得了绝对优势，这与五言八句诗总体上的近体化趋势相一致。

总之，吴均的五言诗在对永明新体诗形式的深入探索和创作实践过程中，已有了明显的律化倾向，在五言诗近体化的进程中是不可忽视的存在。

（王今晖，青岛大学文学与新闻传播学院副教授；周燕懿，潍坊职业学院教师）

---

① （南朝梁）萧子显：《南齐书》，中华书局 1972 年版，第 908 页。
② 吴建辉：《吴均在五言诗形式上的探索及其成就》，《湖北大学学报》（哲学社会科学版）1999 年第 2 期。

沈约诗歌对屈赋意象的接受

黄　静

摘　要：魏晋南北朝是文学自觉的时代，文士们对楚辞的接受集中在艺术形式层面。沈约诗歌就引用了众多屈赋中的意象并进行一定的艺术创新，如以美人意象自喻，表现自己渴望君王委以重任的情感，但是其塑造的美人带有追求欢情的世俗女性的特征。以香草香木意象寓意自己清冷孤高的人格，同时其笔下的草木意象随着山水审美意识的觉醒与咏物诗的发展获得了独立的审美地位。以仙境意象表现自己对神仙世界的企慕，且部分游仙诗描写宴饮场景，是为酬唱间炫耀才华之作，这也导致其仙境意象中的情感较为冲淡。沈约化用屈赋意象入题入文，营造出新的意义空间，探索了新歌发展的新模式，体现出南朝诗歌的新特征。

关键词：沈约诗歌；屈赋意象；文学接受

沈约（441—513 年），字休文，吴兴武康（今浙江湖州德清）人，南朝齐梁时期著名的文学领袖，竟陵八友之一，在当时被誉为"一代辞宗"。沈约文论对屈原有着特殊偏爱，他在《宋书·谢灵运传论》中论述文学发展道路时说："周室既衰，风流弥著。屈平、宋玉导清源于前，贾谊、相如振芳尘于后。英辞润金石，高义薄云天。自兹以降，情志愈广。"高度认同屈宋等楚辞作家在情与辞方面所取得的艺术成就以及对文学发展的导引作用。他继而又指出："自汉至魏，四百余年，辞人才子，文体三变……源其飚流所始，莫不同祖风骚；徒以赏好异情，故意制相诡。"① 从艺术本位出发，将"骚"视为文学发展的源头之一，认为汉魏文学皆以骚体文学为标榜和学习典范，并且在学习过程中产生了新的艺术特征，沈约对楚辞的重视可见一斑。在诗歌创作实践中，沈约也主动学习楚辞。钟嵘评价沈约诗歌时说："详其文体，察其余论，固知宪章鲍明远也。"② 向上追溯，鲍明远诗体貌风格源出于张协、张华，而二张皆出于王粲，王粲又出于李陵，李陵又源出《楚辞》，所以沈约诗歌的创作风貌也应属于以屈原为代表的楚辞一脉。那么沈约诗歌是如何体现出楚辞风貌特征的？沈约诗歌与楚辞代表作品屈赋又有什么关系？本文试图从最直观的意象层面入手，以美人意象、香草香木意象和仙境意象为例，探索沈约诗歌中引用屈赋意象的基本情况及其异同之处，考察沈约与楚辞的关系。

一　美人意象

袁行霈在《中国诗歌艺术研究》中指出，"意象是融入了主观情意的客观物象，或者是借助客观物象表现出来的主观情意"③。屈原的辞赋"书楚语，作楚声，纪楚地，名楚物"④，其中很多语词描摹楚地民间风物，营造出神奇瑰丽的意境空间，包蕴着屈原真挚强烈的情感，感发诸多联想与想象，体现出鲜明的荆楚地域文化特征。在文学发展的过程中，它们逐渐积淀为中国文学史上最独特的意象群，如天文意象群、地理意象群、动植物意象群，成为后世文学创作取之不尽、用之不竭的资源，也成为后世楚辞学者乐此不疲的研究热点。

屈原辞赋中最引人瞩目的便是许多姿态各异的美人意象，如《离骚》中信美的宓妃、有娀氏之佚女、有虞氏二女，《少司命》中乘回风兮载云旗

---

①　（南朝梁）沈约：《宋书》，中华书局 1974 年版，第 1778 页。

②　（南朝梁）钟嵘著，曹旭集注：《诗品集注》，上海古籍出版社 2011 年版，第 426 页。

③　袁行霈：《中国诗歌艺术研究》，北京大学出版社 1996 年版，第 53 页。

④　（宋）黄伯思：《东观余论》卷下《校订楚词序》，毛氏汲古阁刻本，第 83 页。

的美人，《湘君》中要眇兮宜修的湘夫人，等等。这些美人意象构思奇特、内容离奇，本是楚人浪漫的想象，凝结着他们对美好事物的向往，但因其内涵晦暗不明，在文人的比附之下，使其带有了丰富的托喻色彩。如东汉王逸说："灵修、美人以媲于君，宓妃、佚女以譬贤臣；虬龙、鸾凤以托君子，飘风、云霓以为小人。"① 认为美人可喻良君贤臣。理学家朱熹也认可其政治托喻意义，他在《楚辞集注》中说："求宓妃，见佚女，留二姚，皆求贤君之意也。"② 洪兴祖在《楚辞补注》中进一步丰富美人的内涵，他说："屈原有以美人喻君者，恐美人之迟暮是也；有喻善人者，满堂兮美人是也；有自喻者，送美人兮南浦是也。"③ 关于美人意象的解读层出不穷，也有许多学者提出了其他不同的观点④，但总而言之，这些美人意象都包含屈原充沛的感情，需要我们结合屈原的身世经历和思想人格去理解体会。

现代学者吴晟说："意象是诗人想象的凝固，心灵世界的符号化，所以它具有以刹那表现永恒，以有限表现无限的生命张力和审美潜能。"⑤ 屈赋中的美人意象经历代学者的敷衍与诗人的推扬，已经变成了一种文学传统。沈约作为齐梁时期的文学大家，他更是在自己的诗歌创作中运用许多美人意象，以彰显自己的高妙文学才情。沈约诗歌中的美人意象举例如表1所示。

表1　　　　　　　　　　沈约诗歌中的美人意象⑥

沈约诗歌篇名	诗句	对应屈赋篇名
《湘夫人》	扬蛾一含睇，娅娟好且修。捐玦置澧浦，解佩寄中洲	《湘夫人》

① （汉）王逸撰，黄灵庚点校：《楚辞章句》，上海古籍出版社 2017 年版，第 2 页。
② （宋）朱熹撰，蒋立甫校点：《楚辞集注》，上海古籍出版社、安徽教育出版社 2001 年版，第 20 页。
③ （宋）洪兴祖：《楚辞补注》，中华书局 1983 年版，第 6 页。
④ 如明清时期赵南星、黄文焕、钱澄之等认为"求女"寓言"求贤妃"；胡文英、胡曾亮等认为"求女"寓言"求通君侧之人"；张惠言、王闿运等联系历史本事——寻找映射之人；近现代学者还提出了"求美政、理想"之说；等等。
⑤ 吴晟：《中国意象诗探索》，中山大学出版社 2000 年版，第 14 页。
⑥ 本文所用底本均为陈庆元校笺《沈约集校笺》，浙江古籍出版社 1995 年版。

沈约诗歌篇名	诗句	对应屈赋篇名
《登高望春》	佳期空靡靡，含睇未成欢。嘉客不可见，因君寄长叹	《湘夫人》
《梦见美人》	果自阊阖开，魂交睹容色。既荐巫山枕，又奉齐眉食	《离骚》
《洛阳道》	领上蒲萄绣，腰中合欢绮。佳人殊未来，薄暮空徙倚	《湘夫人》
《游金华山》	高驰入阊阖，方睹灵妃笑	《离骚》
《和刘雍州绘博山香炉》	岩间<u>佚女</u>，垂袂似含风	《山鬼》

沈约诗歌中的美人意象明显地带有楚辞文化特征。首先，她们都具有与屈赋中美人一样姣好的容饰和信美的品质，如《湘夫人》中的美人婵娟美好，《洛阳道》中的美人衣着华美，等等。其次，诗歌中的这些容颜如玉的美人一般都有相思恋慕的对象，《登高望春》中的美人与嘉客，《洛阳道》中的美人与佳人。屈原辞赋中的恋爱模式与楚地民俗有关，朱熹《楚辞辩证》中言："然计其间，或以阴巫下阳神，或以阳主接阴鬼，则其辞之亵慢淫荒，当有不可道者。"① 楚地神秘浪漫的文化特征孕育了屈赋中恋爱模式的书写。至于沈约诗歌中美人等待的对象到底为谁，沈约未置任何笔墨，他只朦胧地描述美人漫长的等待过程以及所等对象未来赴约的忧伤，为读者猜想其身份留有充分的想象空间。

沈约诗歌中美人意象背后的深层内涵，需要我们结合沈约坎坷的身世经历来进行分析。一般来说，楚辞作品的篇幅较南朝诗歌更长，句式参差错落、抒情灵活自由，而南朝诗歌讲求偶对精切、事典博赡、声律和谐，诗歌创作如同戴着镣铐跳舞，篇中的思想内容与情感涵量远比楚辞篇目大大缩小，所以结合沈约的身世经历以及思想志趣来分析沈约的诗歌作品是有必要的。

首先，沈约笔下具备美好品质的美人意象似乎是在表现自身所具有

———————

① （宋）朱熹撰，蒋立甫校点：《楚辞集注》，上海古籍出版社、安徽教育出版社2001年版，第179—180页。

的优秀质素。南朝重文,《文心雕龙·时序》描述道:"今圣历方兴,文思光被;海岳降神,才秀英发,驭飞龙于天衢,驾骐骥于万里;经典礼章,跨周轹汉;唐虞之文,其鼎盛乎!"①《南史·文学传序》也说:"自中原沸腾,五马南渡,缀文之士,无乏于时。降及梁朝,其流甚弥。盖由时主儒雅,笃好文章,故才秀之士,焕乎俱集。"② 沈约读书勤勉,"昼之所读,夜辄诵之,遂博通群籍,能属文"③,著有《晋书》《宋书》《齐纪》《梁武帝本纪》等皇皇巨著,他还以四声调谐诗句,创永明新体诗,开辟五言诗律化进程。在如此倡导文学的南朝社会,沈约所具有的才学修养是他立足的基础,也是他获得声名的重要途径之一,诚如钟嵘言"约于时谢朓未遒,江淹才尽,范云名级故微,故约称独步"④。沈约在创作诗歌时自然会极力表现自身所具有的艺术修养与文学天赋,甚至我们可以说其对美人描摹得越为美好和令人心驰神往,也就越能体现沈约自身所具有的文学才华。以至于从某种意义上来说,沈约笔下的美人意象就是沈约自己,美人之信美代表沈约具备的文学才华与优秀质素。

其次,沈约以美人自喻,表现他对君臣遇合的期盼。沈约出身吴兴沈氏,两晋之际,沈氏家族以武功扬名,《周札传》记载"今江东之豪,莫强周、沈"⑤。但是沈约十三岁时,其父沈璞卷入皇族政治争斗中被杀,沈氏一脉瞬间败落,沈约处境艰难,史书载"约幼潜窜,会赦免,既而流寓孤贫"⑥。他曾向宗族人讨米维持生计,得米数百斛,却为宗人所侮辱,覆米而去。童年的遭遇、家道的中落以及深厚的儒家思想使得沈约重振家门的愿望十分强烈,他为振兴家族开出的良方

---

① (南朝梁)刘勰著,范文澜注:《文心雕龙注》,人民文学出版社 1962 年版,第 675 页。
② (唐)李延寿:《南史》,中华书局 1975 年版,第 1762 页。
③ (唐)姚思廉:《梁书》,中华书局 1973 年版,第 233 页。
④ (南朝梁)钟嵘著,曹旭集注:《诗品集注》,上海古籍出版社 2011 年版,第 426 页。
⑤ (唐)房玄龄等:《晋书》,中华书局 1974 年版,第 1575 页。
⑥ (唐)姚思廉:《梁书》,中华书局 1973 年版,第 233 页。

是文史之才，并一生汲汲于功名。少年时，"缔交戚里。驰骛王室，遨游许史"①；入齐后，沈约为文惠太子家令，"每直入见，影斜方出"②，累迁官职。入梁后，"约久处端揆，有志台司"③。在高门贵族"平流进取，坐至公卿"④ 的南朝，沈约的强烈功名心甚至被斥为"自负高才，昧于容利，乘时藉势，颇累清谈"⑤。沈约始终都在积极营取上进，所以良好的君臣关系也是萦绕他一生的课题，对君臣关系的期盼也自然而然成为他重要的情感因素。沈约熟读《楚辞》，又曾长期任职于两湖地区，对屈原的典故传说谙熟于心⑥，所以屈赋中美人意象的托喻意义也很有可能被沈约借来委婉地表现自己的政治期盼。南朝皇族内部倾轧严重，政权交替频繁，宋齐时，沈约多倚靠文采做个闲散官职，入梁后，梁武帝因他支持自己禅位而给他加官晋爵，但始终对他"叛主"行为心存芥蒂，不再进一步提拔。沈约在很多情况下仕进并不理想，只能反复在诗歌中吟咏美人，借美人不见佳人时"踯躅""徙倚""长叹"等情态表现自己不被擢拔的苦闷。

沈约诗歌中的美人意象来源于屈赋，又与屈赋有不同的风貌。在文学发展的历程中，南朝是一个极富创造力的时代，新的文学理论与审美风尚不断涌现，文坛呈现出焕然一新的局面。他们从前代的文学创作中汲取营养，又创作出了体现着新的时代风貌的文学作品，如江淹云："楚谣汉风，既非一骨，魏制晋造，固亦二体……故蛾眉岂同貌，而俱动于魄，芳草宁共气，而皆悦于魂。"⑦ 屈原笔下的美人意象呈现出一种虚无缥缈的浪漫化特征，她们多是高高在上的神女，具有超自然的神性特征，如洛水女神、湘夫人等意象。而沈约笔下的美人更多地带有世俗女性的

---

① 陈庆元校笺：《沈约集校笺》，浙江古籍出版社 1995 年版，第 2 页。
② （唐）姚思廉：《梁书》，中华书局 1973 年版，第 233 页。
③ （唐）姚思廉：《梁书》，中华书局 1973 年版，第 235 页。
④ （南朝梁）萧子显：《南齐书》，中华书局 1972 年版，第 438 页。
⑤ （唐）姚思廉：《梁书》，中华书局 1973 年版，第 242 页。
⑥ 林家骊：《沈约与〈楚辞〉》，《中州学刊》1995 年第 1 期。
⑦ （明）胡之骥注，李长路、赵威点校：《江文通集汇注》，中华书局 1984 年版，第 136 页。

特点，首先，她们多取材于现实生活中的女子，或是狭斜才女，或是作者所见闻过的女子，皆有迹可循；其次，这些美人多追求世俗欢情，带有娱乐化的思想特征，如《脚下履》中的美人"裙开临舞席，袖拂绕歌堂。所叹忘怀妾，见委入罗床"①，美人似物品一样成为被观赏的对象。屈原辞赋中，则是"满堂兮美人，忽独与余目成。入不言兮出不辞，乘回风兮载云旗"。感情真挚、意境美好，体现出不同于的南朝的审美特征。

二 香草香木意象

屈赋中有大量的香草香木，据统计，这些香草香木意象三十余种，如江离、白芷、秋兰、木兰、宿莽、申椒、菌桂、蕙、留夷、揭车、杜衡、秋菊、芰荷、芙蓉、桂、荪、杜若等，不胜枚举。王逸云："善鸟香草，以配忠贞，恶禽臭物，以比谗佞。"② 这些香草香木大部分都是自然界的物象，伴随着屈原的抒情进程也被投注了强烈的情感意识，从而转变成为一种审美意象。它们一方面作为诗人传情达意的象征物出现，另一方面又与美人意象相互掩映，构成"香草美人"隐喻系统。屈赋中的香草香木意象主要以饮食、服饰、居处装饰、种植等形式存在，一部分成为明君、贤臣与自我的外化象征，一部分作为衣服配饰或居所装饰来衬托人物形象。另外，香草香木也会被采撷相赠，来表达勖勉之情。香草香木意象含义丰富，不同的含义需要依据具体语境作不同分析。

沈约诗歌中引用了许多屈赋中出现过的香草香木意象，如蕙、薜荔、江离、辛夷、三秀、荪、橘树、桂、兰等，约占屈原辞赋中香草香木意象的1/3。据《南史》和《梁书》载，沈约的文集有100卷，可惜的是至宋代已大部分散佚，现存文集中诗仅存200余首。这其中桂与兰出现次数最多，均为10次以上；荷、芝出现3—10次；薜荔、江离、橘树、辛

① 陈庆元校笺：《沈约集校笺》，浙江古籍出版社1995年版，第411页。
② （宋）洪兴祖：《楚辞补注》，中华书局1983年版，第3页。

夷、荪等出现 3 次以下。沈约诗歌中香草香木意象种类丰富，沈约更偏爱日常生活中常常出现的桂、兰、荷等意象。其诗歌中的香草香木意象数量统计如表 2 所示。

表 2　　　　　　　　　沈约诗歌中的香草香木意象①

香草香木意象	出现次数	香草香木意象	出现次数
兰	18	荪	1
桂	13	橘	1
芝	6	松	1
荷	5	辛夷	1
菊	2	木兰	1
杜若	2	薜荔	1
江离	2	合计	56
蕙	2		

沈约诗歌中部分香草香木意象承担了与屈赋中香草香木意象相似的功能。首先，屈赋中的香草香木可作为主人公的衣服配饰，如"扈江离与辟芷兮，纫秋兰以为佩""制芰荷以为衣兮，集芙蓉以为裳"，《楚辞补注》中说"被服愈洁，修善益明"②，香草香木意象作为衣服配饰能够衬托主人公高洁修明的形象。沈约的诗歌亦如是，如《霜来悲落桐》中"薜荔可为裳，文杏堪作梁"③ 两句直接化用"披薜荔兮带女萝"；《赠刘南郡季连》中"岂独秋兰，结言为珮"④ 化用自"纫秋兰以为佩"，都表现了沈约高洁的人格追求。其次，屈赋中的香草香木可作为主人公的居处环境的一部分。如《湘夫人》中的宫殿就用各种香草香木装饰，"葺之兮荷盖。荪壁兮紫坛，芳椒兮成堂。桂栋兮兰橑，辛夷门楣兮药房……合百草兮实庭，建芳馨兮庑门"。洪兴祖解释道："积聚众芳以为殿堂，

---

① 本表格统计时将同一类意象进行对应合并。
② （宋）洪兴祖：《楚辞补注》，中华书局 1983 年版，第 17 页。
③ 陈庆元校笺：《沈约集校笺》，浙江古籍出版社 1995 年版，第 444 页。
④ 陈庆元校笺：《沈约集校笺》，浙江古籍出版社 1995 年版，第 472 页。

修饰弥盛，行善弥高也。"① 沈约的诗歌中也有不少香草香木一类作为居
处环境的一部分，如《赠刘南郡季连》"方驾清衢，置酒兰室""幽岩何
有，丹桂为丛"②；《上巳华光殿》与《为临川王九日侍太子宴》中描绘
皇族宫殿与园囿的语句"朝光灼烁映兰池，春风婉转入细枝""恩畅兰
席，欢同桂殿"③；等等。这些清幽的草木所营造的居处环境表现了沈约
自身高峻的人格追求与对君臣同乐的向往。再次，沈约还进一步以香草
香木自喻或喻人才。如《咏孤桐》《寒松》《咏梧桐》等篇分别以桐、松
自喻，表现了自己高洁的人格与青云直上的志意；《咏新荷应诏》则以
"蓄紫含红"的新荷自喻，表现希望自己在朝廷中有所作为的迫切心情；
《赠沈录事江水曹二大使》中"伊我洪族，源浚流长。奕奕清济，代有兰
芳"④ 句以"兰芳"喻世间之人才济济。

　　屈赋中的香草香木意象是在楚国独特的自然与社会文化环境中孕育
而生的，而沈约诗歌中的香草香木意象则是伴随着山水诗与咏物诗的兴
起而盛行的。南朝时期是文学的自觉时代，文人们经过玄思玄想的沉淀，
逐渐培养起对山水的审美意识，他们以欣赏的眼光来观照山水环境。其
时世家大族、王公贵戚大力建造园林别墅以供游宴赏玩，也经常组织文
人雅士进行赋诗吟咏，文士们往往会从眼前的山水草木中直接取景进行
艺术构思。同时，刘宋山水诗致力于描摹客观物象，开创了极貌写物的
创作范式，如刘勰《文心雕龙》云："自近代以来，文贵形似，窥情风景
之上，钻貌草木之中。吟咏所发，志惟深远；体物为妙，功在密附。"⑤
所以南朝时期，草木意象大量涌入文学作品成为诗人观照的审美对象。
《梁书·王筠传》记载："（沈）约于郊居宅造阁斋，筠为草木十咏，书

---

　　① （宋）洪兴祖：《楚辞补注》，中华书局1983年版，第67页。
　　② 陈庆元校笺：《沈约集校笺》，浙江古籍出版社1995年版，第472页。
　　③ 陈庆元校笺：《沈约集校笺》，浙江古籍出版社1995年版，第440、336页。
　　④ 陈庆元校笺：《沈约集校笺》，浙江古籍出版社1995年版，第471页。
　　⑤ （南朝梁）刘勰著，范文澜注：《文心雕龙注》，人民文学出版社1958年版，第694页。

之于壁，皆直写文词，不加篇题。"① 南朝时期香草香木描写细致入微，甚至不加篇题，也能直接看出所写为何物。

草木意象作为大自然的一部分，早在先秦时期就已经被写入诗歌，但一般多是单纯的起兴之言。屈赋中香草香木意象尤为繁密，但这些意象始终不是作品吟咏的对象，而只是作为一种比兴的媒介来表现主人公的高洁形象，并进而抒发作者情感，也就是说香草香木意象并不是审美观照的目标，而是作为一种修辞手法存在，草木意象也始终未能进一步展开。南朝时期，随着文人对山水物色的审美观照，香草香木作为客观物象也逐渐获得了独立的审美地位，变成了诗赋吟咏的主体，沈约的咏物诗《园橘》《咏孤桐》《咏杜若》《咏芙蓉》等即是其例。南朝咏物诗巧言切状，曲写毫末，过度表现草木意象的特征往往会导致诗人主体的情感志意退居幕后，但是沈约作为拥有强烈仕进之心的文士，他所描写的草木意象还是拥有较多的寄托深意的。

三 仙境意象

王逸《楚辞章句》有言："昔楚国南郢之邑，沅湘之间，其俗信鬼而好祀，其祠必作乐鼓舞以乐诸神。"② 荆楚地区巫风盛行，神祠特盛，楚人尊神重神，在他们的文化结构中，神具有至高无上的地位。因此屈原辞赋中有许多关于神话世界的描写，如《大司命》中主人公乘玄云回翔于天界；《云中君》的主人公龙驾帝服遨游四方。《离骚》作为屈原最具代表性的抒情长诗，更是描写了主人公离开楚国后上下求索，三次神游苍梧、昆仑等地问舜、求女、凭吊。姜亮夫先生认为："盖楚之先，颛顼之生死嫔娶之地，亦即楚民族发祥之地也。故每当万事瓦裂之际，无可奈何之时，必以昆仑为依归。"③ 屈赋中的神话世界为后世文学创作提供

① （唐）姚思廉：《梁书》，中华书局 1973 年版，第 485 页。
② （汉）王逸撰，黄灵庚点校：《楚辞章句》，上海古籍出版社 2017 年版，第 42 页。
③ 姜亮夫校注：《重订屈原赋校注》，天津古籍出版社 1987 年版，第 120 页。

了丰富的素材。

沈约诗歌描摹了众多仙境，有些意象直接承自屈赋。如《和竟陵王游仙诗二首》其一：“天峤乘绛仙，螭衣方陆离。玉銮隐云雾，溶溶纷上驰。瑶台风不息，赤水正涟漪。峥嵘玄圃上，聊攀琼树枝。”①“瑶台”出自“望瑶台之偃蹇兮，见有娀之佚女”句；“玄圃”出自“朝发轫于苍梧兮，夕余至乎县圃”句（“县”与“悬”通）。《和竟陵王游仙诗二首》其二，“朝止阊阖宫，暮宴清都阙”中“阊阖”出自“吾令帝阍开关兮，倚阊阖而望予”句；“九疑纷相从，虹旌乍升没”②中的“九疑”出自“百神翳其备降兮，九疑缤其并迎”“九嶷缤兮并迎，灵之来兮如云”句（“嶷”与“疑”通）。其他仙境意象举例如表3所示。

表3　　　　　　　　　沈约诗歌中的仙境意象

沈约诗歌篇名	沈约诗句	对应屈赋篇名	备注
《缓歌行》	九疑辖烟雨，三山驭螭鸿	《湘夫人》《离骚》	
《三日侍林光殿曲水宴应制》	将御遗风轸，远侍瑶台会	《离骚》	
《游金华山》	高驰入圆阊，方睹灵妃笑	《离骚》	“灵妃”即“宓妃”
《奉华阳王外兵》	眇识青丘树，回见扶桑日	《离骚》《东君》	
《和刘中书仙诗二首》其一	昆山西北映，流泉东南流	《离骚》	此处“昆山”为“昆仑山”简称
《酬孔通直逖怀蓬居》	圆阊既洞启，龙楼亦高辟	《离骚》	

沈约通常摘取屈赋中若干意象组合成诗，有时诗歌通篇都引用屈赋中的意象，有时是多句引用。这种情况同样也出现在香草美人意象的援引中，沈约或以屈赋意象为题，摹写屈赋意境，或以屈赋意象入文，引发联想，创新诗境。

屈赋笔下的神话世界多以游踪为线索，场景恢宏壮丽，令人无限遐

① 陈庆元校笺：《沈约集校笺》，浙江古籍出版社1995年版，第356页。
② 陈庆元校笺：《沈约集校笺》，浙江古籍出版社1995年版，第357页。

想；沈约诗歌中的仙境意象有时将视角定格，描写宴会娱乐的具体情形。如沈约有《缓歌行》，诗云：

> 羽人广宵宴，帐集瑶池东。开霞泛彩霭，澄雾迎香风。龙驾出黄苑，帝服起河宫。九疑辖烟雨，三山驭螭鸿。玉銮乃排月，瑶轭信凌空。神行烛玄漠，帝斾委曾虹。箫歌笑嬴女，笙吹悦姬童。琼浆且未洽，羽辔已腾空。息凤曾城曲，灭景清都中。降祐集皇代，委祚溢华嵩。①

诗歌首先描述宴饮环境，其次描述众仙车驾之盛，然后铺叙宴会上的音乐之美，最后宴饮结束，众仙离去。全诗歌完整地表现了仙人欢会宴饮的情景。再如《三日侍林光殿曲水宴应制》，从诗题来看，此诗为林光殿侍宴时的应制之作，但从内容观之，则是沈约将车驾、宫殿等情景敷衍成众仙的瑶台宴会，也是一首含有仙境意象的诗歌，沈约将神圣的仙境意象幻化成带有情味的宴饮情景与南朝文学娱乐化、游戏化思想倾向相关。

沈约仙境意象所表达的情感较屈赋也有所变化。屈原欲在楚国实行变法改革，然而楚怀王听信小人谗言，他的美政理想不能实现，于是上下求索，远游仙境，以表现自己不与世俗同流的修美与高洁。到南朝时期，许多诗歌是在酬唱之间完成的，如上文提到的《和竟陵王游仙诗二首》就是在与同僚的唱和中写成的。此次唱和应始自竟陵王萧子良，王融、范云、沈约等同赋，竟陵王与范云诗皆不存，王融诗今存五首，题下云"应教"。有意思的是第四首"湘沅有兰芷，泪吾欲南征。遗佩出长浦，举袂望增城"②也引用了屈赋意象，我们可以大胆猜想其他诗作中或许同样引用了屈赋意象。既为酬唱之作，自然是在较短的时间内完成，

---

① 陈庆元校笺：《沈约集校笺》，浙江古籍出版社 1995 年版，第 303 页。

② 陈庆元校笺：《沈约集校笺》，浙江古籍出版社 1995 年版，第 358 页。

为文而造情，情感较为冲淡，不像屈原一样在世间遭受迫厄后，借仙境表现自己对真理的执着和对故国的深沉浓烈的感情。

当然，沈约创作诗歌时大量征引屈赋中描摹神话世界的意象，与南朝时期的道教信仰有关。首先，吴兴沈氏家族累世信仰天师道，沈约的自序传也提到先世沈警累世事道，敬事杜子恭，沈穆夫则追随天师道传人孙恩。《隋书·经籍志》"道经部"记载南方的传道情况："三吴及边海之际，信之逾甚。"① 沈约一生融通儒释道，其为人处世像儒者一般积极，又作过许多阐明佛理的文章，如《形神论》《神不灭论》《难范缜神灭论》《舍身愿疏》等，但是他晚年梦到齐和帝用利剑斩断自己舌头时，"召巫视之，巫言如梦。乃呼道士奏赤章于天，称禅代之事，不由己出"②。在沈约生命的最后关头，他选择用道家奏赤章于天来解脱，可见其众多信仰中受家族熏染的天师道最为深固。其次，南朝皇族支持天师道发展。据陈寅恪《天师道与滨海地域之关系》一文考证，南朝世家大族多信仰天师道，如琅琊王氏、高平郗氏、陈郡杜氏、义兴周氏、丹阳谢氏等，皇族为了拉拢世家大族，对道教持肯定态度，甚至也会参与其中。③ 如《隋书·经籍志》记载："（梁）武帝弱年好事，先受道法，及即位，犹自上章，朝士受道者众。"④ 同时，南朝皇权更迭频繁，统治者也需要利用道教的神仙图谶来增加自己统治的合理性。如沈约在劝梁武帝起事时说："谶云'行中水，作天子'……天心不可违，人情不可失，苟是历数所至，虽欲谦光，亦不可得已。"⑤ 总之，受家世信仰、社会风尚以及皇族对道教态度的影响，沈约在诗歌中创造出神奇瑰丽的仙境意象是自己文学才华的一种表现。

虽然沈约与屈原对神仙世界怀有向往之情，但强烈的现实意识使他

---

① （唐）魏徵、令狐德棻：《隋书》，中华书局 1973 年版，第 1093 页。
② （唐）姚思廉：《梁书》，中华书局 1973 年版，第 243 页。
③ 陈寅恪：《金明馆丛稿初编》，生活·读书·新知三联书店 2001 年版，第 17 页。
④ （唐）魏徵、令狐德棻：《隋书》，中华书局 1973 年版，第 1093 页。
⑤ （唐）姚思廉：《梁书》，中华书局 1973 年版，第 234 页。

们都更加眷恋人间。《离骚》中的主人公在三次神游，获得短暂的精神解脱之后，并没有沉浸于其中，而是选择离去，"陟升皇之赫戏兮，忽临睨夫旧乡。仆夫悲余马怀兮，蜷局顾而不行"。美好的神仙世界不足以割舍主人公对故乡羁绊，最终主人公离开神仙世界回归人间。沈约虽然也对神仙世界充满向往之情，但他始终对仙境保持清醒的认识，认为现实才是自己的归宿。如《赤松涧》一诗："松子排烟去，英灵渺难测。惟有清涧流，潺湲终不息。"① 我们可以看出沈约认识到了仙境缥缈难寻，只有山野间的清涧流水才是止息之处。《游沈道士馆》一诗，"曰余知止足，是愿不须丰。遇可淹留处，便欲息微躬"②，明确表现了沈约虽然渴慕神仙世界，但更希望能在远游中寻求栖心隐居处来超脱精神。

　　总之，沈约作为南朝著名的诗人，对屈原与《楚辞》尤为偏好，其诗歌创作也深受屈赋风格以及创作手法的影响。屈原笔下的瑰丽奇异、多姿多彩的香草美人意象和神奇绚丽的仙境意象，既为他构建了审美想象空间，又提供了展现个性情感的抒情模式；既开启了大量用典、夸耀博学的写作方式，又为山水咏物提供启示。沈约在征引屈赋意象入题入文的过程中，一方面继承了比兴、想象等艺术特征，创造出新的意境空间；另一方面又重视情文要素，不断探索诗歌发展的新模式，展现出沈约诗歌的独特风貌。

（黄静，青岛大学文学与新闻传播学院研究生）

---

① 陈庆元校笺：《沈约集校笺》，浙江古籍出版社 1995 年版，第 364 页。
② 陈庆元校笺：《沈约集校笺》，浙江古籍出版社 1995 年版，第 359 页。

北朝梁鼓角横吹曲、相和歌、
杂曲歌的创作与表演

宋亚莉　石飞飞

摘　要： 北朝乐府歌诗是中国歌诗的重要组成，其中的鼓角横吹曲、相和歌、杂曲歌等，在创作、演唱、表演等方面风格独特。横吹曲中的同源乐歌（如《折杨柳歌辞》与《折杨柳枝歌》等）展示了乐府歌诗深受民间喜爱并多次改编的具体情形。相和歌中的挽歌实用性强，在北朝贵族和皇室葬礼上起着渲染氛围、传递哀思的作用。杂曲歌中的故事体歌诗《杨白花》等，除继承西晋故事体歌诗情节曲折、敷衍史实等特点之外，更重演唱、表演性。

关键词： 鼓角横吹曲；相和歌；杂曲歌辞；创作表演

北朝乐府歌诗是中国歌诗发展的重要阶段，此时期政局动荡、王朝更迭频繁，多民族地域文化和音乐元素的融入、南朝文人的入北、北朝各代统治者的喜好和民间普遍的文化消费需求，为北朝乐府歌诗的发展注入新的活力，在歌诗创作、演唱、表演等方面，形成了独特的风格特色，为唐代歌诗的兴盛奠定了坚实的基础。北朝现存乐府歌诗约二百五十首，其中最具特色的是鼓吹曲辞、相和歌辞、杂曲歌辞等。

一　梁鼓角横吹曲中同题歌诗的创作与表演

《乐府诗集》中，横吹曲辞被称为梁鼓角横吹曲，这些歌诗采录于北朝，在南朝刘宋时代已经流行。王运熙先生说："北方乐曲在南朝刘宋时代既已流行，则《乐府诗集》所著录的梁鼓角横吹曲，实际是刘宋以至萧梁时代乐府前后累积起来的北方乐曲，并非仅是萧梁一代收采而成。"①《乐府诗集》卷二一《横吹曲辞》解题曰：

> 又《古今乐录》有《梁鼓角横吹曲》，多叙慕容垂及姚泓时战阵之事，其曲有《企喻》等歌三十六曲，乐府胡吹旧曲又有《隔谷》等歌三十曲，总六十六曲，未详时用何篇也。②

《乐府诗集》著录的梁鼓角横吹曲今存作品凡22题66曲，当时应可以入乐演唱的。其中不少乐歌曲名相同，如《陇头歌辞》与《陇头流水歌辞》、《折杨柳歌辞》与《折杨柳枝歌》、《紫骝马歌辞》与《紫骝马歌》、《地驱歌乐辞》与《地驱乐歌》等。这些乐歌曲名大体相似，歌辞内容有所关联，乐调可能同出一源。这些乐歌在流传中经过了南朝乐工的翻译再创作，或为了保持原汁原味，或的确无法翻译，其中有一些词语直译而来，一些语句至今无法解读，如《地驱歌乐辞》和《地驱乐歌》：

> 青青黄黄，雀石颓唐。槌杀野牛，押杀野羊。
> 驱头入谷，自羊在前。老女不嫁，蹋地唤天。
> 侧侧力力，念君无极。枕郎左臂，随郎转侧。
> 摩将郎须，看郎颜色。郎不念女，不可与力。（《地驱歌乐辞》四曲）③
> 月明光光星欲堕，欲来不来早语我。（《地驱乐歌》一曲）④

---

①　王运熙：《乐府诗述论》（增补本），上海古籍出版社2006年版，第515、517页。
②　（宋）郭茂倩编：《乐府诗集》，中华书局1979年版，第309页。
③　（宋）郭茂倩编：《乐府诗集》卷二五，中华书局1979年版，第366—367页。
④　（宋）郭茂倩编：《乐府诗集》卷二五，中华书局1979年版，第367页。

　　两首乐歌虽然题目类似，但结构截然不同，《地驱歌乐辞》四曲，每曲四言四解；《地驱乐歌》一曲七言。前者杂糅着费解的北朝方言，如"雀石颓唐""侧侧力力""摩将郎须""不可与力"，方言的存在并不影响对其内容的理解，反让人感觉别有情致。歌诗前者直率表达情爱，是北朝民间乐府的典型风格，后者却委婉含蓄，颇有南朝之风。

　　同题乐歌之中，《紫骝马歌辞》与《紫骝马歌》既较好地保存北朝民歌特点，又不失文士之雅：

> 烧火烧野田，野鸭飞上天。童男娶寡妇，壮女笑杀人。
> 高高山头树，风吹叶落去。一去数千里，何当还故处。
> 十五从军征，八十始得归。道逢乡里人，家中有阿谁？
> 遥看是君家，松柏冢累累。兔从狗窦入，雉从梁上飞。
> 中庭生旅谷，井上生旅葵。舂谷持作饭，采葵持作羹。
> 羹饭一时熟，不知饴阿谁？出门东向看，泪落沾我衣。（《紫骝马歌辞》六曲）①
> 独柯不成树，独树不成林。念郎锦裲裆，恒长不忘心。（《紫骝马歌》一曲）②

　　《紫骝马歌辞》六曲，每曲四解。郭茂倩解题引《古今乐录》曰："'十五从军征'以下是古诗。"③今人也多采纳《紫骝马歌辞》六曲解题的说法，把《紫骝马歌辞》六解的后四解，即"十五从军征"至"泪落沾我衣"的16句视为汉代古诗，④《紫骝马歌辞》六曲的后四曲很可能是由古诗改编而来，根据配乐演唱的需要，原16句的古诗被分割成了四解。以歌辞内容看，《紫骝马歌辞》第一曲写"童男娶寡妇"的北地风

①　（宋）郭茂倩编：《乐府诗集》卷二五，中华书局1979年版，第365页。
②　（宋）郭茂倩编：《乐府诗集》卷二五，中华书局1979年版，第366页。
③　（宋）郭茂倩编：《乐府诗集》卷二五，中华书局1979年版，第365页。
④　参见逯钦立辑校《先秦汉魏晋南北朝诗》，中华书局1983年版，第335—336页。

俗，自第二曲起抒发游子思乡之情，与后四曲在内容上连贯，这可能也是将《十五从军征》改编为《紫骝马歌辞》的原因之一。而排在《紫骝马歌辞》之后的《紫骝马歌》，是一首情歌，其内容与《紫骝马歌辞》六曲显然不同。郭茂倩解题引《古今乐录》也说："与前曲不同。"因二者均为五言四句，其"不同"可能包含曲调的变化，虽无更多的证据，但从《古今乐录》重点关注音乐来看，二者已非同一乐调的可能性似乎更大。

《梁鼓角横吹曲》中收录的同题乐歌中，歌诗的文本结构、内容等关联最为密切的当属《陇头歌辞》与《陇头流水歌辞》、《折杨柳歌辞》与《折杨柳枝歌》。先看前者：

> 陇头流水，流离山下。念吾一身，飘然旷野。
> 朝发欣城，暮宿陇头。寒不能语，舌卷入喉。
> 陇头流水，鸣声幽咽。遥望秦川，心肝断绝。（《陇头歌辞》三曲）
> 陇头流水，流离西下。念吾一身，飘然旷野。
> 西上陇阪，羊肠九回。山高谷深，不觉脚酸。
> 手攀弱枝，足逾弱泥。（《陇头流水歌辞》三曲）①

陇头流水曲名本身即蕴含艰辛险阻之意，再与兵革征战、征人凄苦相关联，悲凉意味更加浓烈。《乐府诗集》所载陈后主《陇头》诗解题曰："一曰《陇头水》。《通典》曰：'天水郡有大阪，名曰陇坻，亦曰陇山，即汉陇关也。'《三秦记》曰：'其阪九回，上者七日乃越，上有清水四注下，所谓陇头水也。'"②此两首乐歌写尽凄苦：环境恶劣，"羊肠九回。山高谷深"；征人身体疲惫，"寒不能语，舌卷入喉"；心境凄然，"念吾一身，飘然旷野""遥望秦川，心肝断绝"。读来如鲠在喉，令人万分心酸。

两组歌诗以四言四句为主，第一曲仅一字之差，演唱时可能起到引

---

① （宋）郭茂倩编：《乐府诗集》卷二五，中华书局1979年版，第368、371页。
② （宋）郭茂倩编：《乐府诗集》卷二一，中华书局1979年版，第311页。

子的作用。其他几曲，辞意相近，很有可能在同一曲调下，不同演唱者
对歌辞做了字句的改动。两组歌诗都渲染陇头山高路险，配以曲调，有
令人悲从中来的效果。值得注意的是，《陇头流水歌辞》第三曲四言二
句，可能佚失了两句。《乐府诗集》于两首乐歌后皆有"右三曲，曲四
解"的记载，再结合其他曲皆是先叙述环境艰苦，后抒怀人之感受，第
三曲缺失的应该是抒写歌者感受的两句。魏晋六朝的拟作，诸如陈后主
《陇头》："陇头征戍客，寒多不识春。惊风起嘶马，苦雾杂飞尘。投钱积
石水，敛辔交河津。四面夕冰合，万里望佳人。"① 在原有的基础上，发
展了思念佳人的内容，既与梁陈一贯喜写艳情的审美趣味有关，也是
《陇头》民间乐歌的文人化发展的表现。

而《折杨柳歌辞》与《折杨柳枝歌》，则是同题乐歌中保存完整且最
具代表性的：

上马不捉鞭，反折杨柳枝。蹀座吹长笛，愁杀行客儿。
腹中愁不乐，愿作郎马鞭。出入擐郎臂，蹀座郎膝边。
放马两泉泽，忘不著连羁。担鞍逐马走，何得见马骑。
遥看孟津河，杨柳郁婆娑。我是虏家儿，不解汉儿歌。
健儿须快马，快马须健儿。跸跋黄尘下，然后别雄雌。（《折杨
柳歌辞》五曲）②
上马不捉鞭，反拗杨柳枝。下马吹长笛，愁杀行客儿。
门前一株枣，岁岁不知老。阿婆不嫁女，那得孙儿抱。
敕敕何力力，女子临窗织。不闻机杼声，只闻女叹息。
问女何所思，问女何所忆。阿婆许嫁女，今年无消息。（《折杨
柳枝歌》四曲）③

---

① （宋）郭茂倩编：《乐府诗集》卷二一，中华书局 1979 年版，第 311 页。
② （宋）郭茂倩编：《乐府诗集》卷二五，中华书局 1979 年版，第 369—370 页。
③ （宋）郭茂倩编：《乐府诗集》卷二五，中华书局 1979 年版，第 370 页。

　　《折杨柳歌辞》和《折杨柳枝歌》两组乐歌皆为五言四句，前者五曲、曲四解，后者四曲、曲四解。两组歌诗的第一曲仅有三个字不同，故第一曲在演唱时也起到类似引子的作用。从内容上看，前者第二曲和后者第二、三、四曲涉及的是婚嫁情爱之事，而前者的第一、三、四、五曲和后者的第一曲则与远行征战有关，叙述直白、率真。值得注意的是，题名为《折杨柳》的乐歌魏太康末已在京洛之地流传，《宋书》卷三一《五行志》记载："太康末，京、洛始为'折杨柳'之歌，其曲始有兵革苦辛之词，终以禽获斩截之事。"① 说明最晚在晋太康末年，京城开始流传的《折杨柳》歌，其曲以歌唱征战苦辛开始，以凯旋获胜擒获敌人作结。横吹曲中《折杨柳歌辞》第一、三、四、五曲和《折杨柳枝歌》第一曲抒写兵革苦辛的辞意，与《宋书》所载太康时的《折杨柳》歌内容极为相近，而写婚嫁情爱之词，应是对《折杨柳》乐歌的改造与创新。

　　如前篇首所论，梁鼓角横吹曲是在刘宋至萧梁时采入乐府，《折杨柳枝歌》中写婚嫁情爱之乐歌，从内容上与魏太康末京洛之地流行的乐歌无所关联，但与梁代的《折杨柳》内容相近。《乐府诗集》卷二二《横吹曲辞二》录有的梁元帝至江总等梁、陈诗人的《折杨柳》十首，多写离别相思，在内容上的确与上述《折杨柳枝歌》较为接近。陈朝徐陵《折杨柳》载："袅袅河堤树，依依魏主营。江陵有旧曲，洛下作新声。妾对长杨苑，君登高柳城。春还应共见，荡子太无情。"② 郭茂倩于梁元帝《折杨柳》解题中指出：

　　　　按古乐府又有《小折杨柳》，相和大曲有《折杨柳行》，清商四曲有《月节折杨柳歌》十三曲，与此不同。③

---

① （宋）沈约：《宋书》卷三一《五行志二》，中华书局 1974 年版，第 914 页。
② （宋）郭茂倩编：《乐府诗集》卷二二，中华书局 1979 年版，第 329 页。
③ （宋）郭茂倩编：《乐府诗集》卷二二，中华书局 1979 年版，第 328 页。

相和大曲《折杨柳行》，为《宋书·乐志三》所载宋大曲十五曲之一，郭茂倩解题说它和清商四曲《月节折杨柳歌》十三曲与古乐府《小折杨柳行》不同。古乐府《小折杨柳行》现已无从考证，《折杨柳歌辞》《折杨柳枝歌》与《折杨柳行》及《月节折杨柳歌》四者之间的关系，可稍作分析。《折杨柳行》在《宋书·乐志》中保留了两首歌辞，分别是《西山》（西山一何高）和《默默》（默默施行违）。《默默》为古辞，是典型的咏史之作。《西山》为文帝辞，写游仙而慨叹仙事渺茫。《乐府诗集》卷三七《相和歌辞》将这两首歌诗收录于《折杨柳四解》下，属相和歌辞瑟调曲。郭茂倩解题引《古今乐录》曰："王僧虔《技录》云：《折杨柳行》歌，文帝'西山'、古'默默'二篇，今不歌。"又称这二曲为"魏、晋乐所奏"。①

而郭茂倩上引文所述清商四曲《月节折杨柳歌》十三曲，指的是从《正月歌》至《十二月歌》的十二首再加上《闰月歌》，共十三首清商曲辞，逯钦立先生将其定为晋辞。其《正月歌》曰："春风尚萧条，去故来入新。苦心非一朝，折杨柳，愁思满腹中，历乱不可数。"② 其余十二首，也均叙相思离别之情，与梁陈之《折杨柳》内容大致相似。十三首之句式完全一样，均为六句，前三句和后二句为五言，中间的第四句为三言，即"五五五三五五"。而梁、陈之《折杨柳》十首则均为五言八句。二者的乐调可能已发生较大变化，或为完全不同的曲调。可知"折杨柳"类的相关乐歌，与梁鼓角横吹曲、横吹曲、相和大曲、相和歌辞瑟调曲、清商曲，都有密切的关系。其中有些歌辞曾为魏晋乐所奏。从乐歌内容上讲，《折杨柳歌辞》继承的是晋太康时流行的《折杨柳》歌，主要表现"征战苦辛"之事。而横吹曲《折杨柳枝歌》则为晋代《月节折杨柳歌》之流变。太康末的《折杨柳》歌，无疑是可歌的。而从《月节折杨柳歌》十三首歌辞句式完全一致，可以大致推知，《月节折杨柳歌》应是配合同

---

① （宋）郭茂倩编：《乐府诗集》卷三七，中华书局 1979 年版，第 547 页。
② （宋）郭茂倩编：《乐府诗集》卷四九，中华书局 1979 年版，第 723 页。

类曲调歌唱的。故在《梁鼓角横吹曲》全部可歌的前提下，其中《折杨柳歌辞》与《折杨柳枝歌》又有其各自的源流。梁元帝《折杨柳》郭茂倩解题曰引《唐书·乐志》曰："梁乐府有胡吹歌云：'快马不须鞭，反插杨柳枝。下马吹横笛，愁杀行客儿。'此歌辞元出北国，即鼓角横吹曲《折杨柳枝》是也。"① 可见梁陈诸公的《折杨柳》，颇受到梁鼓角横吹曲的影响，是对梁鼓角横吹曲的拟作。

沈德潜《说诗晬语》中指出："北音竞美，钲铙铿锵，《企喻歌》《折杨柳歌辞》和《木兰诗》等篇，犹汉魏人遗响也。"② 梁鼓角横吹曲中同题乐歌的活跃与深受欢迎，既反映出汉魏旧曲在北朝的影响力，也是歌诗发展流变的必然趋势。

二　相和歌中挽歌的创作与表演

《乐府诗集》收北朝相和歌有相和曲、吟叹曲、平调曲、瑟调曲和楚调曲五种乐调十四篇共十九首，这些作品主要集中在北齐和北周，且以文人歌诗为主。其中相和歌辞中的挽歌，主要为哀悼逝者而作，由于有现实的需求，其创作、表演最值得注意。

北朝创作的相和歌挽歌，《乐府诗集》仅收录一首，即北齐祖珽的《挽歌》：

> 昔日驱驷马，谒帝长杨宫。旌悬白云外，骑猎红尘中。
> 今来向漳浦，素盖转悲风。荣华与歌笑，万事尽成空。③

前四句追述亡者的生平事迹，后四句抒发哀情。歌诗不直接表达悲伤，而借景寄托哀情。祖珽精通音乐，《北齐书·祖珽传》载："珽天性

---

① （宋）郭茂倩编：《乐府诗集》卷二二，中华书局1979年版，第328页。

② （清）沈德潜：《说诗晬语》卷上第"六九"条，霍松林校注：《原诗·一瓢诗话·说诗晬语》校注本，人民文学出版社2005年版，第204—205页。

③ （宋）郭茂倩编：《乐府诗集》卷二七，中华书局1979年版，第401—402页。

聪明，事无难学，凡诸伎艺，莫不措怀，文章之外，又善音律，解四夷语及阴阳占侯，医药之术尤是所长。"又说他"自解弹琵琶，能为新曲"。① 琵琶是"丝竹更相和，执节者歌"的相和曲七种乐器——"曲笙、笛、节歌、琴、瑟、筝、琵琶"之一，而新曲是指俗乐新声，相和曲挽歌也在其列。虽然史书没有明确记载此首歌诗能否配乐演唱，但是以祖珽的音乐才能，这首挽歌创作之时很可能考虑过入乐演唱。

《乐府诗集》记载的北朝挽歌，仅此一首，这显然与北朝挽歌比较流行和广泛用于演唱表演的社会现实不相符合，史书中记载了当时北朝挽歌创作的情形：

> （道玙）少而敏俊。世宗初，以才学被召，与秘书丞孙惠蔚典校群书，考正同异。自太学博士转京兆王愉法曹行参军。临死，作诗及挽歌词，寄之亲朋，以见怨痛。②
>
> 帝又亲为（冯诞）作碑文及挽歌，词皆穷美尽哀，事过其厚。车驾还京，诏曰："冯大司马已就坟茔，永潜幽室，宿草之哭，何能忘之？"遂亲临诞墓，停车而哭。③
>
> （尔朱文略）系于京畿狱。文略弹琵琶，吹横笛，谣咏，倦极便卧唱挽歌。④

上引第一条中的挽歌词创作于宋道玙临终之前，为自挽歌，"寄之亲朋，以见怨痛"。这类自挽之作，一般不用于葬礼场合表演和演唱。第二条中孝文帝与冯诞亲善，亲自为冯诞创作挽歌，这首挽歌应会在冯诞的葬礼上演唱。第三条中的挽歌与葬礼无关。尔朱文略是一个善乐能歌之人，只是恃才放旷，与常人不同，"弟文略，以兄文罗卒无后，袭梁郡

---

① （唐）李百药：《北齐书》卷三九《祖珽传》，中华书局1972年版，第514页。
② （北齐）魏收：《魏书》卷七七《宋翻传附道玙传》，中华书局1974年版，第1690页。
③ （北齐）魏收：《魏书》卷八三《冯熙传附冯诞传》，中华书局1974年版，第1821页。
④ （唐）李百药：《北齐书》卷四八《尔朱文略传》，中华书局1972年版，第667页。

王。以兄文畅事，当从坐，高祖特加宽贷。文略聪明俊爽，多所通习。
世宗尝令章永兴于马上弹胡琵琶，奏十余曲，试使文略写之，遂得其
八"，"初，高祖遗令恕文略十死，恃此益横，多所凌忽。平秦王有七百
里马，文略敌以好婢，赌而取之。明日，平秦致请，文略杀马及婢，以
二银器盛婢头马肉而遗之。平秦王诉之于文宣，系于京畿狱"。① 大约也
只有这样狂放不羁的人，才能在狱中演唱挽歌。他的挽歌，更像是预见
了死亡，哀悼自己所作。

如果说尔朱文略的自挽气息不够明显，也无法明确最终用在葬礼上，
那孝庄帝临终的五言诗歌被用在自己的葬礼上，则是自挽的明证。据
《洛阳伽蓝记》载永安三年（530），尔朱兆将孝庄帝囚禁，缢死于三级
寺。孝庄帝临崩礼佛，发来世不为国王。并作诗：

> 权去生道促，忧来死路长。怀恨出国门，含悲入鬼乡！隧门一
> 时闭，幽庭岂复光？思鸟吟青松，哀风吹白杨。昔来闻死苦，何言
> 身自当！②

至太昌元年（532）冬，孝庄帝"梓宫赴京师，葬帝靖陵"，其临
终所作五言诗即为挽歌词，演唱于葬礼之上。当时"朝野闻之，莫不
悲恸。百姓观者，悉皆掩涕"③，这也说明挽歌专为某一丧主而作的礼
制早已形成，这是自挽体挽歌、献挽体挽歌与奉旨创作的各类挽歌产生
的共同前提。

献挽是当时挽歌最为常见的创作方式。卢询祖为赵郡王妃郑氏所作
的挽歌，即是典型的一例：

---

① （唐）李百药：《北齐书》卷四八《尔朱文略传》，中华书局1972年版，第666—667页。
② （北魏）杨衒之撰，韩结根注：《洛阳伽蓝记》卷一"永宁寺"条，山东友谊出版社2001
年版，第18页。
③ （北魏）杨衒之撰，韩结根注：《洛阳伽蓝记》卷一"永宁寺"条，山东友谊出版社2001
年版，第18页。

（卢询祖）有文集十卷，皆致遗逸。尝为赵郡王妃郑氏制挽歌词，其一篇云："君王盛海内，伉俪尽寰中。女仪掩郑国，嫔容映赵宫。春艳桃花水，秋度桂枝风。遂使丛台夜，明月满床空。"①

卢询祖为赵郡王妃郑氏所作挽歌，前四句盛赞郡王与王妃的伉俪之情，写出王妃女仪无双，对其品德、容貌进行赞扬，"春艳桃花水，秋度桂枝风"，借春秋代序，时光飞转来写生命的短暂，末二句"遂使丛台夜，明月满床空"，借明月照空床暗指王妃的逝世，"空"中有失落与惆怅之感，与祖珽《挽歌》"荣华与歌笑，万事尽成空"之句有异曲同工之妙。诗歌中的遗憾、悲痛和伤悼，以委婉、含蓄、优雅的方式表达出来，是较为典型的用于贵族葬礼上的献挽类挽歌。此外，逯钦立《先秦汉魏晋南北朝诗》所载献挽类挽歌，还有温子昇的《相国清河王挽歌》，卢思道的《彭城王挽歌》《乐平长公主挽歌》，等等。

高门讵改辙，曲沼尚余波。何言吹楼下，翻成薤露歌。（温子昇《相国清河王挽歌》）②

旭旦禁门开，隐隐灵舆发。才看凤楼迥，稍视龙山没。犹陈五营骑，尚聚三河卒。容卫俨未归，空山照秋月。（卢思道《彭城王挽歌》）③

妆楼对驰道，吹台临景舍。风入上春朝，月满凉秋夜。未言歌笑毕，已觉生荣谢。何时洛水湄，芝田解龙驾。（卢思道《乐平长公主挽歌》）④

---

① （唐）李百药：《北齐书》卷二二《卢询祖传》，中华书局1972年版，第321页。卢询祖的这首挽歌，在逯钦立辑校《先秦汉魏晋南北朝诗·北齐诗》卷一中题为《赵郡王配郑氏挽词》，中华书局1983年版，第2261页。

② 逯钦立辑校：《先秦汉魏晋南北朝诗·北魏诗》卷二，中华书局1983年版，第2222页。

③ 逯钦立辑校：《先秦汉魏晋南北朝诗·全隋诗》卷一，中华书局1983年版，第2636页。

④ 逯钦立辑校：《先秦汉魏晋南北朝诗·全隋诗》卷一，中华书局1983年版，第2636页。

卢思道的《乐平长公主挽歌》也是先写生前荣宠，再说死后万事成空。《彭城王挽歌》在写法上稍有不同，是从灵驾驶出禁门写起，中间回顾彭城王作为将军的威仪，最后归结到"空山照秋月"。

卢询祖、温子升和卢思道所作的挽歌，都明确是为某个特定的死者而作。从葬礼使用的角度考虑，叙述亡者生平，赞美其举止言谈、仪容、出身和功绩，表达生者的悲痛哀悼之情，构成了挽歌基本的写法。具体内容中又要切合不同逝主的身份、特点，准确地表达生者的情感，并配合哀乐演唱之。

北朝奉旨创作的挽歌也较多。皇室宗亲或皇帝去世，皇帝或新皇要求朝臣文士作挽歌，从中选取优秀的作品令挽郎演唱，在当时已经成为朝廷的一种惯例：

> 及文宣崩，文士并作挽歌，杨遵彦择之，员外郎卢思道用八首，逊用二首，余人多者不过三四。中书郎李愔戏逊曰："卢八问讯刘二。"逊衔之。[1]

北齐文宣帝高洋崩于天保十年（559）。皇帝驾崩，诸多文士并作挽歌，杨遵彦择选其高下优劣，多者如卢思道选用八首，少者如刘逊选用二首，李愔还嘲弄刘逊，刘逊因此怀恨在心。从时人对卢思道的赞美与对刘逊深以为恨的态度，可见文士们所创作的挽歌被选用于帝王的葬礼上，是何等荣耀的事情。卢思道的八首挽歌，没有保留下来，但是上述两首挽歌，与为他赢得"八米卢郎"之美称的那八首挽歌，当亦相去不远。此事在《隋书·卢思道传》中也谈及，更有细节"文宣帝崩，当朝文士各作挽歌十首，择其善者而用之"[2]，朝廷文士每人都作十首，挽歌的数量将非常多，所以会专门有人择选。如果每位皇帝驾崩都会有这样

---

① （唐）李延寿：《北史》卷四二《刘芳传附刘逊传》，中华书局1974年版，第1551页。
② （唐）魏徵、令狐德棻：《隋书》卷五七《卢思道传》，中华书局1973年版，第1397页。

的挽歌创作活动，朝廷文士奉旨创作或主动敬献挽歌的数量更是可观，可知文献所保留下来的那些挽歌，只不过是九牛一毛而已。

北朝时期，挽歌仍备受皇室贵族重视，朝廷有专门从事帝王挽歌表演的专业人员——挽郎。能够在皇帝的葬礼上担任挽郎是一件非常荣耀的事情，也是一项重要的人生履历，甚至成为日后平步青云、出仕为官的良好开端。他们多是从公卿以下弟子中选取的德才兼备者，其中通晓音乐是能够入选的必备条件。现将史籍可考的挽郎列表如下（表1）。

表1　　　　　　　　　史书所见北朝挽郎

挽郎	丧主	葬礼年代	挽郎特点	解褐官职	史料出处
周遵和	孝文帝	太和二十三年（499）	好音律，尚武事	奉朝请	《魏书》卷五二《阴仲达传附阴遵和传》
寇俊	孝文帝	太和二十三年（499）	性宽雅，幼有识量，好学强记。兄祖训、祖礼及俊，并有志行	奉朝请	《周书》卷三七《寇俊传》
谷士恢	宣武帝	延昌四年（515）	少好琴书	奉朝请	《谷浑传附谷士恢传》
崔巨伦	宣武帝	延昌四年（515）	历涉经史，有文学武艺	冀州镇北府墨曹参军	《魏书》卷五六《崔辩传附崔巨伦传》
崔㥀	宣武帝	延昌四年（515）	状貌伟丽，善于容止，少知名	太学博士	《北史》卷二四《崔逞传附崔甗传》
邢邵	宣武帝	延昌四年（515）	雅有才思，聪明强记，日诵万余言	奉朝请	《北齐书》卷三六《邢邵传》
刁柔	宣武帝	延昌四年（515）	少好学，综习经史，尤留心礼仪。性强记	司空行参军	《北齐书》卷四四《儒林传·刁柔传》
杜长文	孝明帝	武泰元年（528）		员外散骑侍郎	《魏书》卷四五《杜铨传附杜长文传》
裴远	孝明帝	武泰元年（528）	好弹琴，耽酒，时有文咏	仪同开府参军事	《魏书》卷七一《裴叔业传附裴远传》
裴宽	孝明帝	武泰元年（528）	仪貌环伟，博涉群书，弱冠为州里所称	员外散骑侍郎	《周书》卷三四《裴宽传》
檀翥	孝明帝	武泰元年（528）	好读书，善属文，能鼓瑟	城阳王元徽以翥为从事	《周书》卷三八《李昶传附檀翥传》；《北史》卷七〇《檀翥传》

由表1可知，北朝每一位入选挽郎者，在文学、武艺、门第、状貌诸方面中必有一二过人之处，挽郎实为同龄人中的精英，而由这些人来演唱挽歌，极大地提升了挽歌表演的整体水准。实用性是葬礼挽歌最本质的特征。因此，葬礼挽歌只有在葬礼场合中演唱表演，并表达其特定的内涵之后才能够体现其价值。挽歌作者在下笔时，既要考虑到切合逝者的身份，又要站在亲友的立场来表达赞美和哀悼。这是挽歌能够进入葬礼程序由挽郎演唱的基本前提条件。优秀的挽歌和挽郎精彩的演唱的完美结合，是隆重而典雅的皇室贵族葬礼必不可少的仪式内容。然而，葬礼仪式虽然对挽歌有着巨大的需求空间，但是没有给创作者留下多少自由发挥的余地，这从根本上限制了挽歌的发展，这也正是北朝之后挽歌创作逐渐丧失生命力而走向衰弱的原因。

三 杂曲歌中本事歌诗的创作与表演

北魏、北齐和北周各代皆有杂曲歌辞流传，据《乐府诗集》载共计十八曲，其中北魏和北齐的作品主要是本朝诗人所作，北周作品则多出自庾信和王褒之手。《乐府诗集》卷七三《杂曲歌辞十三》有一首《杨白花》，是北朝杂曲歌辞中以音乐伴唱演述故事的歌诗：

> 阳春二三月，杨柳齐作花。春风一夜入闺闼，杨花飘荡落南家。含情出户脚无力，拾得杨花泪沾臆。秋去春还双燕子，愿衔杨花入窠里。[①]

歌诗以杨柳之花起兴，实则一语双关，暗指杨华和胡太后之事。《梁书》记载了这首歌诗的本事："杨华，武都仇池人也。父大眼，为魏名将。华少有勇力，容貌雄伟，魏胡太后逼通之。华惧及祸，乃率其部曲

---

① （宋）郭茂倩编：《乐府诗集》卷七三，中华书局1979年版，第1040页。

来降。胡太后追思之不能已，为作《杨白华歌辞》，使宫人昼夜连臂蹋足歌之，辞甚凄惋焉。"①

《南史》也说：

> 时复有杨华者，能作惊军骑，亦一时妙捷，帝深赏之。华本名白花，武都仇池人。父大眼，为魏名将。华少有勇力，容貌瑰伟，魏胡太后逼幸之。华惧祸，及大眼死，拥部曲，载父尸，改名华，来降。胡太后追思不已，为作《杨白花歌辞》，使宫人昼夜连臂蹋蹄歌之，声甚凄断。②

两段文字，稍有小异。《梁书》"辞甚凄断"，在《南史》中作"声甚凄断"。而郭茂倩《乐府诗集》卷七三《杨白花》解题引《梁书》作"声甚凄婉"。从歌诗表演的角度，作"声"似优于"辞"，当作"声甚凄婉"为是。另外，歌诗题目也不同，《南史》和《乐府诗集》作《杨白花》，《梁书》作《杨白华》。按《南史》，杨华本名杨白花。《乐府诗集》卷七三有唐人柳宗元《杨白花》，且歌诗文本中也一次提到"杨柳齐作花"，三次直接讲到"杨花"。故当依《南史》和《乐府诗集》作《杨白花》。

乐府歌诗本"缘事而发"，《杨白花》即为此类。杨白花是魏名将杨大眼之子，为魏胡太后所爱慕而"逼通之"，杨白花担心因此招来祸端，等到自己的父亲去世之后，带领部下降梁而去，改名杨华。南去的杨华让胡太后思念不已，故而创作此曲。歌诗含蓄地敷衍了一个女子思念所爱之人的故事，以杨花暗喻杨华，以"杨花飘荡落南家"比喻杨白花归降梁朝，以祈愿燕子"衔杨花入窠里"暗指希望杨华回到魏朝。歌诗没

---

① （唐）姚思廉：《梁书》卷三九《杨华传》，中华书局1973年版，第556—557页。
② （唐）李延寿：《南史》卷六三《王神念传附杨华传》，中华书局1975年版，第1535—1536页。

有直言故事中的人物，却处处暗指故事主人公，从杨白花南去归降梁朝，到身在北朝的女子拾到杨花而思念自己的情人，再到最后希望情人归来，故事情节颇为曲折，很好地刻画出一位专情深情的女子形象，读来已令人心酸不已。配乐演唱出来，必然更动人心弦。

作为艺术作品的故事体歌诗《杨白花》所表演的内容，与真实的历史有一定的差异。首先，故事主人公的信息与史书中真实记录不符。《杨白花》是以史实为原型的一种再创造，塑造了一位痴情的女子，苦苦期盼所爱之人的归来，似乎演绎了一个痴情女子负心汉的故事。然事实却不尽然，历史上的胡太后并非用情专一的痴情女子，据《北史》记载："时胡太后多嬖宠，帝与明帝谋诛之，事泄，免官。"① 这里所说的"帝"，是后来成为西魏文帝的元宝炬。"明帝"，即胡太后之子，北魏孝明帝元诩。史家甚至认为胡太后生活太淫乱，以致天谴，《隋书》记载："天统三年十月，积阴大雨。胡太后淫乱之所感也。"② 可见胡太后绝不是什么专情之人，杨华只是她众多的男宠之一。《南史》记载：

> （王）神念少善骑射，既老不衰，尝于高祖前手执二刀楯，左右交度，驰马往来，冠绝群伍。时复有杨华者，能作惊军骑，并一时妙捷，高祖深叹赏之。③

杨华擅长一种"惊军骑"的武艺，同由北魏入梁的王神念一样，都得到梁武帝萧衍赏识。杨华过人的武艺可能也是胡太后对他念念不忘的原因吧。《梁书》记载归降梁朝之后的杨华"累征伐，有战功，历官太仆卿，太子左卫率，封益阳县侯。太清中，侯景乱，华欲立志节，妻子为贼所擒，遂降之，卒于贼"④。因为妻儿被俘虏而甘愿向贼臣投降，可见

---

① （唐）李延寿：《北史》卷五《魏本纪第五》，中华书局 1974 年版，第 175 页。
② （唐）魏徵、令狐德棻：《隋书》卷二二《五行志上》，中华书局 1973 年版，第 626 页。
③ （唐）李延寿：《南史》卷六三《王神念传》，中华书局 1975 年版，第 1535 页。
④ （唐）姚思廉：《梁书》卷三九《杨华传》，中华书局 1973 年版，第 556 页。

杨华重视妻儿，当非负心之流。故《杨白花》歌诗中对男女主人公都作了较大的改造，使得歌诗《杨白花》成为"痴情女子负心汉"类型的故事体歌诗，也较易在演唱上呈现一种"声甚凄断"的效果。

故事体歌诗《杨白花》主要通过演唱来敷衍故事。我国表演艺术的发展，在汉代就已经产生了以音乐伴唱演述故事的相和曲、横吹曲和杂歌曲，如杂曲歌辞《焦仲卿妻》就是如此，《杨白花》也是其中一例。从相关的记载来看，《杨白花》的演唱者以胡太后的宫女为主，她们"连臂蹋足歌之"，边舞边歌。"连臂"，即手拉手，"这种舞蹈在原始社会中是广泛流行的舞蹈形式，至少在亚洲北大陆草原是这样的"。[①] 事实上，从考古发掘的实物来看，这种"连臂"而舞的舞蹈形式，在中国大地上分布还要更广泛。[②] 胡太后作为北魏鲜卑人，其宫女连臂而舞表演《杨白花》，当是采用了鲜卑族传统的舞蹈形式，"蹋足"当是应和音乐节拍。虽然《杨白花》更详细的表演方式我们已难以考知，但其"声甚凄断"的表演效果，是音乐、歌辞及舞蹈共同配合的结果，则是可以肯定的。

与《杨白花》相比，《咸阳王歌》也是有史事依托、明确记载入乐演唱并广为流传的乐歌，《北史》载，景明二年，咸阳王元禧因谋反被赐死。临死之际，散尽家财，"禧之诸女，微给资产、奴婢。自余家财悉以赉高肇、赵修二家，其余赐内外百官，逮于流外，多百匹，下至十匹，其积聚若此"。其宫人伤其人其事，为作歌诗：

> 其宫人为之歌曰："可怜咸阳王，奈何作事误？金床玉几不能眠，夜蹋霜与露。洛水湛湛弥岸长，行人那得度！"其歌遂流至江表。北人之在南者，虽富贵，闻弦管奏之，莫不洒泣。[③]

---

① 盖山林：《阴山岩画与原始舞蹈》，《舞蹈论丛》1981 年第 4 期。
② 关于这一点，可参见刘怀荣《赋比兴与中国诗学研究》中的相关论述（人民出版社2007 年版，第 62—69 页）。
③ （唐）李延寿：《北史》卷一九《咸阳王禧传》，中华书局 1974 年版，第 691—692 页。

　　诗中"奈何作事误"，对元禧的痛惜、悲悯远在责备之上，更借湛湛洛水寄予无尽之哀思，从"其歌遂流至江表"，可知这首乐歌曾从北地流传至江南。由于歌诗通过咸阳王的故事表现了比较普遍的人生懊悔和无奈，其乐调也应当是北方特有的，所以"北人之在南者"，闻听此歌，才会悲从中来，潸然泪下。杂歌曲中的本事歌诗，往往以现实的人和事为底本，加以演绎和升华，成为大众广为流传歌唱的新曲辞。

　　北朝乐府歌诗，以南北文化交融为背景，以横吹曲辞、相和歌辞、杂曲歌辞最具特色。北朝横吹曲有一些歌诗可能是同源乐歌，如《折杨柳歌辞》与《折杨柳枝歌》、《陇头歌辞》与《陇头流水歌》、《高阳乐人歌》与《白鼻䯄》等，可能是歌诗流传过程中改编的结果。由于统治者对异域曲调的偏爱，北朝歌诗曲调融入了诸多的高昌乐、龟兹乐、西凉乐等胡乐元素，为乐歌注入了新鲜的血液，实为歌诗发展中的新变和进步。北朝相和歌中的挽歌实用性极强，在社会生活中具有重要的地位和作用。杂曲歌辞中收录的北朝故事体歌诗《杨白花》，除继承西晋故事体歌诗情节曲折、敷衍史实等特点，在表演上也具有自己的独特风格，另有《敦煌乐》等杂曲歌辞，直接将歌舞娱乐的场景写入歌诗，更具现场表演性。

　　（宋亚莉，青岛大学文学与新闻传播学院副教授；石飞飞，中国海洋大学 2020 级博士研究生）

李德裕散文编集与版本流传考辨

李若君

摘　要：晚唐著名政治家、文学家李德裕一生笔耕不辍，其文集成为了解晚唐文史的重要文献资料，具有较高的文学与史学价值。李氏三次自编文集是自觉的存史行为，其文集在宋时基本定型为三十四卷本，后代李集刻本多以此为范式。此后于明代出现的评点本，成为李集一全新尝试。然而，李德裕著作多有散佚，这不仅些许遮蔽了文学史的真实发展状貌，也对合理认识李德裕的文学地位形成了一定阻碍。近代以来，李德裕文集的编证工作不断推进，为当代李德裕研究的深入开展带来了新的关怀与期望。

关键词：李德裕；散文；编集；版本

作为牛李党争的首脑之一，李德裕是晚唐声名赫奕的政治家，同时也是一位文学家，《旧唐书》卷一七四、《新唐书》卷一八〇均为其作传。以往研究李德裕，往往着眼于"党争"相关，其散文自身的独特艺术魅力长期被低估。就李德裕整体散文创作情况来看，他一生著述颇丰，然其散文在流传过程中却多有散佚，这对其后世的文学声名或多或少有消极影响。并且，前人对李德裕散文编集、版本的考证仍有未尽之处，仍有补充完善的必要性。基于此种现状，本文拟对李德裕文集的编集与版本流传情况进行相对客观合理的考述，以期能为李德裕散文的深入研究提供相对清晰的历史脉络与比较完善的文本储备。

一　李德裕文集的编纂

李德裕曾至少于会昌五年（845）、大中元年（847）和大中三年（849）三次自编诗文集。目前学界对李德裕文集的自编情况有两种看法：傅璇琮、周建国等学者认为李德裕曾三次自编其诗文集；王永波认为李德裕两次自编其诗文集，外集《穷愁志》为宋代开始编订。笔者认为，据现存李德裕文集来看，其至少三次自编其诗文集，王永波之说恐不确。关于李氏别集的编订，目前认为并非其本人所编，编集时间约在南北宋时期。此外，李氏除现今可见的正集二十卷、别集十卷与外集四卷，又有其他著述，然今除《次柳氏旧闻》残存一卷外，大多已经散佚。

（一）李德裕文集的三次自编

李德裕第一次编集完成在会昌五年四月前后。此次编集之内容目前已不可确切考证，但是我们仍可根据现有材料的蛛丝马迹进行一些合理推断。会昌五年时，李德裕犹且居于宰相之位，深受武宗爱重与信赖。李氏正集卷一八载《进新旧文十卷状》，其文曰："四月二十三日奉宣，令状臣进来者。"① 据此可以获知，会昌五年四月时，李德裕已经完成第一次自编十卷文集的工作。并且，此次编集并非李德裕的私人行为，而是受命"谨录新旧文十卷进上"②。据他讲："臣往在弱龄，即好辞赋。"③可知李德裕年少时即开始作赋，辞赋在李德裕第一次编集时可能占到一

---

① （唐）李德裕撰，傅璇琮、周建国校笺：《李德裕文集校笺》，中华书局2018年版，第422页。

② （唐）李德裕撰，傅璇琮、周建国校笺：《李德裕文集校笺》，中华书局2018年版，第422页。

③ （唐）李德裕撰，傅璇琮、周建国校笺：《李德裕文集校笺》，中华书局2018年版，第422页。

个相当程度的比例。又云："（臣）属吏职岁深，文业多费，意之所感，时乃成章。"① 可知，"文业"是与"吏职"之文相对而言的文类，即指不具有政治应用性的纯文学文章。李德裕位列宰相时已经较少创作纯文学之类的作品了，因此，李德裕本次编集应当是收录了会昌之前的一些文学性文章。本年清明，李德裕有《侍宴诗》，此外，李德裕谈及"击壤庸音""巴渝末曲"②，笔者猜测，文集中或许也包括一些诗歌作品。傅璇琮、周建国认为，此中"当有诗作"③，也是出于此种考虑。

李德裕第二次自编诗文集约是在大中元年，此次所编之集即为《会昌一品集》。此时，李德裕已经罢相，闲居洛阳，宣宗已起用白敏中等上台主政。八九月间，李德裕请郑亚为其《会昌一品集》作序。李氏别集卷六《与桂州郑中丞书》曰："某当先圣御极，再参枢务。两度册文，及《宣懿太后祔庙制》《圣容赞》《幽州纪圣功碑》《讨回纥制》，五度黠戛斯书，两度用兵诏敕，及先圣改名制、告昊天上帝文并奏议等，勒成十五卷。"④ 李商隐有《太尉卫公会昌一品集序》一文，其文言："故合诏诰奏议碑赞等，凡一帙一十五卷，辄署曰《会昌一品集》云。"⑤ 郑亚《太尉卫公会昌一品制集序》云："故合武宗一朝册命、典诰、奏议、碑赞、军机、羽檄，凡两帙二十卷，辄署曰《会昌一品制集》。"⑥ 可见，与第一次编集时侧重"文业"不同，李德裕此次所编之集以会昌时所作官文书为主，这与现存李氏正集所收的内容相符。李商隐序文所述李氏文

---

① （唐）李德裕撰，傅璇琮、周建国校笺：《李德裕文集校笺》，中华书局2018年版，第422页。

② （唐）李德裕撰，傅璇琮、周建国校笺：《李德裕文集校笺》，中华书局2018年版，第422页。

③ （唐）李德裕撰，傅璇琮、周建国校笺：《李德裕文集校笺》初版前言，中华书局2018年版，第14页。

④ （唐）李德裕撰，傅璇琮、周建国校笺：《李德裕文集校笺》，中华书局2018年版，第627页。

⑤ （唐）李商隐撰，（清）冯浩详注，钱振伦、钱振常笺注：《樊南文集》，上海古籍出版社1988年版，第412页。

⑥ （唐）郑亚：《李文饶文集序》，（唐）李德裕撰，傅璇琮、周建国校笺《李德裕文集校笺》，中华书局2018年版，第5页。

集之卷数与李德裕于《与桂州郑中丞书》中的自述一致，可见《会昌一品制集》本是十五卷之数。然，郑亚谓李氏《会昌一品制集》为二十卷，《旧唐书》卷一七四《李德裕传》与《新唐书》卷六〇《艺文志四》也作二十卷，今传影宋本以下均作李氏正集二十卷，足以见得大约自郑亚始，李德裕《会昌一品集》即以二十卷本的面貌行世。针对李德裕《会昌一品集》原作十五卷，至郑亚时已改为二十卷，此后以二十卷本相传的相关情况，可以获知的是李德裕《会昌一品集》二十卷比十五卷多增加五卷并未掺杂第一次编集时的"文业"文章。至于其他异同而今尚不可考，笔者猜测或许是郑亚在编订时有所改动。《会昌一品集序》严格来说，是由李商隐起草，郑亚改定。李、郑二人所撰之《序》于文辞、句意等方面皆有差别。郑亚除了将李商隐所作之序改骈为散外，将序旨着重于揄扬会昌之政，李德裕"伏恐制序之时，要知此意"① 的言外之味可谓被郑亚领会透彻了。李、郑二人曾抱有修史之志，参与修撰编校过史书。此时二人有意编订会昌相关文献，一方面是对大中君相反对、推翻会昌之政的抵抗，另一方面也有留存史实之意。正如傅璇琮、周建国所言，文集的留传使后人能够从中获悉李德裕及其僚友于会昌之际的功业，就这一点论，他们是颇有史识的。② 今传《会昌一品集》前，多有郑亚所作之序。对于缘何使用郑亚之序而不用李商隐所作，清代的徐树谷在笺注《樊南文集》时解释道："（李商隐）原稿非不华赡庄重，然大有矜持之态，且未全得体，一经点窜，气象迥殊矣……起结两段全改，中间辞藻，取诸原本，而别运以清机，读者细为体味，可以得文章进境矣。"③ 比较符合事实。

---

① （唐）李德裕撰，傅璇琮、周建国校笺：《李德裕文集校笺》，中华书局 2018 年版，第627 页。

② （唐）李德裕撰，傅璇琮、周建国校笺：《李德裕文集校笺》初版前言，中华书局 2018年版，第 15 页。

③ （唐）李商隐撰，（清）冯浩详注，钱振伦、钱振常笺注：《樊南文集》，上海古籍出版社 1988 年版，第 416 页。

　　李德裕第三次自编其诗文集时间大约为大中三年安抵左迁之地后，将其大中年间的杂论编成外集《穷愁志》。《旧唐书》卷一七四《李德裕传》曾记载此书的编书背景："（李德裕）初贬潮州，虽苍黄颠沛之中，犹留心著述，杂序数十篇，号曰《穷愁志》。"① 李德裕《穷愁志并序》云："偶思当世之所疑惑，前贤之所未及，各为一论，庶乎简而体要，谓之《穷愁志》，凡三卷，篇论四十九首。"② 关于《穷愁志》的卷数，历代有不同记载。《新唐书》卷六〇《艺文志四》与《郡斋读书志》卷一八著录李德裕《穷愁志》卷数为三卷，但是《直斋书录解题》卷一六《别集类上》称李氏外集为四卷，今通行本李氏外集对《穷愁志》的卷数均著录为四卷。笔者猜测，宋代编书者在编辑李氏外集《穷愁志》时或许出于某种目的，于卷数上有所增改。然而，观现存外集四卷本，其中却出现了伪托之作。王伟《〈周秦行纪〉作者及其相关问题考论》一文认为："《周秦行纪》为韦瓘托名牛僧孺所作。"③ 傅璇琮、周建国认为，《冥数有报论》是作伪者根据德裕被贬以后的事实加以编造而成文，《周秦行纪论》之文与历史记载相抵牾。④ 需要说明的是，过去有学者对李德裕外集之可靠性持有怀疑态度，更有甚者认为外集全部非李德裕作。据傅、周二人考证，现存李氏外集中确有伪作混杂其中，然而有些篇目也确为李德裕本人所作。⑤ 即使是极言怒色的篇章，于晚年被远贬岭南、再

---

　　① （后晋）刘昫等：《旧唐书》，中华书局 1975 年版，第 4528 页。

　　② （唐）李德裕撰，傅璇琮、周建国校笺：《李德裕文集校笺》，中华书局 2018 年版，第 753 页。

　　③ 王伟：《〈周秦行纪〉作者及其相关问题考论》，《西北大学学报》（哲学社会科学版）2011 年第 6 期。

　　④ （唐）李德裕撰，傅璇琮、周建国校笺：《李德裕文集校笺》，中华书局 2018 年版，第 834—838 页。

　　⑤ 外集卷二《忠谏论》云："谏大夫言婢不为主，白马令言帝欲不谛（自注：刘、李二人名各不便，故书其官）。"经查考，此处的谏大夫，系西汉时刘辅，《汉书》卷七七有传。他曾为谏大夫，时汉成帝欲立赵婕妤为皇后，刘辅上书力谏。白马令系指东汉时李云，《后汉书》卷五七有传。李云任白马令时，桓帝立掖庭女亳氏为皇后，李云上书，中云："孔子曰'帝者，谛也。'今官位错乱，小人谄进，财货公行，政化日损，尺一拜用不经御省。是帝欲不谛乎？"李云因此而死于狱中。李德裕此处用《汉书》《后汉书》的典故，其自注云"刘、李二人（转下页）

无东山复起之机的李德裕而言，已然无所顾惮，直抒胸臆未为不可。因此，不能简单将其晚年所作《穷愁志》与之前文章风格不符作为认定某文并非李德裕本人所作之标准。

（二）后世对李德裕别集的编订

李氏别集著录较迟，当在南北宋时期成书，且应非其本人所编订。至于李氏别集编者谁人，目前未尝见于记载。北宋时，范仲淹《述梦诗序》记载了李德裕诗赋杂著的相关情况："景祐戊寅岁（1038）……暇日游甘露寺，谒唐李卫公真堂。其制隘陋，乃迁于南楼，刻公本传于其侧。又得集贤钱绮翁书云：'我从父汉东公，尝求卫公之文于四方，得集外诗赋杂著成共一编，目云《一品拾遗》。'"[1] 据此我们可获取一定信息。第一，范仲淹所谓"集外诗赋杂著"，当指李德裕自编文集以外之作品。其所云之《一品拾遗》或为李氏别集之雏形，亦可能为其别集外的其他作品集。无论哪种可能性，这必然会对李氏别集的成书产生相当程度的影响。第二，此书或为钱绮翁所编集，然而目前尚无材料佐证其真实性。第三，范仲淹并未提及《一品拾遗》之卷数，笔者目前亦未见藏书家对此书有所著录，大致是散佚了，不得不说是个遗憾。就现有材料言，可获见李氏别集著录之肇始当为晁公武的《郡斋读书志》。《郡斋读书志》著录有李德裕别集八卷，此外另收其平泉诗一卷和古赋一卷，加起来为十卷之数。《郡斋读书志》卷一八有言："《一品集》，郑亚为之序，皆会昌制诰、表状、外内册赞、碑序文也。赋诗四首。《穷愁志》乃在崖州时所撰。《姑臧集》题段全纬纂，上四卷亦制诰，第五乃《戛黠斯朝贡传》与八诗。《别集》乃裒合古赋、《平泉诗》、集外杂著。又有《古赋》一

（接上页）名各不便，故书其官"，那是因为其祖李栖筠之"筠"与李云之"云"同音，其父李吉甫之"甫"与刘辅之"辅"同音，唐人避家讳极严，故谓只书其官，不便称名。这如果非身处其境，是写不出来的。这可以算作李德裕所作的一个例证。参见（唐）李德裕撰，傅璇琮、周建国校笺《李德裕文集校笺》初版前言，中华书局2018年版，第18—19页。

[1] （宋）范仲淹撰，李勇先、王蓉贵校点：《范仲淹全集》，四川大学出版社2002年版，第181页。

卷，载《金松》等四赋。"① 相较于此，《直斋书录解题》著录李氏别集十卷，孙猛在校证《郡斋读书志》时曾解释这种情况："《读书志》解题云：'《别集》乃裒合古赋、《平泉诗》、集外杂著。'是《平泉诗》《古赋》已在别集内。"② 观李德裕现存别集所收内容，卷第一、卷第二为赋，卷第三、卷第四为诗，卷第五收疏、状，卷第六收书、碑，卷第七是记和祭文，卷第八所列为箴、铭、赞，卷第九、卷第十则是与平泉相关的文学作品，孙猛所言有一定道理。综上，若《一品拾遗》所编与今别集相合，则别集编订时间大致在北宋；若《一品拾遗》所编乃别集之外的内容，则李氏别集的编订也应当在南宋晁公武编撰《郡斋读书志》之前。

（三）李德裕其他著作的散佚与留存

除上述文集外，李德裕尚且有其他著作，只不过大多已佚。《旧唐书》卷一七四《李德裕传》有云："记述旧事，则有《次柳氏旧闻》《御臣要略》《伐叛志》《献替录》行于世。"③《新唐书》卷五八《艺文志二》著录李氏《次柳氏旧闻》一卷、《文武两朝献替记》三卷、《会昌伐叛记》一卷、《异域归忠传》二卷。卷五九《艺文志三》著录《御臣要略》（不知卷数）、《西南备边录》十三卷。卷六○《艺文志四》著录《姑臧集》五卷、《杂赋》二卷、《吴蜀集》一卷。④《丛书集成初编》本《崇文总目》卷二著录《太和辨谤录》三卷、《文武两朝献替记》三卷、《会昌伐叛记》一卷、《西南备边录》一卷、《黠戛斯朝贡图传》一卷、《次柳氏旧闻》一卷、《异域归忠传》二卷，卷三著录《平泉山居草木记》一卷、《姑臧集》五卷、《李德裕赋》二卷。⑤《郡斋读书志》卷六著录《次柳

---

① （宋）晁公武撰，孙猛校证：《郡斋读书志校证》，上海古籍出版社1990年版，第912页。
② （宋）晁公武撰，孙猛校证：《郡斋读书志校证》，上海古籍出版社1990年版，第912页。
③ （后晋）刘昫等：《旧唐书》，中华书局1975年版，第4528页。
④ （宋）欧阳修、宋祁：《新唐书》，中华书局1975年版，第1468—1624页。
⑤ （宋）王尧臣等：《崇文总目》，王云五主编：《丛书集成初编》，商务印书馆1937年版，第63—379页。

氏旧闻》一卷、《文武两朝献替记》三卷、《大和辨谤略》三卷。卷八著录《服饰图》三卷。① 又，卷一八记载李德裕有《姑臧集》五卷、《平泉诗》一卷、《赋》一卷。② 因修书者出自五代与宋代，与晚唐称得上时代相近，因此以上有关李德裕作品的著录情况，除了书名与卷数相对而言略有差别之外，大致还是可信的。惜德裕之著作如今只存正集二十卷、别集十卷、外集四卷以及《次柳氏旧闻》十九条，其他作品今佚，已无从得知其真实面貌，但是，我们仍可在历史的洪流之中找寻到它们存在过的痕迹。

李德裕尝奏《进〈西南备边录〉状》："臣顷在西川，讲求利病，颇收要害之地，实尽经远之图，因著《西南备边录》十三卷。"③ 可知，李德裕《西南备边录》本作一十三卷。《资治通鉴考异》卷二〇《唐纪十二》节引《西南备边录》云："南诏以所虏男女五千三百六十四人归于我。"④根据以上记载，司马光应当曾见到此书。又《直斋书录解题》卷七《传记类》载《西南备边录》一卷，云："唐宰相李德裕文饶撰。大和中镇蜀所作，内州县、城镇、兵食之数，大略具矣。"⑤ 则《西南备边录》流传到南宋陈振孙之时只剩一卷之数，这恐为南北宋之际散佚所致。⑥

《直斋书录解题》卷五《典故类》著录《大和辨谤略》三卷，并记载道："初，宪宗命令狐楚等为《元和辨谤略》十卷，录周、秦、汉、魏迄隋忠贤罹谗谤事迹。德裕等删其繁芜，益以唐事，裁成三卷，太和中上之。集贤学士裴潾为之序。"⑦ 据傅璇琮、周建国考定，《大和辨谤略》三卷本应是李德裕于大和任相时所裁定，序文当是裁定后所作。⑧《四部

① （宋）晁公武撰，孙猛校证：《郡斋读书志校证》，上海古籍出版社1990年版，第248—326页。
② （宋）晁公武撰，孙猛校证：《郡斋读书志校证》，上海古籍出版社1990年版，第911页。
③ （唐）李德裕撰，傅璇琮、周建国校笺：《李德裕文集校笺》，中华书局2018年版，第424页。
④ 张元济辑：《四部丛刊初编》第31册《资治通鉴考异》，上海书店1989年版，第11页。
⑤ （宋）陈振孙：《直斋书录解题》，上海古籍出版社1987年版，第198页。
⑥ 傅璇琮：《李德裕年谱》，中华书局2013年版，第200页。
⑦ （宋）陈振孙：《直斋书录解题》，上海古籍出版社1987年版，第159页。
⑧ （唐）李德裕撰，傅璇琮、周建国校笺：《李德裕文集校笺》，中华书局2018年版，第862页。

丛刊》本《李文饶文集》据《全唐文》补录《太和新修辨谤略序》，中有云："臣等将顺天聪，缀缉旧典，发东观藏书之室，得元和辨谤之文，辞过万言，书成十卷。以其广而寡要，繁则易芜，方镜情伪之源，尤资详略之当，遂再加研考。……于是征之周秦，覃及圣代，必极精简，有合箴规，特立新编，裁成三卷，谨缮写封进。"① 按，"太和"与"大和"是唐文宗年号的不同叫法，《太和新修辨谤略序》与《大和辨谤略》又均谓三卷，两者所言应是同一著作。然而，《直斋书录解题》谓《大和辨谤略》序为裴潾所作，而《全唐文》则以为序文为李德裕所作。有关此书之序的作者问题，还待进一步考证。

《旧唐书》卷一七下《文宗纪》载："（大和八年九月）己未，宰臣李德裕进《御臣要略》及《柳氏旧闻》三卷。"② 《新唐书》卷五九《艺文志三》子部儒家类载李德裕《御臣要略》，注云"卷亡"③。《唐会要》卷三六《修撰》："（大和八年）九月，宰相李德裕进《御臣要略》《次柳氏旧史》。"④ 如上所述，《御臣要略》流传至北宋时似已一卷不存。另，《次柳氏旧闻》，《旧唐书》卷一七《文宗纪》录作《柳氏旧闻》，《新唐书》卷五八《艺文志二》史部杂史类著录《次柳氏旧闻》一卷，《唐会要》录作《次柳氏旧史》。此书而今以《次柳氏旧闻》之名通行于世。《直斋书录解题》卷五《杂史类》有云："李德裕撰。记柳芳闻于高力士者，凡十七条。上元中，芳谪黔中，力士徙巫州，芳从力士问禁中事。德裕父吉甫从芳子冕闻之。"⑤ 程毅中曾于《五朝小说》《唐人说荟》等书中整理补辑出《次柳氏旧闻》佚文两条。故，《次柳氏旧闻》并非仅作一十七条，北宋至今只存寥寥数语，或是散佚所致。

① 张元济辑：《四部丛刊初编》第121册《李文饶文集·李集补》，上海书店1989年版，第5页。

② （后晋）刘昫等：《旧唐书》，中华书局1975年版，第555页。

③ （宋）欧阳修、宋祁：《新唐书》，中华书局1975年版，第1513页。

④ （宋）王溥：《唐会要》，中华书局1955年版，第662页。

⑤ （宋）陈振孙：《直斋书录解题》，上海古籍出版社1987年版，第147页。

李德裕自编诗文集是有意识的自觉行为，是值得注意的文学现象。①
从李德裕自编文集的情况来看，其三次编集范围界限清晰，分别以"文业"文章、辞赋文章、论说文章为主，其不同时期文学创作的侧重点与其经历密切相关。目前可见李德裕别集著录较迟，编订时间仍有可探讨研究的空间。李德裕其他著作的散佚，不得不说是李德裕相关研究领域的一大缺憾。后人虽可从各类史籍、总集、别集、类书中获寻李氏其他著作的只言片语，但我们确然无法得知其真实原貌了。

二　李德裕文集的版本源流

目前所知李德裕文集有三十四卷本和五十卷本两个系统，五十卷本今佚。如今可见李集三十四卷本以现存卷一到卷一〇的南宋刻本为最早，至于完整的三十四卷本则要至明嘉靖年间才可见其流传。清代刊刻的李集以明刻为底本，其中，《四部丛刊》本《李文饶文集》最为通行。近代以降，以李德裕为研究对象的文学研究起步较晚，然而岑仲勉、傅璇琮、周建国等学者先后于李集的编证、校勘等工作作出了巨大贡献，使李德裕文学研究领域焕发出生机与活力。

（一）近代以前的李集版本流传

目前，我们所能见到最早的李氏文集版本是南宋浙刻本《会昌一品制集》。此本不全，现存十卷，卷数为卷一至卷一〇，半页十三行，每行二十二字②，白口，左右双边，蝴蝶装，后人将此本称为"残宋本"。冀淑英称："书中字体端重，避讳谨严，凡'构'字作'太上御名'，'慎'字作'御嫌名'，当刻于南宋孝宗淳熙时。"③点明"残宋本"的刊刻时

---

① 曲景毅：《唐代"大手笔"作家研究》，中国社会科学出版社2015年版，第168页。

② 按，冀淑英谓此本"每行二十字"，当为误察。参见冀淑英《记黄丕烈旧藏宋刻本〈会昌一品制集〉》，《冀淑英文集》，北京图书馆出版社2004年版，第54页。

③ 冀淑英：《记黄丕烈旧藏宋刻本〈会昌一品制集〉》，《冀淑英文集》，北京图书馆出版社2004年版，第55页。

间。此本入清后归黄丕烈藏，冀淑英曾录黄氏跋语，先摘录于下以明黄氏得书之渊源以及"残宋本"之价值。黄氏跋语一云："此残宋刻《会昌一品制集》十卷，卷中有旧钞配入，为甫里严豹人家物，而余购之重付装池者也。先是余得抄本《会昌一品制集》二十卷，为沈与文所藏，已明中叶本矣。又得旧抄李文饶集，则不止《会昌一品制集》与明刻合，而亦无甚佳处。惟此宋刻较二本为胜，虽残本实至宝也。卷中抄叶标题曰《李文饶集》，而列《会昌一品制集》于下，似非宋刻原本，然藏者为李廷相，据白堤钱听默云，已为明时收藏家，其旧补可知。至宋刻卷第下皆剜补一行，未知所剜补者何字，由来既久，亦承之而已。装成越日至十一月八日书数语于后，以见唐集宋刻，虽残不可轻弃尔。"① 黄氏跋语二为："余尝谓宋刻之书虽片纸只字亦是至宝，此宝有见而云然，非癖论也。百宋一廛中全者固不少，缺者亦甚多，其中拈出一二字皆足动人心魄，即如《会昌一品制集》仅存十卷，十卷中亦有旧时钞补之叶，向时未经取校。……十卷中佳处不可枚举，郑亚序文有句云：'取封禅之书于犬子'，此用长卿小名也，明刻讹犬为太，明人之不学无术可叹也夫。"② "残宋本"相关记载可见于《荛圃藏书题识》目录，然而有关黄氏的两则题跋，《荛圃藏书题识》却无著录，笔者考虑这或是因为失察而造成的疏漏。黄丕烈后此书归属于陈子准，后为翁同龢所藏。冀淑英为"残宋本"撰写的《影印〈会昌一品制集〉说明》中说道："今此宋刻重现于世，取校明刻，与陆校多合，此外可正者尚多。"③ 如《赐王宰诏意》"卿顷莅泽州"一篇，"残宋本"将其置于卷七第四篇处，是切合时序之举，

---

① 冀淑英：《记黄丕烈旧藏宋刻本〈会昌一品制集〉》，《冀淑英文集》，北京图书馆出版社2004年版，第55页。

② 冀淑英：《记黄丕烈旧藏宋刻本〈会昌一品制集〉》，《冀淑英文集》，北京图书馆出版社2004年版，第55—56页。

③ 冀淑英所举"残宋本"与陆校不同诸条，其中有些是相同的。因冀淑英未能读到皕宋楼本，而仅据《仪顾堂题跋》所记加以对比，因此有些是陆校原本不误，而陆氏在《仪顾堂题跋》中叙录有误，如卷二《异域归忠传序》，明本讹作"其比四夷悉谓诚臣"，陆氏题跋作"具此四美是谓诚有"，而实际上陆校与"残宋本"同作"具此四美是谓诚臣"。

然而皕宋楼本等置此篇于卷七末尾处，是以没有考虑到这一点。又，"残宋本"《赐王宰诏意》有"用兵之难"一篇和"将师大略"一篇，明本以下几无"用兵之难"篇，陆氏对此虽有所校补，却使此二文顺序颠倒，时序并不妥当。另，"残宋本"卷一〇《论朝廷事体状》有云："故曰亏令者死，益令者死，不行令者死，留令者死，不从令者死，五者死而无赦。"[①]《四部丛刊》本李集、《四库全书》本李集、《全唐文》等均夺"益令者死，不行令者死，留令者死"等字。由以上例证，愈可见"残宋本"之可贵。

宋时还有《李卫公备全集》五十卷本刊行于世。《直斋书录解题》卷一六《别集类上》著录有"《李卫公备全集》五十卷、《年谱》一卷、《摭遗》一卷"，解题曰："比永嘉及蜀本三十四卷之外，有《姑臧集》五卷，《献替记》《辨谤略》等诸书共十一卷。知镇江府江阴耿秉直之所辑，并考次为《年谱》《摭遗》。《姑臧集》者，兵部员外郎段令纬所集，前四卷皆西掖、北门制草，末卷惟《黠戛斯朝贡图》及歌诗数篇。其曰'姑臧'，未详。卫公三为浙西，出入十年，皆治京口，故秉直刻其集。若永嘉，则其事颇异。"[②] 据此我们可以了解到，第一，李集至少有三十四卷本和五十卷本两种。相较三十四卷本而言，五十卷本或许内容更加完备，或许类别划分更为细致。依据《直斋书录解题》中提到的"《姑臧集》五卷，《献替记》《辨谤略》等诸书共十一卷"等信息，我们有理由认为，五十卷本的内容较三十四卷本更完善的可能性更大。第二，据陈振孙所言，三十四卷本似乎有永嘉刻本与蜀刻本两个系统。永嘉刻本目前未见有相关记载，存在传抄错讹的可能性。据《四库全书总目》卷一五〇云："与晁公武《读书志》所载相合，意即蜀本之旧欤。"[③] 可见蜀刻本如今虽已不存，但在清代仍有流传。第三，宋时或已有人修纂德裕之《年谱》，并辑其佚诗佚文，只是目前我们尚不能知晓《摭遗》所收李德裕佚诗佚文的详情。

---

① （唐）李德裕撰，傅璇琮、周建国校笺：《李德裕文集校笺》，中华书局 2018 年版，第225 页。

② （宋）陈振孙：《直斋书录解题》，上海古籍出版社 1987 年版，第 482 页。

③ （清）永瑢等：《四库全书总目》，中华书局 1965 年版，第 1294 页。

　　现存最早的明刻本，是嘉靖年间吴从宪汇辑并于袁州刊刻的三十四卷本①，其中包括正集二十卷、别集十卷和外集四卷。十行二十字，白口，左右双边，版心处有"李卫公文集"五字。前有郑亚序，外集末有后序，刻未全。从其卷数、版式等方面看，与宋刻本相似度极高。瞿镛《铁琴铜剑楼目录》卷一九言及此本，曰："编次与晁氏《读书志》合，殆出自蜀本……"② 瞿镛所言意在印证嘉靖本翻刻于宋本之事，这也印证了蜀刻本于清朝尚存一事。

　　万历时，郑惇典据吴从宪本重修再印，这一版本于校勘略胜。先由吴从宪汇辑、后经郑惇典勘正的李氏文集在明天启年间派生成为两种版本。一为茅兆河刻本，前所未见地载有后集十卷。二为茅师山刻本，其间有韩敬的评点。另，莫友芝《邵亭知见传本书目》卷一二评价茅师山刻本，曰："明刻黑口本佳。明袁州刻本，有评点，仅《一品集》十卷，外集四卷。"③ 这一刻本选用半页十行，每行十九字、四周单边的版式，卷数与"重修本"相较有所增添。傅增湘在《藏园群书经眼录》卷一二中提到他曾于文友堂见到过一种明嘉靖刊本，十行二十字，版心鱼尾下记甲至癸十集。④ 这一版本于明末时期有陈子龙评点本。

　　明抄本李德裕文集如今可见的，一为《李卫公文集》十七卷、外集四卷、别集四卷本。其中黄丕烈《荛圃藏书题识》卷七记录了一种红格抄本："此红格旧钞《李文饶文集·会昌一品制集》一卷至十七卷，计缺尾之三卷，为卷十八卷十九卷二十；《李卫公外集·穷愁志》四卷全；《李卫公别集》七卷至十卷，计缺首之六卷，共三册。"⑤ 另外，黄丕烈又

<hr>

① 后简称嘉靖本。
② （清）瞿镛：《铁琴铜剑楼藏书目录》，《清人书目题跋丛刊》（三），中华书局 1990 年版，第 287 页。
③ （清）莫友芝撰，傅增湘订补，傅熹年整理：《藏园订补邵亭知见传本书目》，中华书局 2009 年版，第 1043 页。
④ 傅增湘：《藏园群书经眼录》，中华书局 1989 年版，第 1086 页。
⑤ （清）黄丕烈撰，余鸣鸿、占旭东点校：《荛圃藏书题识》，《黄丕烈藏书题跋集》，上海古籍出版社 2013 年版，第 411 页。

见一种黑格抄本，《荛圃藏书题识》卷七载："后又见有黑格旧钞《一品
制集》之仅存一卷至十六卷本……"① 红格、黑格抄本皆残本。另一种明
抄本为《李卫公文集》二十卷本、别集十卷、外集四卷。卷中朱笔评点
何焯笔，又有陆心源跋："季贶太守藏明钞李卫公集二部，一本题曰李文
饶集，此本题曰李卫公文集。太守以一本贻余，因借此本对勘，互有缺
少……"② 这一版本在李氏文集校勘中作出了一定贡献，陆心源《仪顾堂
题跋》卷一〇谓："卷十四《论振武以北事宜状》后脱《回鹘事宜状》
一首，凡一百六十余字。《公卿集议须便施行》奏'出师驱逐'下脱
'逐出塞外，令归沙漠。今若来即驱逐'……"③ 此语或可证明一二。

　　陆氏曾借月湖丁氏影宋抄本李集校正嘉靖本，指出其中脱文六百余
字，有三篇文字紊乱，从而判断此本多有伪夺。嘉靖本在质量上确实存
在一定瑕疵。如上文所述，冀淑英所录黄丕烈跋语中有"郑亚序文有句
云：'取封禅之书于犬子'，此用长卿小名也，明刻讹犬为太，明人之不
学无术可叹也夫"④ 之语，可见黄丕烈对明刻本的态度。莫友芝有言曰：
"余见此本后，取校畿辅丛书本，凡陆氏所举咸完然具存，且有溢出陆校之
外者。通计补脱文十六首，片语单词，亦往往与黄丕烈校宋本合……"⑤ 傅
增湘《藏园群书题记》卷一二载："《李卫公全集》世传嘉靖刊本为最
古，余昔年曾见黄荛圃跋宋本十卷，又校旧钞残本十余卷，均为李木师
藏书，乃知嘉靖本脱误实甚。"⑥ 据此，可见明人校此书时或有不严谨之
嫌。此外，《皕宋楼藏书志》卷七〇载陆心源收藏有一种叶石君手跋本李

　　① （清）黄丕烈撰，余鸣鸿、占旭东点校：《荛圃藏书题识》，《黄丕烈藏书题跋集》，上海
古籍出版社 2013 年版，第 411 页。
　　② 傅增湘：《藏园群书经眼录》，中华书局 1989 年版，第 1087 页。
　　③ （清）陆心源：《仪顾堂题跋》，《清人书目题跋丛刊》，中华书局 1990 年版，第 123 页。
　　④ 冀淑英：《记黄丕烈旧藏宋刻本〈会昌一品制集〉》，《冀淑英文集》，北京图书馆出版社
2004 年版，第 55—56 页。
　　⑤ （清）莫友芝撰，傅增湘订补，傅熹年整理：《藏园订补郘亭知见传本书目》，中华书局
2009 年版，第 1043 页。
　　⑥ 傅增湘：《藏园群书题记》，上海古籍出版社 1989 年版，第 621 页。

集："戊子年夏，假得太原张孟恭所藏苏州文衡山宋本校，洞庭叶石君记。"① 陆心源认为此本为嘉靖刊本，《仪顾堂题跋》曰："余先有明万历刊本，后从上海郁氏得嘉靖刊本。嘉靖本前有郑亚序，后有绍兴己卯袁州刊板序，万历本则缺，此外无大异同。"② 陆氏收藏的李氏文集版本，原藏于皕宋楼处，之后为日本岩崎氏静嘉堂文库所得。傅璇琮等曾将陆校本和叶石君手跋本加以比较，认为两者相同之处较多。只叶石君手跋本校补简略，其价值逊于陆氏用月湖丁氏影宋抄本所校者。③ 故，经由吴从宪汇辑的三十四卷本李集，曾于明代时历经数次翻刻，万历年间又经袁州郑惇典重新校订，再度刊行，书名与卷数均保持不变。嘉靖本作为今存完整李德裕文集的最早版本，对于推进李德裕散文的校勘活动有深刻影响。

清乾隆年间《四库全书》本《会昌一品集》二十卷以嘉靖本为底本，此外，《四库全书》本《李卫公别集》十卷和《李卫公外集》四卷的卷数和版式也几乎延续了明本之旧。四库馆臣编修李氏文集时，可以参校的材料远多于如今。然而明本作脱文处，《四库全书》本校补既有与陆校本一致者，亦有增改臆补之处。如文集卷一四之《公卿集议谨具如后状》中的"诸虏"改为"诸藩"，"杂虏"改为"杂藩"，即为例证。《四库全书》本而今作为通行本之一，其所承载的文化责任之大，使得正本清源、辨其是非成为必要之举。

王用臣于光绪十二年（1886）重新修订与刊刻了《李文饶文集》正集二十卷。陆氏校语被他依次收录进来，王用臣本人也对文集作了一些校勘，然而如今并未见其详细校勘记，因此今之学者使用此本往往不能明其校改依据。王用臣本《李文饶文集》附补遗一卷，诗文辑自《全唐文》《唐文拾遗》《全唐诗》《唐诗百家全集》等书。另外，光绪十六年

---

① （清）陆心源：《皕宋楼藏书志》，光绪八年壬午冬月十万卷楼藏版，第 13 页。

② （清）陆心源：《仪顾堂题跋》，《清人书目题跋丛刊》（二），中华书局 1990 年版，第 123 页。

③ 傅璇琮、周建国：《李德裕及〈会昌一品集〉研索》，中国唐代文学学会、西北大学中文系主编《唐代文学研究》（第八辑），广西师范大学出版社 2000 年版，第 671 页。

（1890）常慊慊斋所翻刻的明刻《李卫公文集》，亦有补遗一卷。

《四部丛刊》本《李文饶文集》由上海涵芬楼借印常熟瞿氏铁琴铜剑楼明刊本而成，是为如今通行本。三十四卷本，郑亚序文在前，南宋绍兴己卯袁州刊本序文在后，书名下方有"会昌一品制集"大字。其卷数与版式，也基本沿袭了明本的旧例。除此之外，现通行的还有《畿辅丛书》本李集以及《国学基本丛书》本李集。岑仲勉《李德裕〈会昌伐叛集〉编证上·编证略例》自言以《畿辅丛书》为底本，但同时指出："畿本之短，在过用主观，往往改易旧本，失原来面目，如以赞皇自注合后人校注，混称曰原注，其一例也。"①岑氏之论颇为透辟，有真知灼见。今之文、史学者多有征引畿本之文者，故切须谨严。

（二）近代以来的李集编修

20世纪30年代，李德裕散文的编订工作有了新的进展。岑仲勉对李德裕讨伐回鹘相关文书进行了编证，成《李德裕〈会昌伐叛集〉编证上》一文，文前小序云："余读公集，叹千年以还，公之功罪，犹无平心痛快之论，故附发之。后人称公全集曰《卫公集》，或曰《文饶集》，余纂斯编，名曰《会昌伐叛集》，成公志也。"②岑氏之编证，收文八十七篇，主旨在于两点：一为破平回鹘作纪事本末，二为期与后修之史作顺序之比较。因此，岑氏《会昌伐叛集》编次之先后，以李德裕撰文之年月为准，并不分类排之。此外，岑氏编集除考定撰作年月、校订文字讹舛之外，只依据唐代之史实注证，并不涉及辞藻等内容。岑氏之编纂以《畿辅丛书》本《会昌一品集》为底本，而以景瞿氏藏明本校之。夺误之处，岑仲勉以《旧唐书》《资治通鉴考异》校之，并据《资治通鉴考异》引文涉于破回鹘者，得佚文五条。岑氏精通史学，对李德裕文章涉及历史背景、地名、人员等往往能够熟知通晓。因此，岑仲勉所编之《李德裕

---

① 岑仲勉：《岑仲勉史学论文集》，中华书局1990年版，第350页。
② 岑仲勉：《岑仲勉史学论文集》，中华书局1990年版，第346页。

〈会昌伐叛集〉编证上》往往能为我们答疑解惑，在文与史的互动中掌握李德裕作文的背景与动机。

从现存李德裕文集各种版本系统来看，即便是目前比较完备的菡宋楼本，依然有许多可以校补之处。"残宋本"、《全唐诗》、《全唐文》、历代总集、史籍以及私人藏书等都可补其缺漏。傅璇琮、周建国认为结合众本之长，重新整理出版一本李德裕文集已是李德裕研究领域的一件必要之事。① 基于以上共识，二位学者合力完成了《李德裕文集校笺》一书。这部新编的《李德裕文集》共分为四大组成部分。第一部分是按照宋本的次序对三十四卷本的《李文饶文集》进行校笺。此书以陆心源菡宋楼本《李文饶文集》为底本，以 1996 年版《常熟翁氏世藏古籍善本丛书》之六《会昌一品制集》、《四部丛刊》本《李文饶文集》、傅增湘手校《李文饶文集》、文渊阁本《四库全书》所收《会昌一品集》、中华书局 1983 年影印内府本《全唐文》、中华书局 1960 年根据扬州诗局刻本校点重印之《全唐诗》中的李德裕诗为参校本，又引据唐宋重要类书、总集、史籍进行校勘。② 笺注以极其审慎的态度对作品之系年进行了详细考证，兼而尽量普及相关的创作背景与历史事件、历史人物、风物地缘等。文字部分，在尽量保持宋本旧貌的同时，尽量搜录异文，并吸取今人研究成果之精粹。正如二位学者所言："希望尽可能改正错字，使本书能集合众本之长，成为定本。"③ 第二部分为辑佚。陆心源曾经在《唐文拾遗》《唐文续拾》等书中辑补佚文若干，傅璇琮、周建国在此基础上于《唐大诏令集》、《唐会要》以及近数十年出土的碑志中再度辑佚，又获得了一定成果，并对这次辑佚之文的真伪予以谨慎辨别。第三部分为附录，总

---

① （唐）李德裕撰，傅璇琮、周建国校笺：《李德裕文集校笺》初版前言，中华书局 2018 年版，第 19 页。

② （唐）李德裕撰，傅璇琮、周建国校笺：《李德裕文集校笺》凡例，中华书局 2018 年版，第 1—2 页。

③ （唐）李德裕撰，傅璇琮、周建国校笺：《李德裕文集校笺》初版前言，中华书局 2018 年版，第 25—26 页。

共包括三方面内容。一为《李德裕年表》，此表将李德裕生平事迹择要列布，又着重讲《关于朝政、科举与宗教》《关于摧抑藩镇》《对回鹘、吐蕃等扰边之对策》等李德裕政治生涯中的大事，以彰显他在会昌年间之勋劳。二为《有关本书的李德裕集题跋》，其中收录陆心源《仪顾堂题跋》卷一〇中的《明刊李文饶文集跋》一则，因其讹舛甚多，故傅、周二人又以皕宋楼本李集校之；傅增湘《四部丛刊》本李集题跋三处；黄丕烈"残宋本"跋语两则。三为《文史典籍所载李德裕奏对诸语及纪事》，其中记载了《文武两朝献替记》《会昌伐叛记》中的残文与佚文。第四部分《李德裕诗文编年目录》则将现存或仅有存目的李德裕诗文按照系年次序排列，同时收入辑佚、辨伪之材料。可以说，《李德裕文集校笺》的出版为当代李德裕学术研究带来了新的关怀与期望。

统观李德裕文集的版本流传的基本概况，可见自宋代李德裕文集以正集二十卷、别集十卷、外集四卷的形制基本定型始，此后历经了数次刊刻。目前可以获知有永嘉刻本与蜀刻本两个版本系统，其中，永嘉刻本不见记载、蜀刻本今佚。另有《李卫公备全集》五十卷本一种，然惜今佚，未能见其风貌。明本以三十四卷本为主，而明末李集评点本的出现，可谓是一全新突破。然而明代李集的刊刻质量存在一定问题，有文字脱落、字句错讹等瑕疵，这也不容忽视。清代刻本循常习故，大致与明刻相当，中有臆改处，然校勘辑佚工作较明代为胜。

近代以来，岑仲勉对李德裕会昌伐叛相关文章进行了编证。21世纪初，傅璇琮、周建国又采用文史结合之方法合力校笺李德裕文集，为后来者提供了比较完备的文本范式和历史储备。可以说，梳理李德裕散文的编集次第与版本系统，有助于对李集的流传情况进行整体感知，从根本上把握历代人对李德裕的文学认识，深切感受李德裕散文在历史盛衰中的动态与走向。

（李若君，青岛大学文学与新闻传播学院研究生）

苏轼贬谪时期食事诗研究

宋京航　　解婷婷

　　摘　要：苏轼在贬谪黄州、惠州、儋州期间，均作有大量食事题材诗歌。在这些食事诗中，苏轼以俗为雅，将地域特产、食事风俗和村言俚语采撷入诗，拓宽丰富食事诗的题材内容，也反映了诗人谪居生活境况；注重细节描写，运用比喻想象，铺陈刻画食物意象，发展创新了食事诗的艺术表现手法。苏轼贬谪时期所作食事诗多是通过寄情美食以缓解失意之苦，蕴含了诗人被贬黜后由矛盾复杂趋向平和自适的思想感情变化过程。苏轼对食物品格的赞誉、对粗劣饭食的接纳等食事观念，本质上是诗人坚定自我意识和高洁品性、积极入世精神与济世理想的具体表现，其中所寄寓的诗人的乐观心态和人生哲理，亦推动了食事诗境界的提升，并给予后人以精神慰藉和思想指引。

　　关键词：苏轼；食事诗；贬谪；发展创新

　　苏轼文学作品传世众多，对中国文学史的发展产生了重要影响，他除了在文学、政治、书画领域成绩卓著、荫泽后人，在美食方面亦有建树，其吟咏日常琐务的诗歌中也常出现以食事入诗的情况，不仅促进了我国食文化的成熟繁荣，也对我国食事诗在题材内容和精神思想的扩展创新方面具有杰出贡献。

食事活动作为日常生活中不可或缺的元素之一，在满足人们生理需求的同时，一定程度上也对人的精神和情感具有积极影响。是故，自诩"老饕"① 的苏轼虽在"乌台诗案"一事之后仕途坎坷，屡次南迁，失意之情溢于言表，然而带有浓厚地域色彩的风味美食却能够成为其身心的慰藉。当生活条件良好时，苏轼尽情享受精致佳肴，而在远离都市繁华的贬谪之地，贫寒窘迫，食材有限。在这种情况下，诗人依然泰然自适：或入乡随俗，丝毫不吝惜笔墨赞美当地特产；或主动下厨，积极改善当地伙食，为民间食文化留下逸闻典故。苏轼洒脱豁达的食事观与其宦游经历相结合，付诸笔端，即成一部食事题材的游记，其间又多言志抒情，有所寄托，具有丰富的文学文化研究价值。

一　苏轼贬谪时期食事诗的创作背景

苏轼精通诗词文赋，其文学作品传世众多，现存诗词 3000 余首，文赋达 4800 余篇，数量可居北宋之冠，与其父苏洵、其弟苏辙共居"唐宋八大家"之列，可谓撑起北宋文坛的半壁江山，对中国文学史的发展具有重要的影响作用，在国事政治乃至书画美食等方面也都贡献卓越，是我国北宋时期全才式人物。

虽文学造诣堪称北宋之最，但苏轼的仕宦生涯依然颇多艰难坎坷。自嘉祐二年（1057）进士及第后，苏轼半生为官宦游南北，在其所作《龟山》一诗中，亦自云"身行万里半天下"②。宋代为解决冗官现象而量缩官员任期，导致地方官员更易过于频繁，当时的文人们甚至将官位比作"邮舍""驿舍"③，疲于迁调，身似转蓬。此外，宋代的朋党之争激烈频仍，上位者对政见不同之人常以离任外调的方式排除异己，因此在党争过程中也造成了大量的官员贬谪外任，苏轼作为其中的代表人物

---

①　（宋）苏轼著，孔凡礼点校：《苏轼文集》卷一《老饕赋》，中华书局 1986 年版，第 16 页。

②　（宋）苏轼著，张志烈、马德富、周裕锴主编：《苏轼全集校注》卷六《龟山》，河北人民出版社 2010 年版，第 592 页。

③　苗书梅：《宋代地方官任期制初论》，《中州学刊》1991 年第 5 期。

亦深受其害。元丰三年（1080），苏轼在经受乌台诗案攻讦下狱后终于得赦，随即被贬赴黄州安置，虽于哲宗即位执政时亦曾再次起复得以回京任职，但晚年又因新党执政而在朝堂饱受排挤，并再度远谪至岭南惠州、海南儋州。

　　相比于其在朝乃至外任时期，苏轼更重视自己的贬居生涯，甚至于晚年作诗自述："问汝平生功业，黄州、惠州、儋州。"① 贬居时期亦是其作品丰收大成之时，苏轼一生辗转漂泊，命途多舛，虽颠沛流离饱经沧桑，却也积累了丰富的人生阅历，同时也为自诩"老饕"② 的他提供了探索品尝地方美食的契机。经笔者根据周裕锴等编《苏轼全集校注》中所收录的苏轼诗歌统计，能够确认为苏轼被贬黄、惠、儋州期间所作的诗歌多达492首，其中至少83首咏及自己贬谪时期除茶酒以外的农家食品。苏轼寄情乡村野趣，苦中作乐、安于贫寒的豁达心境正是其经历仕途浮沉洗练琢磨后的具体表现。

（一）乌台诗案黜置黄州

　　为革新气象，一举根治开国以来积贫积弱之痼疾，宋神宗于熙宁二年（1069）时擢用提拔王安石，准其领导变法改革之事，通过推行理财整军等一系列措施，以期达到富国强兵之目的，从而挽救当朝政局危机。值其时与王安石同朝为官的苏轼和变法派政见相左、不愿相谋，因此屡遭排挤摒斥，二人各执一端互相攻击，从士大夫间的政治斗争逐渐堕落至王安石对苏轼的官场倾轧。面对新党人士的指斥弹劾，苏轼有口难辩，既已心知无法共事于庭，为苟全素履，遂自请调派外任。乞补地方任职后，他更加透彻地体会到新政中盐法、青苗法、助役法在执行过程中的流弊之处，看到了劳苦百姓在严苛盘剥下的艰辛生活。苏轼本就对新法

---

① （宋）苏轼著，张志烈、马德富、周裕锴主编：《苏轼全集校注》卷四八《自题金山画像》，河北人民出版社2010年版，第5573页。

② （宋）苏轼著，孔凡礼点校：《苏轼文集》卷一《老饕赋》，中华书局1986年版，第16页。

持鲜明反对态度，也从未隐藏自己的政见分歧，此时又将批评讽刺形诸吟咏委曲表达，而这些缘事托喻有感而发的诗文创作遭到有心之人利用，亦为其仕途困顿落魄埋下祸根。

元丰二年（1079），苏轼于四月二十日调知湖州，按例进表谢上，此文中作有"知其愚不适时，难以追陪新进；察其老不生事，或能牧养小民"① 之句，被有心之人利用，为新党所指摘，并解读苏轼之谢表语涉讥讽，将自己与新进相对，借此暗示自己不满于新派人物变法多生事端，以此反对新法。同年六月二十七日，新党人物又利用此事上表弹劾苏轼谤议新法，并牵连无数诗文告其用语讥刺朝政。当是时，王安石已罢相还乡，而宋神宗则是变法的真正主导者，新法已是不容置疑的国法。苏轼诗文言语间所暗含的无奈，加之新法派的恶意解读、弹劾指摘，无异于与朝廷争胜，表达对皇帝既定国策的不满与讥讽，神宗遂下令将苏轼押解入京，前往御史台狱受审。

苏轼被捕下狱至获赦开释，历时一百余天。自苏轼获罪后，朝堂上不乏有识之士上书劝谏救援。作为变法之始的王安石虽与苏轼政见相左，却也依然从退休之地金陵上书神宗劝说自古圣朝不宜诛杀名士。在众人的谏言陈情之下，苏轼最终得以赦免，贬迁赴黄"黜置方州，以励风俗，往服宽典，勿忘自新"。② 虽然终免死劫，但历此乌台诗案一事，苏轼的身心都受到了沉重打击，对其思维方式、精神心态乃至创作风格等诸多方面都产生了重大影响，乃至成为其转折点。

经历过在朝为官至贬迁外任的悬殊起落洗礼，在谪居江岸的日子里，苏轼有感于官场浮沉的云谲波诡，更心悸于缧绁之厄中的九死一生，遂自韬光养晦，将主要精力收归文学研究，在思想、学术、文艺等各方面都产生了突飞猛进的发展。苏轼病故后，其弟苏辙在《亡兄子瞻端明墓

---

① （宋）苏轼著，孔凡礼点校：《苏轼文集》卷二三《湖州谢上表》，中华书局 1986 年版，第 654 页。

② 王水照、朱刚：《苏轼评传》，长江文艺出版社 2019 年版，第 35 页。

志铭》中悼亡兄长，在提到苏轼的文学成就之时，亦称二人虽原本尚可不分伯仲，然而东坡自贬赴黄州之后，陋室困居翰墨驰骋，镇日以文学创作著书论说为消遣，在天长日久的思绪积淀之下："其文一变，如川之方至，而辙瞠然不能及矣。"① 苏轼的文学在黄州时期进入了创作高峰期，笔端浸润了对人生的深沉思考，结合着艰难仕途经历打磨后的复杂心境，远离政治斗争旋涡而寄情生活中的日常琐事，都对其此时所作食事诗的丰富寄寓提供了重要条件。

（二）党派倾轧外任惠州

元祐八年（1093），守旧派的坚定支持者宣仁太皇太后高氏崩逝。年仅十八岁的哲宗自即位后，重新起用新党人士，急于打击高氏旧臣，大肆打压其在掌权时一力提拔的反对变法的元祐党人。苏轼曾于元丰末、元祐初之时被作为旧党中坚而重新起用，骤然还朝位拜吏部尚书，此时又因曾上书反对新法改革内容，故而被视为元祐党人之首，遭受新党方面猛烈的政治报复。此番攻讦依然是基于对苏轼所作文章的咬文嚼字、断章取义，甚至将已经被判定为诬枉诽谤的旧说陈词重新搬弄，谓其文书中语涉讥刺神宗之处颇多，而新君则由于内心中的强烈成见，对于旁人的净谏辩解充耳不闻，并于绍圣元年（1094）以"讥斥先朝"② 的罪名将苏轼再次贬黜出京。苏轼由一名朝廷正三品官员降为副节度使的九品芝麻官，甚至在赴任途中五改谪命，一路远迁至广东惠州任职，自此彻底远离政治中心。

北宋时期，岭南两广一带仍属于蛮貊之邦、瘴疠之地，生活条件艰苦清贫，罪臣大多流放至此。虽黜置偏远，生活颇多艰难，但与官场上的倾轧迫害口诛笔伐不同，面对这位获罪远谪的逐臣，惠州人民怀抱着

---

① （宋）苏辙：《东坡先生墓志铭》，（清）朱孝臧编年，龙榆生校笺：《东坡乐府笺》，上海古籍出版社 2016 年版，第 11 页。

② 王水照、朱刚：《苏轼评传》，长江文艺出版社 2019 年版，第 58 页。

极大的尊敬与热情，东坡有感于民风之淳朴自然，亦赋诗一首《十月二日初到惠州》来记录当日乡亲父老夹道迎接之盛况：

> 仿佛曾游岂梦中，欣然鸡犬识新丰。吏民惊怪坐何事，父老相携迎此翁。[1]

苏轼已自觉此生复用无期，余生或许将在此处度过，因此心境相较首次被贬时更为旷达自适。羁留惠州的两年有七月内，他迁家落户，体察民生，济世利人，遍游山水，赞咏美食，所创作的诗词文赋数量多至 587 首，对当地的文化、民生乃至食物烹饪都产生了极大的影响。

黄庭坚作为苏门弟子之一，在苏轼贬谪期间也多书信来往，对他亦可谓知之甚深，在念及老师谪惠生活境况时，作《跋子瞻和陶诗》将东坡与陶渊明作比：

> 子瞻谪岭南，时宰欲杀之。饱吃惠州饭，细和渊明诗。彭泽千载人，东坡百世士。出处虽不同，风味乃相似。[2]

面对当朝宰执章惇的迫害，苏轼仍然能够饱食餐饭、酬唱吟咏，不仅摹出他闲居岭南的自得从容之态，更指出其与陶渊明隐逸旷达、高风峻节的相似之处。陶渊明为彭泽令仅百天即休，拂袖去官，归隐田园，只因其志不在此，视官场为樊笼尘网，故随心而动无可留恋。而作为政治家的苏轼则不然，因官场倾轧而见弃于君，因贬官罢免而壮志难酬，在最应顾影自怜之际，他却安贫乐道，不以得失萦怀，最终与渊明殊途

---

[1] （宋）苏轼著，张志烈、马德富、周裕锴主编：《苏轼全集校注》卷三八《十月二日初到惠州》，河北人民出版社 2010 年版，第 4440 页。

[2] （宋）缪钺等：《宋诗鉴赏辞典》，上海辞书出版社 2015 年版，第 606 页。

同归，又在随缘自适的境界上青出于蓝，平复了满腔的忧惧与愤懑，真正做到了"得即高歌失即休，多愁多恨亦悠悠"①。在这种积极陶然心态的影响下，苏轼此间所作食事题材诗歌亦呈现出随遇而安的自得其乐，面对荒蛮之地的粗茶淡饭，也能够不吝辞藻欣然赞颂，为后人留下诸多带有艺术美感的食事诗，读来不觉令人齿颊生香。

（三）随遇而安教化儋州

苏辙于《亡兄子瞻端明墓志铭》中感怀其兄：

> 其于人，见善称之如恐不及，见不善斥之如恐不尽，见义勇于敢为而不顾其后。用此数困于世，然终不以为恨。②

面对新法改革，苏轼敏锐地体察其中敛财剥削之弊并直言上谏批驳，因此被新党怀恨，而当旧党执政主张全面废除新法时，他又能不全然苟同，复进言保留其中的可行之处，遂见弃于旧党，以至于新旧两党执政时为免其掣肘，将苏轼屡次谪逐，仕途颇为坎坷。

绍圣四年（1097），朝堂之上新党人士虽然已经占尽上风，然而依旧对旧派士人心存忌惮，恐其死灰复燃。为斩草除根，朝野上下再度兴起大规模的贬谪浪潮，将一干已经被贬于外的元祐党人，根据其所贬之地再度外迁至更远的州县，务必保证永无出头之日。根据宋代曾季狸于《艇斋诗话》中所记载的传闻，苏轼再贬儋耳之祸，或是起于东坡知惠时所作《纵笔》一诗：

> 白头萧散满霜风，小阁藤床寄病容。报道先生春睡美，道人轻

---

① 萧涤非、程千帆等：《唐诗鉴赏辞典》，上海辞书出版社1983年版，第1276页。
② （宋）苏辙：《东坡先生墓志铭》，（清）朱孝臧编年，龙榆生校笺：《东坡乐府笺》，上海古籍出版社2016年版，第12页。

打五更钟。①

诗人以寥寥几笔白描勾勒出一幅饱经风霜、苍颜白发又老病缠身的诗人自画像，却又借"春睡美"三字将全诗意境扭转，对比呈现出泰然自适、安闲自在的心理状态。此诗为曾攻讦苏轼的当朝宰相章惇所见，听闻苏轼坐困荒城却依旧陶然自乐，乃大惊曰："苏某尚尔快活耶!"② 是故怒而再予其谪贬儋州。传言虽未必可信，但苏诗中的安稳恣意不似作伪，在屡遭贬斥的际遇下仍然能够畅言春睡酣甜，其思想境界之平和高远当可见一斑。

宋代有不杀士大夫的训言，因此，宋朝为人臣者至罪不过远贬，而苏轼作为元祐大臣中惩处最重之人，则被贬谪至儋州，其所在的海南岛，已是士大夫谪迁所能到达的极限之地，此外远无可远，无以复加。政敌赶尽杀绝之势，令面对此蛮荒艰苦之地的苏轼又从平和诗风中更生一份顽强气节，虽于《赠郑清叟秀才》一诗中感慨"年来万事足，所欠惟一死"③，但仍然不甘于自弃自伤，反而食芋饮水，著书自娱，"莫作天涯万里意，溪边自有舞雩风"④，以孔子自况实现精神慰藉，同时，他也乐得融于俚俗，教化黎民，一如与子由书信中所言：

　　天其以我为箕子，要使此意留要荒。他年谁作舆地志，海南万里真吾乡。⑤

---

① （宋）苏轼著，张志烈、马德富、周裕锴主编：《苏轼全集校注》卷四〇《纵笔》，河北人民出版社 2010 年版，第 4770 页。

② 朱刚：《苏轼十讲》，上海三联书店 2019 年版，第 284 页。

③ （宋）苏轼著，张志烈、马德富、周裕锴主编：《苏轼全集校注》卷四二《赠郑清叟秀才》，河北人民出版社 2010 年版，第 5027 页。

④ 王水照、朱刚：《苏轼评传》，长江文艺出版社 2019 年版，第 67 页。

⑤ （宋）苏轼著，张志烈、马德富、周裕锴主编：《苏轼全集校注》卷六一《吾谪海南，子由雷州，被命即行，了不相知，至梧乃闻其尚在藤也，旦夕当追及，作此诗示之》，河北人民出版社 2010 年版，第 4835 页。

诗人虽接连被贬甚至远谪海南，与大陆相隔沧海，但依然自勉自强，自觉承担起开化民风、教化民俗、促进海南文化发展传播的责任，并于儋耳之地鼓励黎人耕种务农、读书学习，为海南百姓留下了宝贵的物质财富和精神财富，为后世所传颂赞美。

虽被弃置海角，苏轼亦能凭借坚韧的意志兀自开一番天地。"沧海何尝断地脉，白袍端合破天荒"①，苏轼此语不仅是对海南莘莘学子的殷勤期许，同时也寄寓着诗人自己的坚定信念：中华文化传承不绝如地脉绵延滋养着八方万民，纵使儋耳被沧海峡壑相间隔，自己亦有高洁卓绝的精神品质可以正心立命。在这样的入神之境引导下，这一时期的食事诗作也带有以小见大、推本溯源的人生至理，虽食材匮乏简陋，但诗人的描写更加细腻而贴近生活，给人以历尽沧桑返璞归真之感，纵使粗茶淡饭终老海南，亦可谓不枉此生。

二　苏轼贬谪时期食事诗的发展创新

以食入诗的现象在我国先秦时期就已有之，自《诗经》至两汉乐府诗歌，无论是作为比兴从而引起所咏之词，或是在专门描绘饮食场面的燕飨诗中，涉及食材的诗句都屡见不鲜。但囿于言志目的和字句篇幅等，诗歌中大多仅将食物意象进行简单抽象的罗列，使其居于陪衬点缀之角色铺陈场面、烘托气氛，从而为更加深沉的主旨服务，作为诗歌主题被赞颂歌咏和细致描摹的情况极少。

魏晋六朝时，诗及饮食多言酒事。虽已出现专题吟咏瓜果客观特征乃至托物言志的作品，但对其他食品的描写依旧泛化，旨在铺排贵族燕飨以描绘、讽刺豪奢场面，对普通百姓的日常食事更无提及。这种局限至东晋陶渊明笔下方才大幅打破，以其隐逸田园的视角，将下层百姓的食事生活描写入诗。

---

① 王水照、朱刚：《苏轼评传》，长江文艺出版社 2019 年版，第 67 页。

　　初唐、盛唐诗歌，饮食描写依旧续延六朝余韵，既有对富贵之家美酒佳肴的渲染，也有承袭陶诗对田家野趣的表现，但大多数文人咏及饮食意象的具体内容依然多是轻描淡写的泛泛之词。及至杜甫从中下层文人视角进行食事创作，率先开启了盛唐诗中对日常饮食内容、烹饪过程、食用体悟等方面的多角度创作。正如苏轼戏称"杜陵饥客"① 之名，他不仅将对高门大户奢靡佳肴的讥刺写于诗中，亦可见对自己流落潦倒时贫民充饥之物的描写。因此诗歌中涉及的食材种类和数量也日趋增加，将食事写作的内容趋向生活化、世俗化，此后更有如白居易《寄胡饼与杨万州》一类以市井小吃为专题的中唐诗作。

　　至于宋代，经济贸易发展、粮食产量提高、科技水平进步、交通运输发达，受多种社会因素的影响，食材种类、烹饪方法较前代更加丰富，饮食生活日益繁荣兴盛，文人士大夫也不吝于书写自己的口腹之欲，饮食书写的发展蔚为大观。与此同时，党争现象在宋代士大夫的政治活动中亦屡见不鲜。出于国家乃至个人利益争斗，朝堂上的排挤倾轧十分严酷，党争失败的一方往往贬谪出京，动辄得咎。为避祸自保，左迁的官员们在谪居之地大多对政事缄口不言，将文学创作的重心寄情于山水风光和日常生活，食事亦成为文人墨客抒情描写的对象之一。

　　苏轼作为北宋时期诗坛翘楚和贬谪文人的代表，每逢谪迁即创作大量食事诗歌。谪居黄州、惠州、儋州期间，其新颖创作可谓使食事题材诗歌大放异彩，对食事诗的发展繁荣产生了深远的影响和推动作用。其食事诗中记载了北宋时期诸多食材，在粮食、水产、肉禽、瓜果、蔬菜等各个方面都有涉及，从中不仅有对市井食品、民俗小吃的细致描摹，也有对异域风物、地方奇珍的记述体味，在题材、内容、写作手法等方面都有所突破创新。

---

　　① （宋）苏轼著，张志烈、马德富、周裕锴主编：《苏轼全集校注》卷一六《续丽人行》，河北人民出版社 2010 年版，第 1680 页。

（一）地域色彩，奇异食材——拓展食事题材，丰富诗歌内容

"百里而异习，千里而殊俗"①，除却由北至南一路上千姿百态的山川河流等自然风光，各地口味偏好和物产特色的不同也能够让人切身感受到地域的变迁。不同的生活境遇和口感滋味与原有的经验感受互相对比碰撞，形成复杂而直观的审美体验。因此，无论是出于记述风物的爱好还是抒发客居异乡之况味，文人往往会将对食事的描写纳入其中。远离京都的繁华，外任之地各有其特产风貌，彼此迥乎不同，仕宦南北、颠沛贬迁的经历更为苏轼提供了更多体察各地风土人情的机会，在其贬谪时期的食事诗中，带有浓厚地域特色的奇异食材和食事习惯亦屡见不鲜，具体内容见表1。②

表1　　苏轼贬谪黄州、惠州、儋州时期所作诗歌中的地域肉蔬

种类	细目	品种	出处	写作地点	备注
蔬菜	园菜	元修菜	卷二二《元修菜》，第2427页	黄州	蜀地特产
禽兽	野味	鸡头鹘黄雀牛尾狸	"泥深厌听鸡头鹘，酒浅欣尝牛尾狸。通印子鱼犹带骨，披绵黄雀漫多脂。"（卷二一《送牛尾狸与徐使君》，第2312页）	黄州	
		鹧鸪蛙蛇	"几欲烹郁屈，固尝饌钩辀。"（卷三九《闻正辅表兄将至，以诗迎之》，第4616—4617页）	惠州	郁屈，指蛇；钩辀，鹧鸪
			"何以侑一樽，邻翁馈蛙蛇。"（卷四〇《丙子重九二首》其一，第4772页）		
		蜜唧薰鼠蝙蝠	"朝盘见蜜唧，夜枕闻鵂鹠。"（卷三九《闻正辅表兄将至，以诗迎之》，第4616页）	儋州	蜜唧，为以蜜饲喂的活鼠胎
			"土人顿顿食薯芋，荐以薰鼠烧蝙蝠。""旧闻蜜唧尝呕吐，稍近虾蟆缘习俗。"（卷四一《闻子由瘦》，第4874页）		

---

① 卢守助：《晏子春秋译注·内篇问上第三》，上海古籍出版社2006年版，第110页。

② 表格中诗歌均出自（宋）苏轼著，张志烈、马德富、周裕锴主编《苏轼全集校注》，河北人民出版社2010年版。

如元丰四年（1081），苏轼于黄州所作《送牛尾狸与徐使君》一诗：

　　风卷飞花自入帷，一樽遥想破愁眉。泥深厌听鸡头鹘，酒浅欣尝牛尾狸。通印子鱼犹带骨，披绵黄雀漫多脂。殷勤送去烦纤手，为我磨刀削玉肌。①

　　其中即记载了四种地方野味：鸡头鹘，即南方之竹鸡，川蜀人拟其叫声因而又名"泥滑滑"；牛尾狸，为南方一种白面牛尾的兽类，亦称"玉面狸"，食其肉能够醒酒；通印子鱼，原当谓福州濒海之鱼，是东坡化用王安石《送福建张比部》一诗中"长鱼俎上通三印"②而来；披绵黄雀，则是出自江西临江军，以其脂厚如披挂一层薄棉。诗中虽一句不曾提及牛尾狸的味道，但苏轼借通印子鱼和披绵黄雀之味美却有瑕，衬托牛尾狸肉质之佳无可挑剔，后又以女子的玉肌代指牛尾狸之肉，给人以柔若无骨入口即化之感。

　　又如元丰六年（1083）东坡居于黄州，同乡友人巢元修自蜀中前来，为苏轼带来了家乡独有的特产——苕菜，以解其离乡十五载对蜀地口味的忧思。苏轼更是赋诗一首《元修菜》，以此为题记述了自己印象中见邻人田居躬耕，菜圃中苕菜生机盎然的图景：

　　彼美君家菜，铺田绿茸茸。豆荚圆且小，槐芽细而丰。种之秋雨余，擢秀繁霜中。欲花而未萼，一一如青虫。是时青裙女，采撷何匆匆。③

① （宋）苏轼著，张志烈、马德富、周裕锴主编：《苏轼全集校注》卷二一《送牛尾狸与徐使君》，河北人民出版社 2010 年版，第 2312 页。

② （宋）苏轼著，张志烈、马德富、周裕锴主编：《苏轼全集校注》卷二一《送牛尾狸与徐使君》注，河北人民出版社 2010 年版，第 2313 页。

③ （宋）苏轼著，张志烈、马德富、周裕锴主编：《苏轼全集校注》卷二二《元修菜》，河北人民出版社 2010 年版，第 2427 页。

又以自己常年官居在外忘记乡音却难忘此家乡美食而盛赞苕菜，借助夸张的手法极言其美味甚至胜于鸡豚之鲜。在他笔下，蜀中特产也得以拓展成食事诗歌的新鲜题材，为更多人所识。

贬黜岭南后，谪居之地经济落后，食材相对黄州更加稀少，苏轼惠州食事诗中亦记录了当地居民所食用的土产肉类。例如绍圣二年（1095）所作《闻正辅表兄将至，以诗迎之》一诗中，作者即描写了自己居于两广地区的生活状况，不仅天气湿热、多雨易燥，与北方宜居气候大相径庭，时常会导致身体不适，在食材方面也与中原相异：

> 朝盘见蜜唧，夜枕闻鸺鹠。几欲烹郁屈，固尝馔钩辀。①

燕飨中的山珍野味皆是蜜制鼠仔、油烹蛇、鹧鸪羹等带有岭南地域色彩的食物。绍圣三年（1096）所作《丙子重九二首》（其一）中亦有"何以侑一樽，邻翁馈蛙蛇"② 一句，记述在饮用南方蜑人用多味毒物所酿制的酒时，有邻人馈赠蛙蛇以作为下酒的配菜，不仅酒曲是以毒物制成，连下酒菜也是蛙蛇一类异于中原的食材。

在与大陆文明沧海阻隔的儋州，食事习俗则更为独特，除却《食蚝》一文中所写的牡蛎是为沿海城市所常见，许多食物与中原食风大相径庭。例如在《闻子由瘦》一诗中，苏轼将少数民族的生活状态和奇异食材呈现于纸面：

> 土人顿顿食薯芋，荐以薰鼠烧蝙蝠。旧闻蜜唧尝呕吐，稍近虾蟆缘习俗。③

---

① （宋）苏轼著，张志烈、马德富、周裕锴主编：《苏轼全集校注》卷三九《闻正辅表兄将至，以诗迎之》，河北人民出版社2010年版，第4616—4617页。

② （宋）苏轼著，张志烈、马德富、周裕锴主编：《苏轼全集校注》卷四〇《丙子重九二首》其一，河北人民出版社2010年版，第4772页。

③ （宋）苏轼著，张志烈、马德富、周裕锴主编：《苏轼全集校注》卷四一《闻子由瘦》，河北人民出版社2010年版，第4874页。

　　所谓食"蜜唧"即为活吃仔鼠。在食材匮乏的儋州，正如其题下自注曰："儋耳至难得肉食。"① 除了薰鼠、蝙蝠，蜜唧更是宴席上珍贵的食品，不懂耕稼的土著居民也只能将甘薯、芋头等蒸晒充粮，因此食事习惯虽看似新颖奇特，实则是受闭塞的地形和文化所迫，选择有限，苏轼也在其《和陶劝农六首》诗引中对当地的生活境况有所描写：

　　　　海南多荒田，俗以贸香为业，所产粳稌，不足于食。乃以薯芋杂米作粥糜以取饱。予既哀之，乃和渊明《劝农》诗，以告其有知者。②

　　由此亦可见苏轼的到来对当地教化开发的重要奠基作用。

　　苏轼贬谪时期亦对当地水果有所品尝，于时所作的食事诗歌中多可见相关记载，具体内容见表2。③

表2　　　苏轼贬谪黄州、惠州、儋州时期所作诗歌中的地域水果

种类	细目	品种	出处	写作地点	备注
瓜果	水果	枣	"下隰种粳稌，东原莳枣栗。"（卷二一《东坡八首》其二，第2245页）	黄州	
		橄榄	卷二二《橄榄》，第2488页		
		黄柑	卷二二《食甘》，第2483页		
			"赤鱼白蟹箸屡下，黄柑绿橘筐常加。"（卷三九《次韵正辅同游白水山》，第4657页）	惠州	
			"丹荔破玉肤，黄柑溢芳津。"（卷四一《和陶田舍始春怀古二首》其二，第4936页）	儋州	

---

　　① （宋）苏轼著，张志烈、马德富、周裕锴主编：《苏轼全集校注》卷四一《闻子由瘦》，河北人民出版社2010年版，第4874页。

　　② （宋）苏轼著，张志烈、马德富、周裕锴主编：《苏轼全集校注》卷四一《和陶劝农六首》诗引，河北人民出版社2010年版，第4866页。

　　③ 表格中诗歌均出自（宋）苏轼著，张志烈、马德富、周裕锴主编《苏轼全集校注》，河北人民出版社2010年版。

续表

种类	细目	品种	出处	写作地点	备注
		卢橘杨梅	"南村诸杨北村卢，白华青叶冬不枯。"（卷三九《四月十一日初食荔支》，第4570页）		杨，谓杨梅；卢，谓卢橘
			"罗浮山下四时春，卢橘杨梅次第新。"（卷四〇《食荔支二首》其二，第4744页）		
		香蕉荔枝	"栖禅晚置酒，蛮果粲蕉荔。"（卷三九《正月二十四日，与儿子过、赖仙芝、王原秀才、僧昙颖、行全、道士何宗一同游罗浮道院及栖禅精舍，过作诗，和其韵，寄迈、迨一首》，第4496页）		自谪迁海南后，苏轼在贬居惠州、儋州所作的诗歌中提及"荔枝"至少9次，更作四首诗专以"荔枝"为题
			"旨酒荔焦，绝甘分珍。"（卷四〇《和陶答庞参军六首》其二，第4825页）	惠州	
		荔枝	"手插荔支子，合抱三百株。"（卷三九《和陶归园田居六首》其四，第4516页）		
			"愿同荔支社，长作鸡黍局。"（卷三九《和陶归园田居六首》其五，第4518页）		
			卷三九《四月十一日初食荔支》，第4570页		
			卷三九《荔支叹》，第4585页		
			"糖霜不待蜀客寄，荔支莫信闽人夸。"（卷三九《次韵正辅同游白水山》，第4657页）		
			"荔子几时熟，花头今已繁。"（卷四〇《新年五首》其五，第4711页）		
			卷四〇《食荔支二首》，第4741—4744页		
			"门外橘花犹的皪，墙头荔子已斓斑。"（卷四〇《三月二十九日二首》其二，第4833页）		
			"丹荔破玉肤，黄柑溢芳津。"（卷四一《和陶田舍始春怀古二首》其二，第4936页）	儋州	
			"新年结荔子，主人黄壤隔。"（卷四二《和陶使都曹经钱溪》，第4976页）		
		枇杷	"枇杷已熟粲金珠，桑落初尝滟玉蛆。"（卷三九《二月十九日，携白酒、鲈鱼过詹使君，食槐叶冷淘》，第4507页）	惠州	

续表

种类	细目	品种	出处	写作地点	备注
		五稜子	"恣倾白蜜收五稜,细劚黄土栽三桠。"（卷三九《次韵正辅同游白水山》,第4657页）	惠州	
		槟榔	卷三九《食槟榔》,第4668—4669页		
		椰子	卷四一《椰子冠》,第4905页	儋州	

如元丰六年知黄期间作《食甘》《橄榄》,记载了自己食用的柑橘和橄榄的口味和当时的场景。及至贬谪惠州,岭南之地水果种类更加丰富,苏轼为此亦写作大量诗歌,赞颂果品味美色鲜,黄柑、卢橘、杨梅、香蕉、荔枝、枇杷、五稜子、槟榔等在其作品中屡见不鲜,甚至作专题加以称赞。如谪居惠州时初次品尝荔枝的甘美,辄作《四月十一日初食荔支》《食荔支二首》《荔支叹》四诗,将此海隅尤物展现在世人眼中,甚至慨叹愿为荔枝常住岭南,在谪居惠州、儋州期间更是至少在其他九首诗中提及荔枝,可谓对其印象至深。

而在品尝新奇果品的同时,也难免会有不合口味和饮食习惯之处,例如苏轼绍圣二年于惠州尝槟榔。在其《食槟榔》一诗中记槟榔之口感有言:

> 吸津得微甘,著齿随亦苦。面目太严冷,滋味绝媚妩。[1]

苏轼在诗中记载,因广南有劝人食槟榔之习俗,自己由北方黜置于此客居,不得不入乡随俗。而槟榔的味道远没有其他海南水果那般美味可口,无论客观外表,或是咀嚼口感,都难登大雅。虽书中记载它具有杀虫防瘴、促进消食化积的医药作用,但东坡在食用之后,却导致自己腹如鼓擂、辗转难眠,可见不同地区人们口味和饮食习惯的差异。

---

① （宋）苏轼著,张志烈、马德富、周裕锴主编:《苏轼全集校注》卷三九《食槟榔》,河北人民出版社2010年版,第4669页。

这些带有浓厚地域色彩的食事诗句不仅反映了家乡乃至贬谪地区的奇异食材和食事习惯，还为当世乃至后人了解北宋时期地方食品风味提供了借鉴资料，其文学作品也为宣传地方文化作出了极大的贡献。

（二）以俗为雅，文人意趣——粗茶淡饭入诗，村言俚语成句

北宋前期的诗坛中，文人多以气骨瘦劲为美并吟咏日常琐事微物，将平凡生活作为搜索诗材的主要来源。因此，带有明显市井气象、乡野色彩的意象被大量采撷入诗，使宋诗由唐代的富丽华美、超逸雅致转向描摹人间凡俗的熙熙攘攘、柴米油盐，增添了一份日常化、世俗化的气息。在贴近民生自然纯朴的同时，这种情况也存在容易落于俗套的弊端，食物元素作为生活中常见的素材更易泯然于众，而苏轼依旧能够推陈出新。

胡仔《苕溪渔隐丛话》云："东坡于饮食，作诗赋以写之，往往皆臻其妙。"① 在陶渊明、杜甫等前人描写田园鸡黍、残杯冷炙的基础上，苏轼更加着眼于街头巷陌，将市井百姓寻常餐点纳入诗中，甚至专以为题进行描绘赞美，在实现真正令人感到亲近质朴的同时，又以文人独有的风雅独到的眼光化俗为雅，为食事诗开拓了大量世俗生活的写作题材，佳作迭出，前景光明。例如元祐五年（1090）苏轼知杭州所作《寒具》一诗，将直到现代依然常见的油炸食品"馓子"作为写作对象。所谓"寒具"，即用糯米粉和麦油煎制而成的馓子，因古代寒食严禁烟火，百姓以其为代餐，故而得名。此篇利用清新别致的语言巧妙摹绘街头巷陌随处可见的妇妪和馓子，为平淡朴素的人物与食材施以诗意的艺术美感，不仅记载了宋代食品制作已经较为普遍的煎炸技艺，而且对中国寒食节的食事习俗和民俗文化加以补充丰富，在给人以亲切之感的同时为中国市井食物的传承发展提供了线索。

又如胡仔亲举之例《豆粥》，是苏轼元丰七年（1084）由金陵北上，

---

① （宋）胡仔纂集，廖德明校点：《苕溪渔隐丛话后集》卷二八，郭绍虞主编：《中国古典文学理论批评专著选辑》，人民文学出版社1962年版，第207页。

于真州所作：

> 君不见溥沱流澌车折轴，公孙仓皇奉豆粥。湿薪破灶自燎衣，
> 饥寒顿解刘文叔。又不见金谷敲冰草木春，帐下烹煎皆美人。萍斋
> 豆粥不传法，咄嗟而办石季伦。干戈未解身如寄，声色相缠心已醉。
> 身心颠倒不自知，更识人间有真味？岂如江头千顷雪色芦，茅檐出
> 没晨烟孤。地碓春粳光似玉，沙瓶煮豆软如酥。我老此身无著处，
> 卖书来问东家住。卧听鸡鸣粥熟时，蓬头曳履君家去。①

　　诗人以此俗物为题，从历史典故联想入手，大处着笔，小处点题，
指出无论是被王郎追兵逼迫、身心俱疲、饥寒交加而无奈食豆粥的刘秀，
或是豪门富家、以豆磨粉久煮而食软糯豆粥的石崇，都为身外之物所困
扰纠缠，不能够静心品尝出此羹真正的滋味。而在东坡眼里，用地碓春
捣去壳的粳米光泽似美玉般温润透亮，用砂锅炮制烹煮的菽豆入口如酥
酪般软糯香甜，这种田间农家朴素平凡的食材，仿若晶莹剔透甜糯可口
的上品佳肴。

　　即便在外任谪居期间，饮食生活处处拮据受限，苏轼仍然能够从荒
城海隅的粗茶淡饭中品味出朴素的乡村野趣。晚年谪居物质匮乏的儋耳，
苏轼于元符元年（1098）记其所食一羹：

> 香似龙涎仍酽白，味如牛乳更全清。莫将南海金齑鲙，轻比东
> 坡玉糁羹。②

---

　　①　（宋）苏轼著，张志烈、马德富、周裕锴主编：《苏轼全集校注》卷二四《豆粥》，河北
人民出版社 2010 年版，第 2662 页。

　　②　（宋）苏轼著，张志烈、马德富、周裕锴主编：《苏轼全集校注》卷四二《过子忽出新
意，以山芋作玉糁羹，色香味皆奇绝。天上酥陀则不可知，人间决无此味也》，河北人民出版社
2010 年版，第 5006 页。

以远胜龙涎牛乳之滋味进行对比，赞颂其子苏过熬煮的一道羹肴。而苏轼口中所谓色香味奇绝天上人间、远胜金齑玉鲙的"玉糁羹"，竟只是农家的山芋和米所熬制的粥。诗人以海南再平凡不过的薯芋为诗，不吝辞藻大肆赞美，使读者完全想不到玉糁羹的真正食材原料，令人拍案叫绝。

这种以俗为雅的写作手法在宋代诗歌中屡见不鲜，文人食事创作从新的题材角度着眼，大量市民小吃被逐渐纳入创作视野，心随意动百无禁忌。而苏轼并不仅仅满足于将寻常百姓的吃食写作雅致诗句，更别出心裁，把街头俚俗、亲故玩笑之语融会入诗，使形象活泼的生活图景和逸闻趣事传唱至今。

元丰七年，苏轼于黄州品尝友人的家酿劣酒和家常糕点，将以米粉所作、煎炸香酥的饼子行诸吟咏，其中有"已倾潘子错著水，更觅君家为甚酥"① 一句，将朋友之间的言谈笑语写为诗句。宋人周紫芝亦于其撰著的《竹坡诗话》中对此事有所记录，谓东坡云："街谈市语，皆可入诗，但要人熔化耳。"② 俗物入诗、俗言成句，本是一普通的油果点心，但由于文人的谐谑奇智，而被赋予了"为甚酥"的雅趣名称，桃花面皮，杏子眼孔，俏皮灵动之外更加别具一番媚妩可人之态。而元丰二年，在同为知黄期间所作的《猪肉颂》中，苏轼更是直接将口语笑言捻成诗句：

> 净洗锅，少著水，柴头罨烟焰不起。待他自熟莫催他，火候足时他自美。黄州好猪肉，价贱如泥土。贵人不肯吃，贫人不解煮，早晨起来打两碗，饱得自家君莫管。③

---

① （宋）苏轼著，张志烈、马德富、周裕锴主编：《苏轼全集校注》卷二二《刘监仓家煎米粉作饼子，余云为甚酥。潘邠老家造逡巡酒，余饮之，云：莫作醋，错著水来否？后数日，携家饮郊外，因作小诗戏刘公，求之》，河北人民出版社 2010 年版，第 2513 页。

② （宋）周紫芝：《竹坡诗话》，王大鹏、张宝坤、田树生等编选：《中国历代诗话选（一）》，岳麓书社 1985 年版，第 432 页。

③ （宋）苏轼著，孔凡礼点校：《苏轼文集》卷二〇《猪肉颂》，中华书局 1986 年版，第 597 页。

与宋代诗文中常思引经据典、点铁成金不同，此篇以猪肉为题，语气轻快跳跃，言语打油戏谑，以白话勾勒出诗人轻松愉悦亲下庖厨烹煮美味的形象，为得猪肉饱食而自在满足，东坡全然不似流落荒城之态为后人所津津乐道。

苏轼贬谪时所作食事诗中的俗言语也不止于街谈市语，更有俚语村谚，如绍圣四年时于儋耳所作《闻子由瘦》一诗中的"从来此腹负将军"① 即自注曰：

> 俗谚云：大将军食饱扪腹而叹曰："我不负汝。"左右曰："将军固不负此腹，此腹负将军，未尝出少智虑也。"②

诗人巧妙化用此俗谚借以慰藉子由，海南粗陋的饭食不合胃口固然会导致身体消瘦，但也总好过饱食终日却智虑短缺贻笑大方。苏轼利用下里巴人的通俗口语引为己用，提炼融会，赋予其文人独有的高雅意趣，以俗为雅，陶冶成诗，使之亲切而不失美感。

（三）细节描写，形象生动——铺陈食物意象，描绘感官体验

食事元素自古作为诗歌言志抒情之陪衬点缀，因此诗人鲜少耗费心神为之运用不同写作手法。例如《诗经》中《豳风·七月》可谓以食入诗的典型，其中对食事的吟咏描写最为生动具体，但此间铺排也只为叙述周室兴起之过程，记载一年的农事劳动成果，而对食物的具体品相滋味并无涉及，故而只予人以平淡空泛的概念之感。再如汉乐府中对食事内容刻画最细致的作品当推《十五从军征》，诗中描绘出一位征战数十载的老兵返乡后冷清的生活情景，然而其中涉及的食物也仅仅是语焉不详

---

① （宋）苏轼著，张志烈、马德富、周裕锴主编：《苏轼全集校注》卷四一《闻子由瘦》，河北人民出版社2010年版，第4874页。

② （宋）苏轼著，张志烈、马德富、周裕锴主编：《苏轼全集校注》卷四一《闻子由瘦》注，河北人民出版社2010年版，第4874页。

的"羹饭",且其具体作用也只是反映生活的艰辛与家徒四壁的简陋,烘托孤苦无依、孑然一身的悲凉晚景。可见诗歌的食事成分多着笔于作为言志抒情之附庸,而非细察品味的体物之途,始终未受到文人墨客的重视。其后诗歌相对贴近百姓日常生活饭食的陶渊明、孟浩然等,也多以"鸡黍"等虚写略过,带有浓郁诗意的丰富食事意象在盛唐以前的短篇作品中实在罕见。

与前代作品相比,苏轼更加注重对食品的细节描写。在上文提及的《寒具》诗中,苏轼就有"纤手搓来玉数寻,碧油轻蘸嫩黄深"① 一句,将制作馓子过程中的色泽变化形象生动地描绘出来:白玉的生面在澄澈的食油中缕缕翻滚,随着油花爆破而逐渐呈现深深浅浅的嫩黄色泽,只一"深"字便将煎炸时烹熟酥脆的动态跃然纸上,活色生香。

而苏轼在贬谪时期所作的许多食事诗更是细致入微地描绘出食物的品相滋味,利用食材色彩所带来的视觉审美效果增强诗歌画面感,利用食物口感给人以立体感官上的生动享受,使食事真正发展成为拥有独立文学审美价值的诗歌题材。

苏轼以一种食品为题,对其色香味加以细致描写的现象多见于贬谪期间以南方水果为题所作的食事诗中,例如元丰六年贬居黄州时,曾先后为黄柑与橄榄作诗:

> 露叶霜枝剪寒碧,金盘玉指破芳辛。清泉簌簌先流齿,香雾霏霏欲噗人。② (《食甘》)

> 纷纷青子落红盐,正味森森苦且严。待得微甘回齿颊,已输崖蜜十分甜。③ (《橄榄》)

---

① (宋)苏轼著,张志烈、马德富、周裕锴主编:《苏轼全集校注》卷三二《寒具》,河北人民出版社2010年版,第3547页。

② (宋)苏轼著,张志烈、马德富、周裕锴主编:《苏轼全集校注》卷二二《食甘》,河北人民出版社2010年版,第2483页。

③ (宋)苏轼著,张志烈、马德富、周裕锴主编:《苏轼全集校注》卷二二《橄榄》,河北人民出版社2010年版,第2488页。

在前诗中，苏轼以"寒碧"二字绘柑橘在霜露之中越发苍翠凝重的枝叶，又使美人玉琢水葱一般莹白的纤指与盛放柑橘的金色器皿相映成趣，构成一幅视觉明快的动态图景。咬开一瓣柑橘，清甜如醴泉般的汁液从牙间簌簌流过，对味觉的描写不觉令人口齿生津。同时，诗人又借剥柑橘时散发而出的"芳辛"气味代指外皮，亦记述了食甘时的嗅觉感受，扑鼻的"香雾"仿佛破空而来，使人恍惚间如身临其境。在后诗《橄榄》中，苏轼更是通过描写橄榄之青与纷纷红盐的色彩对比，在描述橄榄口感之时，亦说初入口正味苦涩、过后回甘，将其与崖蜜十分味道皆为甘甜相比较，给人以感官上的冲击，同时又指出橄榄之回甘在时机上已输崖蜜几分，更遑论其滋味。

绍圣三年知惠所作《食荔支二首》（其一）中，亦有：

> 炎云骈火实，瑞露酧天浆。烂紫垂先熟，高红挂远扬。[①]

将绮丽蒸腾的云霞与荔枝果实鲜红似火的色泽相辉映，又将荔枝的汁浆比作从天而降的甘露，以此来衬托其色艳味美。熟透的呈紫红色低垂而下，火红的高挂于枝头树梢，寥寥数语即勾画出一派祥瑞喜庆之象。同样对水果的描写手法还见于上文中提及的同年所作《食槟榔》中：

> 上有垂房子，下绕绛刺御。风欺紫凤卵，雨暗苍龙乳。裂包一堕地，还以皮自煮。北客初未谙，劝食俗难阻。中虚畏泄气，始嚼或半吐。吸津得微甘，著齿随亦苦。面目太严冷，滋味绝媚妩。诛彭勋可策，推毂勇宜贾。瘴风作坚顽，导利时有补。[②]

---

① （宋）苏轼著，张志烈、马德富、周裕锴主编：《苏轼全集校注》卷四〇《食荔支二首》其一，河北人民出版社2010年版，第4741页。

② （宋）苏轼著，张志烈、马德富、周裕锴主编：《苏轼全集校注》卷三九《食槟榔》，河北人民出版社2010年版，第4668—4669页。

　　纵然诗人不喜槟榔的味道，啖嚼过后更是辗转难眠，但他依然不吝笔墨，对槟榔的外形颜色、食用方法、甘苦滋味、药用价值、食客感受等都进行了详细介绍。

　　除了对食材色泽、口感、气味等详写外，苏轼还善于从食材的丰富、烹调的方式等方面入手，在诗歌有限的篇幅中承载大信息量的食事意象，继承汉大赋之铺陈笔法，并将其用于己诗。例如知黄州期间，苏轼于元丰五年（1082）作《又一首答二犹子与王郎见和》：

> 脯青苔，炙青蒲，烂蒸鹅鸭乃瓠壶。煮豆作乳脂为酥，高烧油烛斟蜜酒。①

　　在短短四句中竟能囊括 11 种食材，以及脯、炙、烂蒸、煮等方法，突破了过往诗歌中对食事内容简化虚化的局限，罗列出食物丰富多样的具体细节，以带有节奏感的语言在读者眼前铺展开一幅画卷，将以寻常野菜家禽所烹制而成的朴素餐食描绘出满汉全席的浩荡景象，给予短小灵动的诗歌以开阖磅礴的赋体气势。

　　苏轼在贬黜外任期间所作食事诗，亦能够在铺陈食材种类和制作方法的基础之上，令不同果蔬菜肴的色彩对比衬托相映成趣。例如元丰三年（1080）在黄时所作《岐亭五首》（其一）中：

> 抚掌动邻里，绕村捉鹅鸭。房栊锵器声，蔬果照巾幂。久闻蒌蒿美，初见新芽赤。洗盏酌鹅黄，磨刀削熊白。②

　　其中既有鹅鸭之禽肉，亦含蔬果之菜肴，更单独列出蒌蒿，点明新

---

　　① （宋）苏轼著，张志烈、马德富、周裕锴主编：《苏轼全集校注》卷二一《又一首答二犹子与王郎见和》，河北人民出版社 2010 年版，第 2352 页。
　　② （宋）苏轼著，张志烈、马德富、周裕锴主编：《苏轼全集校注》卷二三《岐亭五首》其一，河北人民出版社 2010 年版，第 2522 页。

芽之赤色，同时又将鹅黄酒之名与熊背白脂对偶，既使食材名称相对，又令其颜色相应，一语双关之法极为巧妙。绍圣二年（1095）苏轼在惠州时，更作有《次韵正辅同游白水山》一诗，其中：

> 赤鱼白蟹箸屡下，黄柑绿橘笾常加。糖霜不待蜀客寄，荔支莫信闽人夸。恣倾白蜜收五棱，细劚黄土栽三桠。[1]

共列 9 种食材，又三用对偶，将斑斓鲜艳的颜色、丰富多样的食物、饮食器具、行为动词等整齐排列，简洁明快而具有秩序感的同时，将游览白水山时所见的美食佳肴铺陈开来，使山中隐居的生活也增加了一份人间生机蓬勃的烟火气息。同年亦有：

> 枇杷已熟粲金珠，桑落初尝滟玉蛆。暂借垂莲十分盏，一浇空腹五车书。青浮卵碗槐芽饼，红点冰盘藿叶鱼。醉饱高眠真事业，此生有味在三余。[2]

描写色彩丰满的宴席场面：成熟后的枇杷果如同金色宝珠一般璀璨，莲盏满盛桑落，酒面浮沫潋滟莹润如玉，青色浮雕的卵白碗碟里是碧绿鲜香的槐叶冷淘，朱红点缀的冰晶瓷盘中是脍成薄片的藿叶鲈鱼。诗中虽非馔玉珍馐，也算不上丰盛佳肴，但其中青红相映的视觉对比给人以清新鲜亮之感。同时，诗人不仅对食材的颜色加以描写，还利用了杯盘碗盏之诗意外形，丰富了读者的想象，赋予了肴馔以具象化的美感，将文字中的宴饮场面尽显眼前。

---

① （宋）苏轼著，张志烈、马德富、周裕锴主编：《苏轼全集校注》卷三九《次韵正辅同游白水山》，河北人民出版社 2010 年版，第 4657 页。

② （宋）苏轼著，张志烈、马德富、周裕锴主编：《苏轼全集校注》卷三九《二月十九日，携白酒、鲈鱼过詹使君，食槐叶冷淘》，河北人民出版社 2010 年版，第 4507 页。

（四）比喻想象，天马行空——刻画新颖贴切，构思灵动跳脱

除了对食事内容和食物品相的客观叙述，苏轼还善于运用比喻、想象的表现手法，将日常生活中的食事意象赋予浪漫主义的色彩，新颖贴切的同时亦令人感叹其天马行空的妙思，为食事题材的艺术美增添浓墨重彩的一笔。

苏轼在《寒具》诗中，就有"夜来春睡浓于酒，压褊佳人缠臂金"①一句，由街头巷陌见邻家妇人油煎馓子的景象引发新颖联想，在眼前勾勒出春日朦胧清晨，隔帘窥见楼阁中的美人仍在沉睡，脸颊上浮着几分似醉还羞的妩媚红晕，藕臂上的缠臂金仿佛亦被这比陈酿还浓的春困层层压住。东坡将街巷上应有的喧哗叫卖以及滚油的沸腾叫嚣全部滤去，而想象出一幅春睡的宁静画面，由动态变为静态，形成鲜明的视听对比，在描写俗世烟火的同时，拂去油腻与沧桑，另塑一份清新天真。乍看之下，除却新颖贴切的以缠臂金暗喻被滚油炸至金黄的馓子，邻妇炸制寒具与美人枕臂春睡的形象毫无关联，但细察之下，其中或可有苏轼对辛苦维持生计的百姓所怀的仁爱之心，今日之辛劳邻妇亦可能曾是谁家闺阁中的天真女儿，而如若民生皆富足康乐，则今日街市之摊贩未尝不可能过上自在饱睡的安稳日子。由此而言，所谓跳脱的想象之中亦有迹可循，贴合民生。

在描写某一具体事物时，苏轼擅长博喻，利用大量丰富而五花八门的形象作比，以凸显描写对象的某一特点，利用灵动跳脱的想象将观感加倍，诗才翩然若天马之行空，神化出众，步骤不凡。这种多样化的思维方式和比喻联想的写作手法在其食事诗中亦有体现，例如苏轼前后多首以荔枝为题的诗歌中，对荔枝作出的比喻层出不穷而无一重复。

---

① （宋）苏轼著，张志烈、马德富、周裕锴主编：《苏轼全集校注》卷三二《寒具》，河北人民出版社 2010 年版，第 3547 页。

元祐八年（1093），苏轼于定州食蜜渍荔枝时，即有：

> 代北寒斋捣韭萍，奇苞零落似晨星。逢盐久已成枯腊，得蜜犹
> 疑是薄刑。①

因荔枝外有果壳包裹果肉，肉内又有核，故谓其为"奇苞"。诗人将
北方稀疏的荔枝比作清晨零落的星子，盐渍后失水干瘪的果实则似枯槁
的干尸，而蜜渍生荔枝时又需剥皮去浆，以蜜煎煮，仿佛又是对其施展
一道刑罚。荔枝在反复加工之后难免失去其新鲜本味，因此苏轼戏言道
欲求得仙术，跟随李白一同跨越沧海，到达闽海品尝新鲜荔枝。此后，
诗人又作《再次韵曾仲锡荔支》，其中"本自玉肌非鹄浴，至今丹壳似猩
刑"②，以美女如玉般润泽洁白的肌肤暗喻荔枝果肉，本自清白一同鸿鹄
之羽毛，无须日日沐浴；又言果壳之丹赤仿若以猩猩之血染红而成，本
色炽烈，亦不必凭借血色点染。既对荔枝果肉与外壳颜色进行联想比喻，
同时又点出荔枝本色如此，其绝佳之滋味值得白居易赋诗连篇以赞美、
吸引杨贵妃不远万里专骑相送。历经二十四五年方才成熟的果实，食色
误国的利弊功过又如何一言蔽之，其本性自然则更当随香草一同归附
《离骚》中，为忠贞正直所引譬连类。同年所作《次韵刘焘抚勾蜜渍荔
支》中，又将荔枝与杨梅、卢橘作比：

> 叶似杨梅蒸雾雨，花如卢橘傲风霜。每怜莼菜下盐豉，肯与葡
> 萄压酒浆。③

---

① （宋）苏轼著，张志烈、马德富、周裕锴主编：《苏轼全集校注》卷三七《次韵曾仲锡
承议食蜜渍生荔支》，河北人民出版社 2010 年版，第 4238 页。

② （宋）苏轼著，张志烈、马德富、周裕锴主编：《苏轼全集校注》卷三七《再次韵曾仲
锡荔支》，河北人民出版社 2010 年版，第 4240 页。

③ （宋）苏轼著，张志烈、马德富、周裕锴主编：《苏轼全集校注》卷三七《次韵刘焘抚
勾蜜渍荔支》，河北人民出版社 2010 年版，第 4281 页。

　　先借雾雨风霜衬托荔枝超尘脱俗之姿，又以莼菜盐豉之鲜美、葡萄美酒之香醇衬托荔枝鲜香厚味，虽然并未提及荔枝的色香味，但仿佛无一字句不在勾起读者的向往。

　　定州食蜜渍荔枝已经给苏轼留下了深刻的印象，而真正贬谪至闽海后，亲眼看见并鲜食荔枝，更令东坡诗兴大发，尤其是绍圣二年苏轼在惠州初尝荔枝时所作《四月十一日初食荔支》，其中比喻联想极尽生动灵巧：

　　　　海山仙人绛罗襦，红纱中单白玉肤。不须更待妃子笑，风骨自是倾城姝。①

　　全诗无一字提及荔枝，却以娇俏的仙人作比，描绘出荔枝如美人一般的倾城风采，将荔枝的外观颜色描绘得生动贴切、尽得风流，红白色彩的鲜明对比给人以视觉美感的享受和冲击，不觉引人食指大动。仙人身披绛红罗襦，薄纱轻拢更衬肌似玉雪、肤若凝脂，美人风骨倾城、身段柔软又自带清香，正是以超尘脱俗的女子形象暗喻荔枝的娇艳色泽、甘美口感、甜香气息，以极强的表现力和恰如其分的描写，充分展现出诗人所想要描绘的食物特质。同时反用典故，贵妃展颜也只能作为荔枝的陪衬，以否定的形式着意强调荔枝的厚味与高格，无须皇家赞赏官方认证，已然价值超群，自成卓绝风骨。

　　苏轼食事诗中所运用的联想和想象不仅限于眼前已有之物，还存在于对未来之物的畅想。例如东坡于元丰三年所作《初到黄州》中"长江绕郭知鱼美，好竹连山觉笋香"② 一句，即是由绕城川水想象至江鱼肥美，自满山成竹联想至嫩笋清香。

---

　　① （宋）苏轼著，张志烈、马德富、周裕锴主编：《苏轼全集校注》卷三九《四月十一日初食荔支》，河北人民出版社2010年版，第4570页。
　　② （宋）苏轼著，张志烈、马德富、周裕锴主编：《苏轼全集校注》卷二〇《初到黄州》，河北人民出版社2010年版，第2150页。

至于绍圣二年苏轼在惠州时，见田间园圃中稻秧菜苗生机勃勃之景
象，亦有多篇诗歌畅想丰收盛况。如《游博罗香积寺》中，见良田夹道，
麦穗稻秧抽穗吐芒生机盎然，春风吹拂秧苗，稻浪摇动卷涌如波涛翻滚，
又有初生骄阳和未晞朝露，将这满目娇嫩的金黄渲染至浓盛。水田中春
泥深广温热没过膝盖，农人将阳光下灿然闪烁的秋谷分秧栽插，正是一
派欣欣向荣的春耕图景。诗人见此情形不由心情畅然，联想展望至秋季
丰收之时：

> 霏霏落雪看收面，隐隐叠鼓闻舂糠。散流一啜云子白，炊裂十
> 字琼肌香。①

借着绕田蜿蜒潺潺不竭的小溪，思及其可助推碓磨，继而联想至稻
麦经由石臼研磨，倾泻而出的白面如同纷飞落雪一般洁净，舂糠之声又
似击鼓阵阵欢脱热闹。由此等稻粒蒸出的米饭细软绵密，甫一入口便流
散化开；由此等面粉蒸制而成的炊饼烤熟后裂出十字花纹，表皮雪白莹
洁如玉肌琼脂，香气扑鼻沁人心脾。黜置外任期间，诗人体察当地百姓
生产生活，对于农家耕忙的景象多有感触，诗歌题材和写作视角生动新
颖、贴近民生，虽语言朴素清雅，但仍然能够将农忙场景描写得极富情
趣，韵味无穷。

与此同时，苏轼在惠州为解决生计供养家人，也常躬耕田圃，同年
亦作有《雨后行菜圃》一诗，记夜闻大雨，倾泻的甘霖好似乳汁油膏一
般滋润着土壤，自家菜圃中蔬菜的新芽在风雨中欢快俯仰，由此便联想
到蔬菜定能很快长成，翌日果见菜叶鲜嫩碧绿，叶片上的雨珠仍顺着脉
络滚动流淌。见此情形，诗人不待成熟采摘就已经欣然想见其鲜嫩的
口感：

---

① （宋）苏轼著，张志烈、马德富、周裕锴主编：《苏轼全集校注》卷三九《游博罗香积
寺》，河北人民出版社 2010 年版，第 4537 页。

芥蓝如菌蕈，脆美牙颊响。白菘类羔豚，冒土出蹯掌。①

　　借助比喻手法，刻画出雨后菜圃中园蔬长势大好的场景：翠绿的芥
蓝好似菌菇野蕈一般可口，在齿间咬碎爽脆甘美；香甜的白菜有如羊羔
猪豚一样诱人，肥美得像从泥土中冒出的兽足。光是看到雨后菜圃清新
的生机，东坡就仿佛亲口品尝了鲜美的菜肴、闻到了羹蔬从灶中蒸腾出
的馥郁清香，足可见其跳脱的联想能力，由因即可见果，并想象出带有
具体细节的食事场面，生动形象，颇具情态，色香味俱全。

三　由食事诗观苏轼贬谪际遇

　　饮食起居是对生活水平最直接的写照，食事题材诗歌除了可以表现
地方饮食习惯的风俗差异，也能够从食物的规格品质、珍稀程度等方面
体现作者的生活经济状况，苏轼在贬谪之地写作的食事诗即从起居细节
之处反映其仕途经历的跌宕坎坷。贬谪离京，远离繁华的京都一路南下，
手中没有实权，任官之地又偏远荒蛮，生活境遇贫寒窘迫，饭食粗陋，
食材有限……诗人将个人宦游经历与食事结合一体，将南迁前后的食事
诗进行对比，从描绘的菜式和食材品相的变化，衬托出仕途起伏和生活
水平的差异。

　　"扰扰万生同大块"②，苏轼认为世间万物与人类皆是自然中的一部
分，都具有生命意识，因此动植物虽然作为食材，但亦同人类一样拥有
生存体验和际会遭遇。诗人情思细腻，在体察到主客体共有的精神品质、
身世遭际后，往往会借助诗歌抒发情感意志。面对屡遭贬谪的仕途际遇，
苏轼便利用对食事的描写，将本人的生活状态和内心情感投射其中，一
面在诗句中偶尔慨叹贬谪生活的凄苦戚惶，流露出对命运凄凉无奈的途

---

① （宋）苏轼著，张志烈、马德富、周裕锴主编：《苏轼全集校注》卷三九《雨后行菜圃》，
河北人民出版社 2010 年版，第 4696 页。

② （宋）苏轼著，张志烈、马德富、周裕锴主编：《苏轼全集校注》卷三四《复次放鱼韵，
答赵承议、陈教授》，河北人民出版社 2010 年版，第 3735 页。

穷之哭，顾影自伤；一面又从食材的高格中自我勉励坚定信心，鼓足勇气直面现实，把美食作为宦游漂泊、客居异乡的精神慰藉，以自嘲自怡和寄情口腹的方式疏解内心的郁结之气。在这种矛盾复杂的两种心境影响下，苏轼不断调整心态，治愈自我，最终达到接受现实、守心和解的超然之境，以自我的强大自信抵御住外界的纷乱摧扰，寻回守正自适、济世安民之心。

（一）由食材品类观仕途变迁

钱穆在其《钱宾四先生全集 45 · 中国文学论丛》中谓东坡："一生奔走潦倒，波澜曲折都在诗里见。"① 不同诗歌中食事意象品类的变化不仅反映时空的跨越和地域风俗的差异，更是对作者生活状况、物质水平的揭示。苏轼的食事诗中，在浪漫色彩的丰富想象外，亦有对于其食事内容的纪实记录，例如熙宁八年（1075），苏轼时任密州知州，距离离开杭州通判之职尚不及一年，有感于杭、密二地的饮食品质变化而作长诗《和蒋夔寄茶》一首，记录自己从吴越沃野一路行至东武桑马川的饮食之异。当时的密州荒僻贫瘠，与江南水乡的温柔安逸不同，更值连年蝗旱的侵害，庄稼歉收、粮肉奇缺，作者忆及苏杭佳肴美味，在一首诗中便呈现了由金虀玉脍至粟饭酸酱的变化，更遑论黜置外任前后所作食事诗歌中食物品类的对比。

由京都的热闹繁华，至贬谪之地的寥落荒蛮，食材渐趋匮乏，而身份地位的骤降也加剧了生活待遇的落差，贬谪时期所作的食事题材诗歌便多体现了苏轼仕途的贬迁对比和人生境遇的变化。笔者据周裕锴等编《苏轼全集校注》中所收录的苏轼诗歌统计，诗人被贬黄州时期共作 27 首食事诗，其中大多是吟咏鱼虾蟹蛤和家畜野味；谪居惠州时所作 36 首食事诗中，则有 13 首对时鲜水果极尽描写，其余涉及米粮、蔬菜和野味

---

① 钱穆：《钱宾四先生全集 45 · 中国文学论丛》，商务印书馆 1931 年版，第 137 页。

的诗歌则旨在表现食物匮乏的困窘之境；晚年迁赴儋耳后流传至今的 20 首食事诗中，多咏及薯芋野菜，乃至当地食用蛇鼠蛙蛤等风俗，更加凸显缺米少粮鲜见荤腥的生活境况，详情可见表 3。①

表 3　　　　苏轼贬谪黄州、惠州、儋州时期所作诗歌中的稻黍鱼畜

种类	细目	品种	出处	写作地点	备注
粮食	稻		"但有鱼与稻，生理已自毕。"（卷二〇《过淮》，第 2126 页）	黄州	多叙述自己缺米少食的生活窘境，依靠旁人救济，或以物换米，反映贬居海南时期的经济贫困和粮食匮乏
		粳稻	"下隰种粳稌，东原莳枣栗。"（卷二一《东坡八首》其二，第 2245 页）		
	米	米粉	卷二二《刘监仓家煎米粉作饼子，余云为甚酥。潘邠老家造逡巡酒，余饮之，云：莫作醋，错著水来否？后数日，携家饮郊外，因作小诗戏刘公，求之》，第 2513 页		
		籴米	"门生馈薪米，救我厨无烟。"（卷三九《和陶归园田居六首》其一，第 4510 页）	惠州	
			"未敢叩门求夜话，时叨送米续晨炊。"（卷三九《答周循州》，第 4667 页）		
			"幸有余薪米，养此老不才。"（卷四〇《和陶乞食》，第 4775 页）		
			"米尽初不知，但怪饥鼠迁。"（卷四〇《和陶岁暮作和张常侍》，第 4790 页）		
			"籴米买束薪，百物资之市。"（卷四一《籴米》，第 4865 页）	儋州	
			"北船不到米如珠，醉饱萧条半月无。"（卷四二《纵笔三首》其三，第 5041 页）		
	黍		"愿同荔支社，长作鸡黍局。"（卷三九《和陶归园田居六首》其五，第 4518 页）	惠州	

---

①　表格中诗歌均出自（宋）苏轼著，张志烈、马德富、周裕锴主编《苏轼全集校注》，河北人民出版社 2010 年版。文赋出自（宋）苏轼著，孔凡礼点校《苏轼文集》，中华书局 1986 年版。

续表

种类	细目	品种	出处	写作地点	备注
水产	鱼		"但有鱼与稻，生理已自毕。"（卷二〇《过淮》，第 2126 页）	黄州	
			"长江绕郭知鱼美，好竹连山觉笋香。"（卷二〇《初到黄州》，第 2150 页）		
			"又哀网中鱼，开口吐微湿。"（卷二三《岐亭五首》其二，第 2526 页）		
		通印子鱼	"通印子鱼犹带骨，披绵黄雀漫多脂。"（卷二一《送牛尾狸与徐使君》，第 2312 页）		
		鲋鲤	"掣水取鲋鲤，易如拾诸途"（卷二一《鱼蛮子》，第 2379 页）		
		鲈鱼	"青浮卵碗槐芽饼，红点冰盘藿叶鱼。"（卷三九《二月十九日，携白酒、鲈鱼过詹使君，食槐叶冷淘》，第 4507 页）	惠州	
		赤鱼	"赤鱼白蟹箸屡下，黄柑绿橘筐常加。"（卷三九《次韵正辅同游白水山》，第 4657 页）		
	虾		"鱼虾以为粮，不耕自有余。"（卷二一《鱼蛮子》，第 2379 页）	黄州	
			"去为柯氏陂，十亩鱼虾会。"（卷二二《东坡八首》其三，第 2247 页）		
	蛤		"我哀篮中蛤，闭口护残汁。"（卷二三《岐亭五首》其二，第 2526 页）		
	蟹	白蟹	"赤鱼白蟹箸屡下，黄柑绿橘筐常加。"（卷三九《次韵正辅同游白水山》，第 4657 页）	惠州	
肉禽	家畜家禽	牛羊	"君欲富饼饵，要须纵牛羊。"（卷二一《东坡八首》其五，第 2251 页）	黄州	
		鹅鸭	"抚掌动邻里，绕村捉鹅鸭。"（卷二三《岐亭五首》其一，第 2522 页）		
		鸡豚	《猪肉颂》（《苏轼文集》卷二〇，第 597 页）		
			"琉璃载烝豚，中有人乳白。"（卷二三《岐亭五首》其二，第 2526 页）		

续表

种类	细目	品种	出处	写作地点	备注
			"斗酒与只鸡，酣歌饯华颠。"（卷三九《和陶归园田居六首》其一，第4510页）	惠州	
			"愿同荔支社，长作鸡黍局。"（卷三九《和陶归园田居六首》其五，第4518页）		
			"五日一见花猪肉，十日一遇黄鸡粥。"（卷四一《闻子由瘦》，第4874页）	儋州	反映贬居儋耳时期的经济贫困和粮食匮乏
			"明日东家当祭灶，只鸡斗酒定膰吾。"（卷四二《纵笔三首》其三，第5041页）		

　　元丰三年，苏轼于二月一日赴抵其在黄州的贬居之所，开始了他长达四年的初次贬黜经历。离开了富贵温柔乡，谪居之地的生活水平和饮食条件与先前不可同日而语，苏轼赴黄州两年有余后所作《寒食雨》一诗中，即对其生活环境和餐饭状况有所反映。时值寒食，凉雨萧索又禁烟火，便有了诗人"空庖煮寒菜，破灶烧湿苇"①的凄凉场面，贬谪之苦再逢清明苦雨，如此情景下便是读者亦不由生出半生伶仃漂泊、老病缠身的酸楚之情，遑论苏轼本人。然而相较于其后黜置的海南岛，黄州依然有不少朴素实惠的美味：

　　　　村酒亦自醇酽。柑橘椑柿极多，大芋长尺余，不减蜀中。外县米斗二十，有水路可致。羊肉如北方，猪、牛、獐、鹿如土，鱼、蟹不论钱。②

　　由此可见黄州的饮食习惯与北方大略无二，但牲畜鱼虾之类价钱更

---

　　①（宋）苏轼著，张志烈、马德富、周裕锴主编：《苏轼全集校注》卷二一《寒食雨二首》其二，河北人民出版社2010年版，第2343页。
　　②（宋）苏轼著，孔凡礼点校：《苏轼文集》卷五二《答秦太虚七首》其四，中华书局1986年版，第1536页。

加亲民。在这种情况下，苏轼即作有《猪肉颂》谓黄州猪肉由于当地百姓不解烹制之法而美味无人识，甚至于"价贱如泥土"①，故亲制一道东坡猪肉，以享受此物美价廉之味。除此之外，正如苏轼元丰五年所作《鱼蛮子》一诗中"鱼虾以为粮，不耕自有余"② 所言，黄州水产富足，鱼蟹丰盈易得，苏轼亦爱食鱼，在提及当地渔人食鲤时，所作诗中亦有"破釜不著盐，雪鳞芼青蔬"③ 之言。鲤鱼肉质肥美鲜嫩，烹制时将其去鳞下锅以水炖汤，其间无须多加食盐即有鲜美滋味，再用嫩绿青翠的菜蔬加入奶白浓稠的鱼汤相拌调和，即可制成一道色香俱全且味美价廉的羹肴。江淮之地，鱼米之乡，虽然生活条件不及京师，但亦多了一份轻松快意的畅然生机，也能够令苏轼心中的委屈愤懑得以渐渐平复缓和。

　　无论文艺领域抑或是政治主张，苏轼在北宋时期皆可算才智卓绝，而饱食朝廷俸禄、自诩"老饕"④ 的他也未曾料想自己竟会有朝一日被一贬再贬。绍圣元年，苏轼贬谪至当时尚未开发、瘴疠弥漫的惠州，作为并无实权的地方节度使，仅依靠微薄俸禄供养的谪居生活条件越发艰苦，在其诗歌中也多反映了缺米少粮的情况。例如绍圣二年时所作《和陶归园田居六首》（其一）中，有"门生馈薪米，救我厨无烟"⑤ 一句，即说明了苏轼在惠时因家境贫寒，常常缺少柴米下厨生火做饭，幸有门生偶尔相赠，才得以缓解辘辘饥肠、困顿窘迫之苦。同年亦作诗提及自己的饮食条件和生活环境：

---

① （宋）苏轼著，孔凡礼点校：《苏轼文集》卷二〇《猪肉颂》，中华书局 1986 年版，第597 页。

② （宋）苏轼著，张志烈、马德富、周裕锴主编：《苏轼全集校注》卷二一《鱼蛮子》，河北人民出版社 2010 年版，第 2379 页。

③ （宋）苏轼著，张志烈、马德富、周裕锴主编：《苏轼全集校注》卷二一《鱼蛮子》，河北人民出版社 2010 年版，第 2379 页。

④ （宋）苏轼著，孔凡礼点校：《苏轼文集》卷一《老饕赋》，中华书局 1986 年版，第16 页。

⑤ （宋）苏轼著，张志烈、马德富、周裕锴主编：《苏轼全集校注》卷三九《和陶归园田居六首》其一，河北人民出版社 2010 年版，第 4510 页。

未敢叩门求夜话，时叨送米续晨炊。知君清俸难多辍，且觅黄精与疗饥。①

诗人身着缝衲补缀的破旧僧衣，以菜叶草梗为粗陋饭食，以藜茎编织简陋坐榻，且时常有断炊停灶之风险，不得不叨承故旧周彦质接济。而朋友的薪金也十分微薄，不能常有余粮相送，因此在无米下锅的日子里只能靠挖野菜、食黄精以聊解饥肠。

岭南之地，阳光雨露皆充足丰沛，多北方不常得见的水果，例如前文中所提及的黄柑、卢橘、杨梅、香蕉、荔枝、枇杷、五棱子、槟榔、椰子等，东坡在惠州、儋州所作的食事诗中也不乏其身影，其中对各类水果外形、色泽、口感等的描写，以及对荔枝不吝笔墨不加掩饰的喜爱赞美，可谓难得的一抹亮色。

在惠州时，苏轼的食事中还可见到赤鱼白蟹等水产，但其他肉禽家畜已经较少出现，可以想见诗人在日常生活中也很少能够有机会食用鸡豚牛羊。为了弥补肉制品短缺的状况，苏轼惠州食事诗中亦出现了先前所少见的肉类食材。例如前文中《闻正辅表兄将至，以诗迎之》一诗所记录的蜜制鼠仔、油烹蛇、鹧鸪羹等，以及《丙子重九二首》（其一）中当地人以蛙蛇相赠作为下酒菜。

至于晚年再往穷乡僻壤的儋耳，"水陆之味，贫不能致"②，食材的品类更加粗陋不堪，连米面等主食都已经稀缺。在这种情况下，苏轼或"籴米买束薪，百物资之市"③，利用偶尔富余多得的米粮在集市上换得些许柴火；或"尽卖酒器，以供衣食"④，将家中略有价值的酒器饮具全部

---

① （宋）苏轼著，张志烈、马德富、周裕锴主编：《苏轼全集校注》卷三九《答周循州》，河北人民出版社2010年版，第4667页。

② （宋）苏轼著，孔凡礼点校：《苏轼文集》卷一《菜羹赋》序，中华书局1986年版，第17页。

③ （宋）苏轼著，张志烈、马德富、周裕锴主编：《苏轼全集校注》卷四一《籴米》，河北人民出版社2010年版，第4865页。

④ （宋）苏轼著，张志烈、马德富、周裕锴主编：《苏轼全集校注》卷四一《和陶连雨独饮二首》诗引，河北人民出版社2010年版，第4858页。

典卖以供家小生存所需。可由于海南岛多为荒田，粮食不足，即便有钱亦难买得食物，因此依然常常食不果腹，只能"以薯芋杂米作粥糜以取饱"①。对于儋州当地食事状况记述最为典型的诗歌，当属前文提及苏轼于绍圣四年所作的《闻子由瘦》。鸡豚旬日不得见，当地百姓只能以山药为粮，而薰鼠、蝙蝠等中原地区不屑以为食的动物，儋耳土著却将之作为祭祀供奉的珍品。过去在听说活吃蜜制鼠仔时，苏轼自言曾呕吐不敢为之，而如今海南土著以吃蛤蟆为习俗，诗人竟然也可以尝试食用了。若非肉类稀缺、食物匮乏，又怎会以此为食。作为弃置罪臣来到此处，再回忆从前在京师时竟能将肥羊乳猪吃厌，两相对比之下，更显出过往之豪奢与如今之艰难。

在这样窘迫困顿的生活条件下，苏轼只能利用有限的食材改善伙食，例如前文中所提及用山芋和米煮粥作玉糁羹，在《食蚝》一文中亦有"肉与浆入水，与酒并煮，食之甚美，未始有也。又取其大者，炙热"②，将牡蛎与酒共煮而食，或直接炙烤嚼食，在儋耳荒蛮海国品味出一番聊胜于无的朴素风味。

（二）全口腹之欲解心中郁结

作为一名有志于仕、踌躇满志的政治家，苏轼遭遇缧绁之灾几生死志，曲折得赦后又为所奉事之君主弃置贬谪，放逐偏远之地，流落荒城仕途无望。贬谪之苦是对身心的共同折磨，而朝堂之上新党掌权，神宗正值盛年，自己得罪半壁朝野，或许半生将误碌碌余年再无出头之日。终生不得起复的可能性足以将踌躇满志、壮怀激烈的文人才子击垮，不乏有人因此郁郁不得善终，面对无所定期的惩罚，即便有才如苏轼也难免惴惴不安，情之所至亦付诸诗词文章，尝作途穷之哭。正如其《卜算

---

① （宋）苏轼著，张志烈、马德富、周裕锴主编：《苏轼全集校注》卷四一《和陶劝农六首》诗引，河北人民出版社2010年版，第4866页。

② （宋）苏轼著，孔凡礼点校：《苏轼文集》佚文汇编卷六《食蚝》，中华书局1986年版，第2592页。

子·黄州定慧院寓居作》一词之中所言："惊起却回头，有恨无人省。"①
纵然诗人生性乐观开朗豁达，而又志向高洁不合流俗，但经历波折跌宕
生死存亡之后亦难免心生悲戚，如落单孤鸿动辄惊起无可依托，其间境
况之凄凉悲苦，读来不由使人心惊。

　　身处人生的谷底，苏轼与旁人的不同之处就在于他依旧能够重新振
作，直面困顿的现实，沉心于个人的兴趣爱好，来消磨漫长的贬谪时间。
苏轼于贬谪期间即多创作食事题材相关的诗歌，其中部分诗歌语言诙谐，
在借助讽刺自嘲的口吻治愈内心愤懑不平的同时，又不忘美言食材食品
味美怡人。

　　例如元丰二年（1079）苏轼所作《初到黄州》以"为口忙"② 三字
语义双关，与后文相连，一方面点明自己对江鱼肥美、山笋清香的口腹
之欲，另一方面又指为谋生糊口而奔忙为官。再联系其初遭贬谪的背景，
更是难抑心中的不平之气，遂自嘲因谏言言事和诗文指斥而获罪的经历。
诗人仅在三字之内便写出胸中万千心绪，诙谐之余又带出啼笑皆非的无
奈不甘，可谓是才思敏捷、字字珠玑。

　　又如元丰三年（1080）时，苏轼在诗中对自己赴黄三载的饮酒经历
调侃道：

　　　　三年黄州城，饮酒但饮湿。我如更拣择，一醉岂易得。③

　　黄州荒僻，酒的品质也远不可及以往所尝之味，酸酒味同以醋、酱
和菜末相拌混合的汤，而甜酒则如蜜汁一般甜腻。诗人流落荒城，连所

---

　　① 唐圭璋：《唐宋词鉴赏辞典（唐·五代·北宋）》，上海辞书出版社1988年版，第666—
668 页。
　　② （宋）苏轼著，张志烈、马德富、周裕锴主编：《苏轼全集校注》卷二〇《初到黄州》，
河北人民出版社2010年版，第2150 页。
　　③ （宋）苏轼著，张志烈、马德富、周裕锴主编：《苏轼全集校注》卷二三《岐亭五首》其
四，河北人民出版社2010年版，第2533 页。

饮之酒也淡薄如水，说是喝酒，也不过是以水润喉罢了。而东坡却自嘲，如果连酒的品类味道也要挑剔拣选，那么连喝醉的要求都很难达到了，自我调侃苦中作乐，借此宽慰自己要懂得随遇而安。

至于元丰六年时，同为在黄所作一篇《大寒，步至东坡，赠巢三》中更是描写了自己生活的困苦艰难：

> 空床敛败絮，破灶郁生薪。相对不言寒，哀哉知我贫。①

单薄的空床上只有一层破棉被御寒，想要生火御寒，而灶下的木柴也徒有烟而不见火起。数九寒天贫寒交加，诗人与朋友巢元修知道彼此同病相怜，故而不与对方求助以相为难，但亦愿意将仅剩的一瓢薄酒同分，相濡以沫，而在京都加官晋爵俸禄丰厚的故旧日日趾高气扬醉生梦死，苏轼因此借对故人官运亨通而不能兼济朋友的怨刺，衬托自己与元修相依相助之情的难得，虽是一瓢薄酒，也足以慰此长冬。

苏轼在惠州时，绍圣二年（1095）游白水山、佛迹岩，有感于当地景色秀丽、民生安乐，心下宁静泰然，顿生如陶渊明一般归隐田园的山村野趣，遂在《和陶归园田居六首》（其一）中云："禽鱼岂知道，我适物自闲。"② 此句似是在说飞禽游鱼无法理解自己内心的自适悠闲，又似在借禽鱼嘲弄京中攻击构陷他的小人们，大有"燕雀安知鸿鹄之志"（《史记·陈涉世家》）之味，既表达了自身的闲适心情，又抒发了睥睨官场倾轧我自陶然乐天的荡然浩气。次年在惠，苏轼曾与友人携饮，饮至半酣而存酒已尽，诗人欲取米酿酒时方才发现米瓮亦空。值此缺粮少食之境，苏轼又作诗戏言：

① （宋）苏轼著，张志烈、马德富、周裕锴主编：《苏轼全集校注》卷二二《大寒，步至东坡，赠巢三》，河北人民出版社 2010 年版，第 2424 页。
② （宋）苏轼著，张志烈、马德富、周裕锴主编：《苏轼全集校注》卷三九《和陶归园田居六首》其一，河北人民出版社 2010 年版，第 4510 页。

米尽初不知，但怪饥鼠迁。二子真我客，不醉亦陶然。①

接连贬谪的遭遇令人避之不及，连家中的老鼠都因饥饿而离去，虽然生活条件艰苦，但此时此刻仍有亲友共饮聊以解嘲，实在令人宽慰，有这样的患难之交相伴，不醉亦可陶然忘忧。

从食事诗中所表达的情感可以发现，苏轼心中的愤懑与郁结之情逐渐消减，就在不断与郁郁不平自我愤懑博弈的过程中，他逐渐疏解超然，最终达到了内心的平和之境，这其中寄情美食实谓功不可没。至于晚年贬谪儋耳，在元符二年（1099）所作《纵笔三首》（其三）中，诗人则写道：

北船不到米如珠，醉饱萧条半月无。明日东家当祭灶，只鸡斗酒定膰吾。②

虽然在海南由于物资匮乏而米珠薪桂，生活拮据食材匮乏半月不得醉饱，但作者自信与当地人民关系真挚、感情深厚，东邻祭灶的酒肉也定当相饷。面对儋州的生存环境和自身的切实窘迫处境，苏轼不仅毫不担忧，反而以率真直接的语言描写出土著居民的热情友善，毫不掩饰自己渴酒思肉的期待，老来更觉语言活泼自然，别有一番返璞归真之味，更从字里行间透出他的官民鱼水情谊，虽远在海角天涯，亦心怀百姓，若非如此，又何谈在此困窘之时能够得邻人酒肉相赠。

在其《食蚝》一文中，苏轼则记载了流放儋州后第一次吃到牡蛎之事。在"食饮不具，药石无有"③的生活环境中，苏轼依然能够食蚝自

---

①　（宋）苏轼著，张志烈、马德富、周裕锴主编：《苏轼全集校注》卷四〇《和陶岁暮作和张常侍》，河北人民出版社 2010 年版，第 4790 页。

②　（宋）苏轼著，张志烈、马德富、周裕锴主编：《苏轼全集校注》卷四二《纵笔三首》其三，河北人民出版社 2010 年版，第 5041 页。

③　（宋）苏辙：《东坡先生墓志铭》，（清）朱孝臧编年，龙榆生校笺：《东坡乐府笺》，上海古籍出版社 2016 年版，第 10 页。

乐，甚至向苏过去信时嘱其保密，唯恐朝上诸君争相求贬以分此美。诗
人以轻松幽默的语言衬托出牡蛎味道之鲜美，以至于害怕朝中士大夫们
在听说这一美食后争相求贬至儋耳以品此味，而这一夸张的愿望不仅是
对自己贬黜海角的解嘲，同时也暗含了希望朝中诸公不会再有人同自己
一样被贬谪到偏远的海南，经受同样的挫折与苦痛。

　　在自讽解嘲的同时，苏轼敏于体物，常能够通过食材的某种特点自
比，借食事意象带给人的感受体物言志调节抒情，或自怜自伤，或自娱
自适，将主体情感借食事寓托。例如在食用对象面对困窘绝境时，苏轼
常能以己之心度彼，从而常心怀悲悯。他在年轻时就不喜杀生，曾于治
平元年（1064）作《竹鼬》一诗，将海南的竹鼠纳入食事诗创作，其中
记载了有土著人进献肥硕竹鼠以供享用，而诗人因其受擒之时的仓皇失
措而心生怜悯遂不忍食。自乌台诗案后，由于感其身世，因此更加减少
杀孽，元丰三年贬黄时即有：

　　　　我哀篮中蛤，闭口护残汁。又哀网中鱼，开口吐微湿。①

　　东坡虽然素来喜食猪羊蟹蛤等物，但在看到鱼蛤在被人捕获后拼命
自保求存的场面时，诗人更加能够体会到生命在砧板上任人鱼肉的煎熬
与绝望，不由得心生哀怜，将其放生回江河中。至于绍圣二年，苏轼于
惠所作《四月十一日初食荔支》之语，则是借助荔枝的特点自我勉励：

　　　　不须更待妃子笑，风骨自是倾城姝。不知天公有意无，遣此尤
　　物生海隅。②

---

　　① （宋）苏轼著，张志烈、马德富、周裕锴主编：《苏轼全集校注》卷二三《岐亭五首》其
二，河北人民出版社2010年版，第2526页。
　　② （宋）苏轼著，张志烈、马德富、周裕锴主编：《苏轼全集校注》卷三九《四月十一日
初食荔支》，河北人民出版社2010年版，第4570页。

这不仅是诗人感叹荔枝的滋味风骨格外高洁，无须通过博得贵妃一笑而获取赏鉴赞扬，更是东坡借荔枝之"厚味高格"① 以抒发自己的意志胸怀，以此来坚定信念，消解内心的苦闷和不适。由于苏轼在现实生活中身处困蹇，故借助荔枝的高洁品质自我激励，自信于学问见识和人格品质，虽为君王所弃，左迁岭南，但其自身的价值品格是无法隐世蒙尘，无须作沧海遗珠之叹。

四　由食事诗观苏轼人生况味

在《苏东坡传》中，林语堂如此评价苏轼："从佛教的否定人生、儒家的正视人生、道家的简化人生，这位诗人在心灵中产生了他的混合的人生观。"② 深受宋代理学中儒、释、道三教合一思想的熏陶，苏轼融会各家之长，处世多有微妙体悟，在物质生活和精神情感上达到了圆融平和的独特境界。因此自贬官黄州、惠州、儋州以来，虽生活境遇窘迫艰苦，但诗人极少会流露出怨天尤人、走投无路的悲观厌世情绪，反而流连山水寄情美食，诗文言语间颇有洒脱自在之意。而儒生之志又勉励他自觉于贬官之地体察民生，但见疾苦，必身体力行，虽被削去实权，却依然尽自己所能提高百姓的生活质量，以实干之精神深入人心，美名流传千古。从苏轼贬谪时期食事诗创作内容所表达的思想感情，即可体现诗人在沉淀升华后萃结而成的人生学养。

（一）食事中的入世精神

苏轼晚年于《自题金山画像》一诗回顾平生功绩，以其贬官外任黄、惠、儋州时期所作实事最为自信。天纵奇才博学多闻，踌躇满志忠于国事，却不想一朝见弃于君。半生流离漂泊，贬黜荒城海隅后，却不一味

———————

① （宋）苏轼著，张志烈、马德富、周裕锴主编：《苏轼全集校注》卷三九《四月十一日初食荔支》自注，河北人民出版社 2010 年版，第 4570 页。

② 林语堂：《苏东坡传·原序》，湖南文艺出版社 2016 年版，第 4 页。

自怨自艾，仍然体恤民生、政绩卓越。

外任之地多偏远荒蛮，百姓生活水平落后，同时，在王安石新法实施过程中，不可避免地存在着与民争利的弊端，百姓深受赋役压榨，民生多艰。苏轼出身布衣，深知平民百姓生活艰辛之处。他秉持儒家仁政爱民思想，赴任之后必先"考其政、察其俗"①，结合当地的实际情况身体力行改善民生，甚至亲下庖厨创制美食，体现出其作为儒家知识分子积极入世的政治理想。

苏轼贬谪黄州后，生活条件窘迫艰苦，在经济和食材有限的情况下，他利用平凡易得的食物亲自下厨，创制出物美价廉而美味亲民的羹肴，并将这些烹调方法记录推广，成为当地的特色美食流传开来。例如前文所记《猪肉颂》一文，即是将自创的猪肉制作之法书于纸面。诗人将当地廉价的猪肉以朴素的方式慢火煨炖，烹饪出香醇鲜美的滋味，使其口感肥而不腻，百姓争相模仿，并以"东坡肉"为此菜肴命名。《二红饭》一文则是同样记述了苏轼在黄时期自制的一种饭食的过程：由于家中口粮短缺，粳米已经食尽，便将收获的大麦舂捣成饭，待中午时再将剩余的麦饭用水浆冲泡饮食充饥，后来又在大麦中加杂入小豆蒸饭，由于大麦和小豆的颜色都呈红色，故戏称为"二红饭"②。苏轼谪居黄州时，还作《东坡羹颂》（并序），其中记载了用白菜、蔓菁、芦菔、荠菜和米熬制而成的东坡羹。这一食物在苏轼晚年至儋耳后亦有提及，如绍圣四年《菜羹赋》中提到儋州贫苦，食物匮乏，故而"煮蔓菁、芦菔、苦荠而食"③。在食材有限的境况下，苏轼于元符三年（1100）亦以此为题作有《狄韶州煮蔓菁芦菔羹》一诗：

---

① （宋）苏轼著，孔凡礼点校：《苏轼文集》卷七《两汉之政治》，中华书局1986年版，第211页。

② （宋）苏轼著，孔凡礼点校：《苏轼文集》卷七三《二红饭》，中华书局1986年版，第2380页。

③ （宋）苏轼著，孔凡礼点校：《苏轼文集》卷一《菜羹赋》，中华书局1986年版，第17页。

> 我昔在田间，寒庖有珍烹。常支折脚鼎，自煮花蔓菁。中年失此味，想像如隔生。谁知南岳老，解作东坡羹。中有芦菔根，尚含晓露清。勿语贵公子，从渠醉膻腥。①

以此菜羹为佳肴珍烹，经年过后再吃此羹竟觉恍若隔世，甚至戏言不要告诉达官贵人世上有此清淡新鲜的美味，让他们尽管去吃鱼肉荤腥好了，颇有苦中作乐之趣。

除却亲自创制菜肴改善自己与当地居民饮食，苏轼在惠州的食事诗中亦由小见大，借助朴素平凡的食事意象体察民生疾苦。绍圣元年（1094），适逢大旱，千里赤地，民不聊生。苏轼五改谪命，于一路南迁贬赴惠州的过程中风餐露宿，面对旅社提供的粗劣粥饭，他作《过汤阴市得豌豆大麦粥示三儿子》一诗，以劝勉儿子努力加餐饭，无使有负于民：

> 朔野方赤地，河堧但黄尘。秋霖暗豆荚，夏旱瘴麦人。逆旅唱晨粥，行庖得时珍。青斑照匕箸，脆响鸣牙龈。②

弃置边远，前途未卜，东坡万里奔波风尘仆仆，贬官至此已然是身无长物、困窘不堪，但依旧思深忧远心怀社稷，期盼灾害尽快过去，能使百姓生活丰足安康。由一碗简陋的晨粥，苏轼想见生民之艰，诗歌字里行间虽然并没有描写百姓的饥馑与贫困，但所谓"时珍"只是豌豆大麦所熬的粥饭已能够反映出旱灾时期的万物凋敝之象。诗人以食事角度反映现实、观照民生，先天下之忧而忧，甘与黎民共苦，表现出其强烈的社会责任感和民生精神。次年，苏轼于惠州品尝荔枝，在赞叹荔枝味美的同时，又联想到汉唐时期皇家遣人马不远千里日夜兼程，为食新鲜

---

① （宋）苏轼著，张志烈、马德富、周裕锴校注：《苏轼全集校注》卷四四《狄韶州煮蔓菁芦菔羹》，河北人民出版社2010年版，第5228页。
② （宋）苏轼著，张志烈、马德富、周裕锴主编：《苏轼全集校注》卷三七《过汤阴市得豌豆大麦粥示三儿子》，河北人民出版社2010年版，第4324页。

荔枝而视无数生命如草芥，诗人遂作《荔支叹》讽谏议论，结合当时只为博身居上位者欢心而劳民伤财的贡品武夷岩茶、洛阳姚黄等。东坡从一枚荔枝照见千古流弊，愤然指斥佞臣媚上欺下，发出"我愿天公怜赤子，莫生尤物为疮痏"①的慨叹，警示统治者食色误国，希望君王能够以史为鉴，祈盼风调雨顺、百姓富足，为生民康乐夙夜忧叹而作壮怀激烈之语。

晚年流落儋耳后，苏轼也并未以弃置海角天涯为牢自缚困守，反而重新打起精神：

> 天其以我为箕子，要使此意留要荒。他年谁作舆地志，海南万里真吾乡。②

寒窗数年博学多闻，也曾作为端笏大臣立于朝堂，今次虽遭贬谪，但生平所学之道不会因为穷达而改操易节，更自比于箕子赴朝鲜教化土著，将海南看作未被开发但潜力无限的沃土，自信能够承担起开化民智、促进发展的责任，待后世作海南地方志时，定有自己的功德记载于上。在这种心态的指引下，苏轼不仅鼓励当地百姓读书学习、教化改易落后迷信风俗，还推广务农耕种。海南的物资匮乏，居民不解耕种稻谷，苏轼在绍圣四年（1097）所作《和陶劝农六首》诗引中亦对此情景进行了记述：

> 海南多荒田，俗以贸香为业。所产粳稌，不足于食，乃以薯芋杂米作粥糜以取饱。③

---

① （宋）苏轼著，张志烈、马德富、周裕锴主编：《苏轼全集校注》卷三九《荔支叹》，河北人民出版社 2010 年版，第 4585 页。

② （宋）苏轼著，张志烈、马德富、周裕锴主编：《苏轼全集校注》卷六一《吾谪海南，子由雷州，被命即行，了不相知，至梧乃闻其尚在藤也，旦夕当追及，作此诗示之》，河北人民出版社 2010 年版，第 4835 页。

③ （宋）苏轼著，张志烈、马德富、周裕锴主编：《苏轼全集校注》卷四一《和陶劝农六首》诗引，河北人民出版社 2010 年版，第 4866 页。

并赋以组诗感叹海南之地稷麦不生，经济凋敝，而贪官污吏的剥削压榨亦不绝于此。苏轼一面怜惜黎民不得温饱，民智未开，一面又感叹当地非无良田沃土，只是百姓不懂耕种之法，反令其抛荒。诗人遂身体力行教授当地百姓务农烹饪之法，同时借助古代上至圣贤君臣，下至先民百姓勤恳耕种的历史事实，来勉励人们务农戒除懒惰，在短短六首诗中，尽显其兼济天下的仁爱之心。

（二）食事中的哲理体悟

林语堂在论及国人之饮食习惯时道："出于爱好，我们吃螃蟹；由于必要，我们又常吃草根。"① 指的是不同生活境遇下的两种饮食水平，前者是经济宽裕时为提高生活品质而享受饮食活动所带来的乐趣，而后者则为经济窘迫时为果腹充饥而不得不食用粗劣食物以延续生命，在苏轼贬谪前后所作食事诗中，亦可见对这两种生活境况的描写之语。

苏东仕宦半生，身行南北，达时官至礼部尚书，穷时贬迁海南儋耳。既享受过饱食京都珍馐之味，作有如《老饕赋》中追求"食不厌精，脍不厌细"② 的极致味蕾享受和审美搭配，也忍耐过无米下锅的饥饿之苦，作有如《菜羹赋》中"殷诗肠之转雷，聊御饿而食陈"③ 一般戏谑调侃的无奈之词。然而面对贬谪前后食事水平的巨大落差，苏轼动心忍性、欣然接受，且乐于探索和享受乡村野食，近距离体会民生百态，品味带有民间烟火气息的食材本味，从炊金馔玉的珍馐百味到粗茶淡饭乃至吃糠咽菜中体悟出人生哲理，实现精神境界的升华。

苏轼黜置于黄州时，当地仍有鱼稻鸡豚等物美价廉的食材可以果腹，但由于俸禄微薄经济拮据，亦需要削减开支开垦东坡，在食事生活中也秉持厉行节俭，故而会偶有供给不足饥肠辘辘的情况。在三饥两饱清锅冷灶的日子里，苏轼不由对此经历生发出感悟，例如元丰六年（1083）《和黄鲁直食笋次韵》一诗中"饱食有残肉，饥食无余菜"① 即指出，饱餐过后，大鱼大肉的肥美佳肴也会被厌弃抛掷，而在饥饿时，即使是菜叶草根一类单调寡淡的食物，也会被嚼食一空。肉和菜都是日常餐饭所必需的食物，本来没有绝对的好坏美恶之分，但如果因为对于食肉的偏执而生喜怒挑剔之相，就好似被养猴人朝三暮四的把戏所愚弄的猴子一般。虽然诗中仅是对于食笋之类菜蔬与肉类的对比，但苏轼对于食材的品质种类的包容，已经可见一斑，不至于因饭食之荤素而顿生喜怒。正所谓"美恶在我，何与于物"②，当人处于饥饿的时候，即使进食菜羹麦豆等粗劣之物，也有如山珍海味一般满足，因此食物的好坏也不过是取决于主观意愿，只要调整好自己的心态，何愁不能从粗茶淡饭之中品味出乡村野趣。

谪居惠州后，苏轼的生活更加拮据贫困，俸禄甚至不足以解决温饱，在绍圣二年（1095）时所作《和陶贫士七首》（其五）中即自嘲曰：

> 岂知江海上，落英亦可餐。典衣作重阳，徂岁惨将寒。无衣粟我肤，无酒颒我颜。贫居真可叹，二事长相关。③

岭南贫寒，诗人不得不拆东补西、典当度日，因此，苏轼为解决食物短缺的问题也常常躬耕劳作，以养护家小。绍圣三年（1096）所作《撷菜》一诗即记录了诗人借地躬耕自给自足，其中"我与何曾同一饱，不知何苦食鸡豚"④ 一句，将己之食芦菔芥蓝而满足，与"食日万钱，犹

① （宋）苏轼著，张志烈、马德富、周裕锴主编：《苏轼全集校注》卷二二《和黄鲁直食笋次韵》，河北人民出版社 2010 年版，第 2454 页。

② （宋）苏轼著，孔凡礼点校：《苏轼文集》卷五六《答毕仲举二首》，中华书局 1986 年版，第 1671 页。

③ （宋）苏轼著，张志烈、马德富、周裕锴主编：《苏轼全集校注》卷三九《和陶贫士七首》其五，河北人民出版社 2010 年版，第 4605 页。

④ （宋）苏轼著，张志烈、马德富、周裕锴主编：《苏轼全集校注》卷四〇《撷菜》，河北人民出版社 2010 年版，第 4766 页。

曰无下箸处"①　的何曾对比，指出虽食材之价格天壤之别，但殊途同归皆为一饱，又何须为贪口腹之欲而追求豪奢无度呢？同样是为身体机能提供能量，处于困顿之中无从拣择故只能以菜羹豆粥为食，而即便腰缠万贯、富可敌国，也不必仅为一饱而奢靡浪费、一掷千金，正是将食之本质与勤俭朴素的生活作风点明，以引人深省。

躬耕西圃采菊东篱的过程中，苏轼亦有所体悟，并总结出了"人间无正味，美好出艰难"②　的哲理。无论是饮食之味，还是人生之味，都需要历经重重磨难和艰辛，才能够对比出收获时的欣悦：达时日日琼浆玉液亦感单调乏味，而身处穷途时躬耕自制的一捧豆粥亦会感觉甘甜可口。在品尝过金齑玉鲙、海螯江柱后，面对野菜豆粥，苏轼也不曾表露嫌恶之态，反而欣然接受、努力果腹。除了诗人自己曾在赶赴惠州的途中作《过汤阴市得豌豆大麦粥示三儿子》一诗劝勉儿子努力多食加餐，陆游在其《老学庵笔记》中亦载有《东坡食汤饼》一则，记录了苏轼于绍圣四年贬谪海南途中的餐饮逸事。苏轼南迁赴知儋州，与同时被贬往雷州的弟弟苏辙相遇，二人购得道旁摊贩所制面条为食果腹，面对苏辙难以下咽的粗劣餐饭，苏轼依然能够勉励自己借此饱食，甚至笑着调侃其弟既知味道不佳难道还要继续慢慢咀嚼品尝吗？正是所谓"饮酒但饮湿"③，既然能够满足生存的需要，又何必在艰难窘迫的境地挑剔食物的味道呢？

关于食物的正味，苏轼在绍圣四年时曾于海南作《闻子由瘦》一诗，其中亦有"人言天下无正味，蝍蛆未遽贤麋鹿"④　一句，其中化用了庄子《齐物论》之中的典故。百姓好以家畜之肉为食，麋鹿喜食美草与嫩叶，

①　（唐）房玄龄等：《晋书·何曾传》，中华书局1974年版，第998页。
②　（宋）苏轼著，张志烈、马德富、周裕锴主编：《苏轼全集校注》卷四二《和陶西田获早稻》，河北人民出版社2010年版，第5001页。
③　（宋）苏轼著，张志烈、马德富、周裕锴主编：《苏轼全集校注》卷二三《岐亭五首》其四，河北人民出版社2010年版，第2533页。
④　（宋）苏轼著，张志烈、马德富、周裕锴主编：《苏轼全集校注》卷四一《闻子由瘦》，河北人民出版社2010年版，第4874—4875页。

蜈蚣以虫蛇为美食佳肴，而猫头鹰则性嗜老鼠。不同的物种乃至不同的人，都有嗜好偏爱，因此所谓食物的正味也因人而异，有时甲之蜜糖亦会是乙之砒霜。蜜唧、薰鼠、蝙蝠、蛤蟆等都是苏轼在大陆未曾尝试之物，而如今身在儋耳，食材匮乏无可拣择，这些往日厌弃不敢入口的食物，在土人眼里却是难得的珍品。诗人仕途顺遂时未知苦处，经历官场倾轧，看尽世间冷暖，苏轼对世间万物的体会都更加深刻，在朴素的食事诗中，亦能生出万千哲思，入乡随俗后方能够从艰难困苦中提炼出食之本质，得此等设身处地的透彻体悟。

（三）食事中的旷达心境

苏轼自诩"老饕"①，而他的食事观并非只为追求典雅精致的极致享受，而是无论山珍海味或粗茶淡饭都能够欣然接纳。即便食材粗陋，亦能将荆棘化琼枝，从中品味出淡而有格的生活乐趣，这种对于饭食入乡随俗甘之如饴的态度也是其旷达自适、随遇而安心态境界的体现。其贬谪时期所作食事诗歌中多可见有关园菜野菜的记载，具体内容见表4②。

表4　　　苏轼贬谪黄州、惠州、儋州时期所作诗歌中的园菜野菜

种类	细目	品种	出处	写作地点	备注
蔬菜	园菜	元修菜	卷二二《元修菜》，第2427页	黄州	
		薯芋	"红薯与紫芽，远插墙四周。"（卷四〇《和陶酬刘柴桑》，第4787页）	惠州	海南稻米匮乏，多以薯芋为主粮
			"以薯芋杂米作粥糜以取饱"（卷四一《和陶劝农六首》诗引，第4866页）	儋州	
			"土人顿顿食薯芋，荐以薰鼠烧蝙蝠。"（卷四一《闻子由瘦》，第4874页）		
			"芋魁倘可饱，无肉亦奚伤。"（卷四一《和陶拟古九首》其四，第4888页）		

① （宋）苏轼著，孔凡礼点校：《苏轼文集》卷一《老饕赋》，中华书局1986年版，第16页。
② 表格中诗歌均出自（宋）苏轼著，张志烈、马德富、周裕锴主编《苏轼全集校注》，河北人民出版社2010年版。

续表

种类	细目	品种	出处	写作地点	备注
蔬菜	园菜		卷四二《过子忽出新意，以山芋作玉糁羹，色香味皆奇绝。天上酥陀则不可知，人间决无此味也》，第5006页		
		蕨菜	"我饱一饭足，薇蕨补食前。"（卷三九《和陶归园田居六首》其一，第4510页）	惠州	由于经济窘迫，为解决生计，苏轼躬耕菜圃种植蔬菜供养家庭
		芥蓝	"芥蓝如菌蕈，脆美牙颊响。"（卷三九《雨后行菜圃》，第4696页）		
		芦菔白菜韭菜	"秋来霜露满东园，芦菔生儿芥有孙。"（卷四○《撷菜》，第4766页）		
			"白菘类羔豚，冒土出蹯掌。"（卷三九《雨后行菜圃》，第4696页）		"白菘"即为"白菜"
			"早韭欲争春，晚菘先破寒。"（卷四二《和陶西田获早稻》，第5001页）	儋州	
	野菜		"空庖煮寒菜，破灶烧湿苇。"（卷二一《寒食雨二首》其二，第2343页）	黄州	
		紫芝青精	"黄公献紫芝，赤松馈青精。"（卷三九《次韵程正辅游碧落洞》，第4580页）	惠州	
		藤菜	"丰湖有藤菜，似可敌莼羹。"（卷四○《新年五首》其三，第4709页）		

　　虽经受乌台诗案和屡次贬谪的打击，苏轼所作的大量食事诗中却极少表现出怨天尤人和悲观绝望，反而随着时间的推移逐渐流露出洒脱、坦然之意。面对无力改变的现实生活境况，诗人没有一味地自怨自艾，而是转向对主体的修养琢磨，表现出安贫乐道、随缘自适的人生态度，振作精神，直面挫折坎坷，真正实现了与时局和自我的和解。在其食事诗中，作者虽身陷困蹇生活拮据，却依旧欣然自乐，将田间土物视为难得的美味佳肴大快朵颐，同时又通过文人的诗情画意加以描绘，竟能令人闻之食指大动。

　　元丰三年（1080）正月，苏轼初于牢狱之灾中险象环生，被贬赴黄州安置，正当是风声鹤唳、身心疲惫之时。东坡在途作有一首《过淮》，将羁旅之中的所见所感记于笔端。朝辞新息县，轻舟一叶横渡淮水扰乱满江碧波，暮至淮南露宿野村，距离京师已过千山万水。流落至此荒郊，夜闻獐子与飞鼠在前代老旧的戍楼中啸叫，傍晚雾雨迷蒙，将破败的驿站笼罩得更加昏暗。诗人如风中飞蓬，身后回望不见来路，向前亦不知黄州偏远地处何方，顿感天地如逆旅，人生如寄，身处何地生平何事都无法拣择。在萧索凄清万般磋磨之下，苏轼依旧发出了"但有鱼与稻，生理已自毕"① 的感慨，仿佛只要有口福可享便已能够拂去一半风尘沧桑。虽前途未卜，但依然不忘提及口腹之欲，其间流露出的老饕本性和乐观天性，读来不由令人忍俊不禁。

元丰六年时，同乡友人巢元修自蜀中来黄，大寒时节，苏轼家徒四壁灶下无火，友人亦同样贫困，京师故人声色犬马醉卧温柔乡，自己二人被贬至此只能在冷风中如寒蝉一般瑟缩呻吟，而苏轼身在破锅冷灶空床败絮之境，却道：

努力莫怨天，我尔皆天民。行看花柳动，共享无边春。②

以花柳将动来自我安慰，寒气难久春煦将至，对未来依旧充满积极的向往之情。生活拮据，食材匮乏，巢元修自蜀中带来家乡苦菜为东坡下厨，苏轼亦在《元修菜》中记述此事，同时赞誉菜肴美味比之于鸡肉、猪肉有过之而无不及：

点酒下盐豉，缕橙芼姜葱。那知鸡与豚，但恐放箸空。③

----

① （宋）苏轼著，张志烈、马德富、周裕锴主编：《苏轼全集校注》卷二〇《过淮》，河北人民出版社 2010 年版，第 2126 页。

② （宋）苏轼著，张志烈、马德富、周裕锴主编：《苏轼全集校注》卷二二《大寒，步至东坡，赠巢三》，河北人民出版社 2010 年版，第 2424 页。

③ （宋）苏轼著，张志烈、马德富、周裕锴主编：《苏轼全集校注》卷二二《元修菜》，河北人民出版社 2010 年版，第 2427 页。

除了苕菜本身味道鲜美之外，简易的调料豆豉不足以抵过鸡豚之味，但苏轼依然通过乐观的心态和夸张的手法塑造出元修菜色美味鲜的形象，薄酒小菜以供盘飧，自在荒城宛若归乡，大有随遇而安之态。

及至贬谪惠州，岭南瘴疠横生，食物更加匮乏，而苏轼亦能够安享其中乡村野趣，在食事诗中将当地盛产的水果描写得清新可爱，其中更对荔枝情有独钟，甚至快然扬言要"日啖荔支三百颗，不辞长作岭南人"①，甘愿为长享此味而在岭南盘桓久住。在谪居惠州期间，苏轼更创作了许多咏及食事的和陶诗，其中不乏表现出自己对陶渊明的高洁意趣，以及其归隐山野躬耕田亩生活的向往，如绍圣二年所作《和陶归园田居六首》（其一）中有：

> 我饱一饭足，薇蕨补食前。门生馈薪米，救我厨无烟。斗酒与只鸡，酣歌饯华颠。禽鱼岂知道，我适物自闲。②

诗人俸禄微薄，家中常缺米少粮，难免依靠亲友接济帮助，在这种贫寒困窘的境地，苏轼依然能够凭借一顿饭的饱食、两碟野菜排列桌前而快慰满足，若有一斗酒、一只鸡，头发花白亦能够酣畅而歌。而组诗中"愿同荔支社，长作鸡黍局"③之词，更体现出诗人不以黜置岭南的生活为艰苦折磨，反而自在其中，愿意常住岭南并与当地百姓同乐，尽情享用其间新鲜特产，此中愉悦之情真挚可感，寄情美食的闲情快意往往令人忘记其所正在经历的贬谪之苦。

而在绍圣三年所作一首《和陶乞食》中，则将自己的境遇同庄周、

---

① （宋）苏轼著，张志烈、马德富、周裕锴主编：《苏轼全集校注》卷四〇《食荔支二首》其二，河北人民出版社2010年版，第4744页。

② （宋）苏轼著，张志烈、马德富、周裕锴主编：《苏轼全集校注》卷三九《和陶归园田居六首》其一，河北人民出版社2010年版，第4510页。

③ （宋）苏轼著，张志烈、马德富、周裕锴主编：《苏轼全集校注》卷三九《和陶归园田居六首》其五，河北人民出版社2010年版，第4518页。

颜真卿、陶渊明穷困潦倒时乞食而活相比较:

> 庄周昔贷粟,犹欲春脱之。鲁公亦乞米,炊煮尚不辞。渊明端
> 乞食,亦不避嗟来。呜呼天下士,死生寄一杯。斗水何所直,远汲
> 苦姜诗。①

　　彼名士性情高洁名传千古,尚且不避嗟来之食,杯水斗米能值几何?天下士人又何苦为了虚无的脸面尊严而迂腐固执,辜负来日。而相较于他们的潦倒乞食,自己"幸有余薪米,养此老不才"②,既然粮食薪柴犹有剩余,能够自给自足,还有什么好怨恨忧伤的呢? 在比下有余的乐观精神支撑下,苏轼即便"无衣粟我肤,无酒嚬我颜"③,也能够安于贫困,并从艰难困苦之中自得其乐地开出希望之花。同年所作《和陶酬刘柴桑》中,即便食粮不足,诗人亦可以凭借种植的山药、紫薯等粗粮果腹,实现"一饱忘故山,不思马少游"④。这已经不仅限于借助谪居之地特产美味,乃至山村野店粗茶淡饭的自然口感慰藉自己贬迁漂泊之苦,更是从枯槁荆棘中咀嚼出甘霖琼枝之味,真正达到了圆融自适、随遇而安的人生境界,其穷当益坚的顽强意志和旷达乐观的积极心态不得不令人叹服。

　　待到苏轼左迁远赴海南后,生活越发艰辛困顿,在万难之际更需要亲自耕种以削减开支,其《撷菜》一诗的引文中即描述了诗人借地种菜,夜半醉饮时与三子苏过采摘田间自家种植的萝卜、芥蓝,烹煮以下酒。

---

① (宋)苏轼著,张志烈、马德富、周裕锴主编:《苏轼全集校注》卷四〇《和陶乞食》,河北人民出版社 2010 年版,第 4775 页。
② (宋)苏轼著,张志烈、马德富、周裕锴主编:《苏轼全集校注》卷四〇《和陶乞食》,河北人民出版社 2010 年版,第 4775 页。
③ (宋)苏轼著,张志烈、马德富、周裕锴主编:《苏轼全集校注》卷三九《和陶贫士七首》其五,河北人民出版社 2010 年版,第 4605 页。
④ (宋)苏轼著,张志烈、马德富、周裕锴主编:《苏轼全集校注》卷四〇《和陶酬刘柴桑》,河北人民出版社 2010 年版,第 4787 页。

苏轼享受着田园躬耕辛勤收获的喜悦，称赞这些普通蔬菜"味含土膏，气饱风露，虽粱肉不能及也"①，有这等鲜嫩清新的时蔬得以饱腹，鸡豚之类的肉食就更加不需要强求了。苏轼这种以朴素寻常之食物与珍馐美味对比，并且以粗茶淡饭为尊的写作方式在其他诗中亦有表现，譬如绍圣四年所作《和陶拟古九首》（其四）：

> 少年好远游，荡志隘八荒。九夷为藩篱，四海环我堂。卢生与
> 若士，何足期渺茫。稍喜海南州，自古无战场。奇峰望黎母，何异
> 嵩与邛。飞泉泻万仞，舞鹤双低昂。分沄未入海，膏泽弥此方。芋魁
> 倘可饱，无肉亦奚伤。②

东坡于诗中先以极其广阔的胸怀和大开大合的笔法，将四海八荒凝聚笔端，体现了诗人安于儋耳的平常心。随后又言"芋魁倘可饱，无肉亦奚伤"③，在他的眼中，若只为求生理一饱，食用芋头或猪肉并无分别。海南黎民不通耕种，多以薯芋为粮，苏轼在教导鼓励百姓种植稻麦之余，亦入乡随俗，在米粮不足之时以山药芋头等物饱腹抗饥，面对不同品质食物所具备的同等接纳心态，正是其旷达乐观精神的具体体现。

这种写作方式更是为人所广泛称道的例子，还有前文中的"东坡玉糁羹"④。诗中记述了苏过以当地主要的粮食山芋和米煮粥，得一道玉糁羹，苏轼极尽夸赞，以为此羹色香味之卓越出众绝非人间可得。东坡虽

---

① （宋）苏轼著，张志烈、马德富、周裕锴主编：《苏轼全集校注》卷四〇《撷菜》诗引，河北人民出版社2010年版，第4765页。

② （宋）苏轼著，张志烈、马德富、周裕锴主编：《苏轼全集校注》卷四一《和陶拟古九首》其四，河北人民出版社2010年版，第4888页。

③ （宋）苏轼著，张志烈、马德富、周裕锴主编：《苏轼全集校注》卷四一《和陶拟古九首》其四，河北人民出版社2010年版，第4888页。

④ （宋）苏轼著，张志烈、马德富、周裕锴主编：《苏轼全集校注》卷四二《过子忽出新意，以山芋作玉糁羹，色香味皆奇绝。天上酥陀则不可知，人间决无此味也》，河北人民出版社2010年版，第5006页。

在诗中以龙涎、牛乳衬托，指明海南山芋所作的玉糁羹远胜于南海鲈鱼制成的金齑鲙，但毕竟是清苦之味，可见苏轼之意并不在此，而在于对今昔生活差异的坦然接受，表现出其心境的转变，而这正是苏轼的乐观之处。即便身处在人生低谷之时依然努力追求超脱自适的达观心态，不甘沉溺痛苦，于困境之中顽强挣扎向上，成为万世敬仰标榜的对象，令后人心向往之。

结　语

自古以来，中国的文人墨客天生就怀有悲天悯人的仁爱情怀，以及满腔的保国安民政治热情，即便为上见弃流落荒城，亦忠君体民不改其志，然而很少有人能够在屡遭打击困顿灾厄的情况下，依然如苏轼一般乐知天命、洒脱自适。

宦海浮沉，自乌台诗案的险象环生到频繁迁谪的颠沛磋磨，苏轼看尽官场尔虞我诈、社会腐败黑暗，却依然能够保持本心不改其志，在黜置外任期间常寄情美食以疏解郁结之情。其他仕途不顺的文人所作食事诗，或以空泛之大概草草叙述，或借之以抒情服务主旨。苏轼的食事诗则多能够回归对食物本身的描写和审美，其中所涉及的食事元素不仅是对北宋食文化的展现，同时也是诗人仕途跌宕坎坷、生活际遇变动的反映。诗人将自身的生活状态和内心情感投射于食事之中，以高雅别致的眼光描绘简单质朴的乡村野趣，在贬谪时期依然表达出旷达超然之志。既迎合了普通人的审美品位，又将自己的志向抱负、人格品德等主体精神寓托其中，提高了食事诗的思想价值，呈现出一种超脱潇洒的人生境界，体现其爱惜民力、体恤民生的入世精神和积极乐观、随遇而安的人生态度。

苏轼食事诗中看似逍遥快活的语调，实则也隐含着失意的怅惘和以食为乐的无奈。诗人在感受人生百味的过程中向内审视、修德养性，视淡饭粗茶为珍馐美酒，化荆棘坎坷为琼枝坦途，最终达到自我安慰与和解，实现人格境界的升华。这种精神境界为后人所称道，成为他们化解胸中块垒的慰藉寄托，苏轼的人格魅力也源源不断地引来同时代乃至后代文人对其食事诗的酬唱相和。

近年来中国传统食文化复兴，对于苏轼食事诗的研究亦蓬勃发展蔚为壮观。由国家乃至个人对于食文化都更加重视的时代潮流，既是对传统文化的重视与传承，也体现了民生安乐的社会状况和以人为本的民族精神，苏轼食事诗中所寄寓的乐天与安民亦是对现代人的精神指引。在高发展快节奏的现代生活中，无论顺境逆境，我辈也都应当尽量保持本心，以生平所学树立起正确的自信自知，以知识经验为凭借、依靠，自立自强、乐观向上，心若向阳，方能够无惧挫折风浪。

（宋京航，青岛大学文学与新闻传播学院研究生；解婷婷，青岛大学文学与新闻传播学院讲师）

论《荆钗记》的明刊完本及茂林叶氏
刻本的过渡性

杜淑华

　　摘　要：南戏产自宋元时期民间书会才人之手，为早期艺人演出之脚本，没有形成固定的文本形态，所以在传抄或翻刻时多有改动，同一剧目在流传过程中产生了许多不同的版本。位居宋元四大南戏之首的《荆钗记》也是如此。现今流存的六个明刊《荆钗记》保存完整且较少纰漏，是古代流传下来的善本。为了研究需要，根据其产生时代、曲文和情节差异等，应将其分为近元本、过渡本和明改本三个版本系统。近元本顾名思义就是接近宋元旧本的本子，而明改本则较之前者改动较大，是明代改编痕迹明显的本子，而过渡本主要指明代茂林叶氏刻本，上承近元本系统，下启明改本系统，体现了两个版本系统过渡中的一些特色。明茂林叶氏刻本的过渡性体现在它的题名、出目、曲文和情节安排等各方面，既有近元本的特点，又含有向明改古本演变的趋势。茂林叶氏刻本的特殊性意味着它在版本流变研究中有重要意义。

　　关键词：《荆钗记》；茂林叶氏刻本；版本比较；戏剧流变

　　与其他传统文学相比，戏剧是一种时间和空间交互作用的艺术，故在演剧和传播的过程中，会不断地演绎出诸种不同的版本。《荆钗记》是我国南戏经典剧目，不仅在古代常演不断，而且在流传搬演的过程中融入了全国各地地方剧种，活跃在近现代的舞台上。故源远流长的历史使《荆钗记》形成了较为庞杂的版本系统，既有古代传本，也有后世改本。南戏《荆钗记》始于宋元时期，但并没有宋元刊刻的完本保存流传下来，只有明人的著述资料①证明宋元刊刻的《荆钗记》虽佚但的确存在。据现存资料可考，《荆钗记》主要以完本和选本两种形式留存，每种形式在不同时期不同地区各自又有不同版本的呈现。既包括明清时期流传下来的《荆钗记》完本，散曲、支曲的选本，也有不同地区所流行的地方戏收集的《荆钗记》选段。而现存最早的《荆钗记》完本就是明代刊刻的几个本子，也是如今古刊《荆钗记》研究的重要参考文献。

　　戏剧完本是从古代留存下来保存完好、内容完本的版本，是对戏剧进行整体、系统研究的重要依据。俞为民先生和洪振宁先生于2012年整理出版了《南戏大典：剧本编·荆钗记一》②，其中收录了《新刻原本王状元荆钗记》《李卓吾先生批评古本荆钗记》《新刊重订出相附释标注节义荆钗记》《新刻王状元荆钗记》《绣刻荆钗记定本》《屠赤水先生批评古本荆钗记》六个《荆钗记》明刊完本，这既为本文《荆钗记》的明刊版本研究提供了诸多便利和帮助，也是本文研究的重要依据。若对明刊《荆钗记》的六个版本进行校勘，我们会发现尽管每个版本都有相似的故事框架，但是不同版本之间亦是存在许多异同点。通过对比《荆钗记》六个明刊本中的异同，我们可以将其分为三个版本系统，分别是近元本系统、过渡性的明茂林叶氏刻本和典型的明改本系统，三个版本系统保留了明代不同时期仍然在传演的《荆钗记》的面貌，展现了《荆钗记》在明代的动态变化。本文将介绍明刊《荆钗记》的六个版本的基本信息

---

① 明人徐渭《南词叙录》"宋元旧篇"对《荆钗记》元刊版本"《王十朋荆钗记》"有著录；《寒山堂曲谱》卷首序语云《荆钗记》为"元传奇《王十朋荆钗记》"；明人徐于室和清人钮少雅所著，主要依据宋元南戏旧本的曲谱书籍《南曲九宫正始》收录有《荆钗记》的部分古曲。

② 俞为民、洪振宁主编：《南戏大典：剧本编·荆钗记一》，黄山书社2012年版。

和特点，并对六个版本进行系统划分，然后在此基础上明确茂林叶氏刻本为明刊《荆钗记》过渡性的意义，以助力于当代明刊《荆钗记》的版本流变研究。

一　明刊《荆钗记》：版本概况和版本系统划分

长久以来，《荆钗记》的版本研究一直是《荆钗记》研究乃至南戏研究重中之重而又悬而未定的研究课题。此项研究的相关难点主要在于《荆钗记》的版本系统十分庞杂繁复，且散落世界各地，历届学者们也只能依据自己所掌握到的《荆钗记》存本，尽可能地对《荆钗记》的版本进行梳理和系统划分研究。只不过版本的研究仍然存在一些问题，如残缺不全的明代富春堂刊刻本《荆钗记》是否该划入《荆钗记》完本系统，与明刊本相似率极高的清刊暖红室刻本《荆钗记》是否还有参考价值，以及晚出的世德堂本是否应该纳入《荆钗记》版本研究，等等，故《荆钗记》版本研究尚待进一步展开。依笔者之见，经过严格校勘、无讹文脱字的善本刻本应该是版本研究的重中之重，而残缺本和翻刻明代的清刊本适合作为完本研究的补充材料，所以应该将包括世德堂本在内的明刊《荆钗记》的六个完本作为《荆钗记》版本研究的重点所在。在掌握明刊《荆钗记》六个完本的基础上，将其在内容和形式上的种种异同和改动作为《荆钗记》完本版本研究的突破点和开拓点，于《荆钗记》版本研究有重要进步意义。明刊《荆钗记》的六个版本的基本情况如表1所示。

表1　　　　　明刊《荆钗记》六个版本的刊刻和简称概况

版本题名	新刻原本王状元荆钗记	李卓吾先生批评古本荆钗记	新刊重订出相附释标注节义荆钗记	新刻王状元荆钗记	绣刻荆钗记定本	屠赤水先生批评古本荆钗记
刊刻信息	明嘉靖姑苏叶氏刻本	明万历刻本	明万历金陵书林世德堂刻本	明茂林叶氏刻本	明毛氏汲古阁刻本	明万历刻本
简称	影钞本	李卓吾评本	世德堂本	茂林叶氏刻本	汲古阁本	屠赤水评本

第一个本子题作《新刻原本王状元荆钗记》，约在明嘉靖年间，由姑苏叶氏刊刻，分上下两卷，共四十八出，有出无目，为《古本戏曲丛刊初集》所收录。此本因扉页标注有"温泉子编集梦仙子校正"，又被傅惜华先生称为"梦仙子校本"①；因是士礼居旧藏的影钞本，所以钱南扬先生称为"影钞本新刻元本王状元荆钗记"②，简称"影钞本"；徐宏图先生称为"姑苏叶氏刻本"③，《南戏大典》据刊刻年代和书坊命名，称为"明嘉靖姑苏叶氏刻本"④。此本被看作现存刊刻年代最早、保存最完好的《荆钗记》完本，因较接近宋元旧本，所以和其他一些较早的本子被称为"近元本"。

第二个本子题作《李卓吾先生批评古本荆钗记》，约明万历年间刊刻，刊刻书坊不明，分上下两卷，共四十八出，有二字出目，学界一般将其简称为"李卓吾评本"。此本保存有较多的李卓吾的评点文字，眉批、夹批、尾批等比比皆是。或是评点人物，或是批评改写戏剧情节，或是评点曲文，如第十出钱玉莲姑母抱怨玉莲不听从自己做媒嫁给富豪孙汝权时顿时暴跳如雷、言语粗俗，李卓吾夹批"传神！传神！"⑤。

第三个本子题作《新刊重订出相附释标注节义荆钗记》，约明万历年间由金陵书林世德堂刊刻，分四卷，共四十六出，有四字出目，简称"世德本"。此本国内已无迹可寻，从日本京都大学"汉籍善本丛书"第十四卷抄录回国。⑥此本与其他本子均不同的一点是内附注释，主要有音注、义注、用典注几种形式的注，其中以音注出现频次最高，采取以同音字直注的方法注明读音。世德堂本标有注释应是为了迎合下层文化水

---

① 傅惜华：《〈荆钗记〉南戏的作者和版本问题》，《傅惜华戏曲论丛》，文化艺术出版社2007年版，第238页。

② 钱南扬：《戏文概论·剧本第三》，上海古籍出版社1981年版，第85页。

③ 徐宏图：《南宋戏曲史》，上海古籍出版社2008年版，第235页。

④ 俞为民、洪振宁主编：《南戏大典：剧本编·荆钗记一·序》，黄山书社2012年版，第2页。

⑤ （元）柯丹邱著，（明）李贽校注：《李卓吾先生批评古本荆钗记》，俞为民、洪振宁主编《南戏大典：剧本编·荆钗记一》，黄山书社2012年版，第180页。

⑥ 徐宏图：《南宋戏曲史》，上海古籍出版社2008年版，第235页。

平不高的民众的阅读需求，侧面反映了《荆钗记》在明万历年间流向民间案头读物的趋势。

第四个本子题作《新刻王状元荆钗记》，剧名下题署"茂林叶氏重校梓"，由明代茂林叶氏刊刻，分上下两卷，共五十出，有出无目。茂林叶氏刻本在国内已经遗失，与"世德堂本"一样自日本影印回传，"现收藏于日本内阁文库"。① 此本与世德堂本由于传入我国较晚，所以于早期学者论著中所不见。此本近宋元旧本，因而被一些学者归入近元本系统，但其实呈现出一定的流变因素，是研究明刊《荆钗记》版本流变的重要版本。

第五个本子题作《绣刻荆钗记定本》，又名《定本荆钗记》，由明毛氏汲古阁刊刻，共一卷，分四十八出，有二字出目，为《六十种曲》所收录。傅惜华先生称为"汲古阁刻本"，金宁芬先生称为"明末汲古阁刻印《六十种曲》本"，钱南扬先生称为"荆钗记定本"，等等。此本因发现较早、保存较好，是现在比较通行的《荆钗记》读本的底本。

第六个本子题作《屠赤水先生批评古本荆钗记》，明万历年间刻本，分上下两卷，分四十八出，有二字出目，已影印收入《古本戏曲丛刊初集》，内有绣像插图。傅惜华先生称为"屠赤水本"，金宁芬先生和吴秀卿先生均称为"古本荆钗记二卷"，钱南扬先生称为"屠赤水先生批评古本荆钗记"，而郭英德先生认为此本为继志斋刊刻，故称为"继志斋屠赤水评《古本荆钗记》"，徐宏图先生称为"屠隆评本"。② 《屠赤水先生批评古本荆钗记》虽然题名为《荆钗记》评本，但实际上与《李卓吾先生批评古本荆钗记》并不同，现存本子中并没有眉批、夹批、尾批等内容。此本最早可能有屠赤水的评点文字，但在流传的途中散佚或被删减掉了；或者只是因屠赤水先生擅长评点戏文，此本故作玄虚写下"屠赤水先生评本"，实际上却并无屠批，只是假借屠之名。

明刊《荆钗记》的六个完本在刊刻作坊、内容和风格、收录情况等

---

① 俞为民：《明代茂林叶氏刻本〈荆钗记〉考论》，《中华戏曲》2010 年第 2 期。
② 徐宏图：《南宋戏曲史》，上海古籍出版社 2008 年版，第 235 页。

方面各有特色，由此在不同学者著作里，命名标准的不同，出现了同一版本不同名的现象。本文为了表述和阅读方便的需要，将统一使用上文表1中《荆钗记》各个版本的简称。明刊《荆钗记》六个不同版本之间存在异同，为方便考察研究，学界曾根据六个版本刊刻时代、书坊地点、校点人员等的不同，将几个版本划分为两个或多个版本系统。

傅惜华先生把《荆钗记》不同版本比勘后，将明刊《荆钗记》归纳为两类：一是明万历间金陵富春堂刻本（残本），更为接近宋元旧本；二是明代万历间的几个刻本，包括屠赤水先生批评本，和万历间继志斋刻本、明末汲古阁刻本等，比之近宋元旧本改动更为突出、明显。① 而钱南扬先生认为应是影钞本为一版本系统，而李卓吾批评本、富春堂本、继志斋本、屠赤水评本和汲古阁本是另一个系统。② 徐宏图先生认为影钞本和世德堂本时代较早，接近于原貌，属于一个系统，而李卓吾评本、屠赤水评本、汲古阁本和继志斋本（《南戏大典》并未收录）属于另一系统。③ 俞为民先生《南戏大典》认为若按时代先后、曲文、故事情节来看，姑苏叶氏本和茂林叶氏本为一系统，世德堂本、李卓吾评本、汲古阁本和屠赤水评本为另一系统。④ 赵山林先生根据本子接近宋元旧本程度大小，将明刊《荆钗记》分为两个系统：一是近宋元旧本系统，包括《新刻原本王状元荆钗记》《新刊重订出相附释标注节义荆钗记》《新刻王状元荆钗记》；二是明代古改本系统，即《李卓吾先生批评古本荆钗记》《绣刻荆钗记定本》《屠赤水先生批评古本荆钗记》。⑤

对于《荆钗记》版本系统的划分，无数学者们倾注了大量的心血，并且随着《荆钗记》新版本的出现，使得学者们对《荆钗记》版本的认

---

① 傅惜华：《〈荆钗记〉南戏的作者和版本问题》，《傅惜华戏曲论丛》，文化艺术出版社2007年版，第238页。

② 钱南扬：《戏文概论·剧本第三》，上海古籍出版社1981年版，第85页。

③ 徐宏图：《南宋戏曲史》，上海古籍出版社2008年版，第235页。

④ 俞为民、洪振宁主编：《南戏大典：剧本编·荆钗记一·序》，黄山书社2012年版，第2页。

⑤ 赵山林：《论〈李卓吾先生批评古本荆钗记〉》，《厦大中文学报》2018年第5期。

识更加科学、系统。结合学者们对版本系统的划分，可知学者们主要根据《荆钗记》接近宋元旧本程度高低将《荆钗记》划分为近元本和典型的明改本两个版本系统。而学者掌握《荆钗记》版本的多少、比对标准的具体差异会影响版本系统的划分（如有的学者对于残缺本还有清刊本的态度问题，早期学者对于还未回传国内的世德堂本和茂林叶氏刻本两个本子的忽略情况）因而出现不同学者虽然划分依据相似但对《荆钗记》版本系统划分的结果并不相同的现象。

　　明刊《荆钗记》六部保存完好、内容完备的完本是《荆钗记》版本研究的前提和出发点。对于版本系统的划分，笔者基本认同赵山林先生的观点，应该在综合考察不同版本的刊刻时间、曲文和剧情等的基础上划分系统，即影钞本、世德堂本是较接近宋元旧本的版本系统，属于近元本系统，而李卓吾评本、汲古阁本和屠赤水评本与近元本相比是改动较大的一个系统，应同属于明改本系统，但笔者与赵山林先生观点不同的地方在于茂林叶氏刻本的系统归属问题。笔者认为值得注意的是，明茂林叶氏刻本虽然常常被学者归为与影钞本一个系统，然其与影钞本比较，他们两者在曲文、情节上相异诸多，与其他明改本系统相比，他们亦是存在许多异同，这表示茂林叶氏刻本是异于两个系统外的版本，且据茂林叶氏刻本与两个版本系统同时存在异同的状况推测茂林叶氏刻本应该是介于两个系统之间的版本，属于过渡性的版本系统。因此本文将明刊《荆钗记》版本分为三个系统：一是近元本系统，即接近宋元旧本的版本系统，内有影钞本《荆钗记》；二是预示着由近元本系统向明改本系统过渡的版本系统，即茂林叶氏刻本；三是典型的明改本系统，即李卓吾评本、汲古阁本和屠赤水评本，具体内容见表2。

表2　　　　　　　　　　　明刊《荆钗记》的版本系统划分

《荆钗记》版本系统	近元本系统	过渡系统	典型明改本系统
明刊《荆钗记》版本	影钞本、世德堂本	茂林叶氏刻本	李卓吾评本、汲古阁本和屠赤水评本

二 从近元本到典型明改本的过渡：茂林叶氏刻本

茂林叶氏刻本是从近元本到其他明改本的过渡，这里近元本以影钞本为例，典型的明改本以汲古阁本为例。茂林叶氏刻本在题名上，更加接近近元本的命名风格，但也略显露出新变的趋势；在出目特征上，不仅比影钞本多目录，而且与典型明改本分出而有出目不同，分出而无出目；在情节安排方面，具体情节调整、细节增减等多方面对影钞本多有改编，部分被以汲古阁本为代表的其他典型明改本借鉴。

从题名角度看，茂林叶氏刻本题名"新刻王状元荆钗记"，采用与近元本系统相似的命名方式又不尽相同，意味着《荆钗记》题名向更加活泼、自由的方向发展。茂林叶氏刻本和近古本题名采用"新刻""新刊"作为题名的最首几字，如影钞本（"新刻原本王状元荆钗记"）、世德堂本（"新刊重订出相附释标注节义荆钗记"），均是以"新刊""新刻"强调了版本之新。特别是茂林叶氏刻本题名"新刻王状元荆钗记"与影钞本题名"新刻原本王状元荆钗记"相似度极高，但比之影钞本，少"原本"二字。"原本"很好理解，指书目最初的版本，李修吾先生、康保成先生等学者都称起于民间最早的南戏版本为"南戏原本"。[①] 那么影钞本的命名显然还在追求《荆钗记》"正宗"，强调版本的一脉相承，而茂林叶氏刻本的题名不再有"原本"二字，显然预示着它已经不追求像"原本"了，甚至猜测已经对宋元旧本进行了改编。与世德堂本着重突出注释的题名"新刊重订出相附释标注节义荆钗记"相比，茂林叶氏刻本题名也是过分简洁。可见茂林叶氏刻本的书名虽与近元本有渊源，但已经隐隐有新变的迹象。反观其他明改古本的命名，以汲古阁本为代表的其他明改本系统题名的命名体式则与影钞本、茂林叶氏刻本更加不同。典型明

---

① 李修生、康保成、黄仕忠等：《中国古代戏剧研究论辩》，百花洲文艺出版社 2007 年版，第 115 页。

改古本分别命名为"绣刻荆钗记定本""李卓吾先生批评古本荆钗记""屠赤水先生批评古本荆钗记",并没有突出刊刻时间新旧,而是强调他者。首先是《绣刻荆钗记定本》,出自汲古阁收录的《绣刻演剧十本》①,现存文献资料虽已查不到其他戏文命名有"绣刻"二字,但据同时代流通有"绣像刻本"戏剧和小说猜测"绣刻本"一方面极可能是刻有绣像的版本,然现存的《绣刻荆钗记定本》并没有插图,只能推测"插图"也许被编者删除,或在流传中遗失。另一方面,因有学者指出"绣"意为精工郑重、精雕细琢②,那么"绣刻本"也可能是指拥有精湛、细致的特殊刊刻手艺的版本。《李卓吾先生批评古本荆钗记》《屠赤水先生批评古本荆钗记》的题名则十分直白,注明为某某人评本,即为文人注本。元明时期起,为了迎合当时的"阅读把玩之需""品评之需"③,戏剧点评之风兴起,李卓吾先生、屠赤水先生均为明代知名文学作品评论家,李卓吾评本和屠赤水评本《荆钗记》想必都是此时应运而生的。虽然不知是何原因使屠赤水评本已然没有屠赤水先生的评点,但书目中加入他们的名字毫无疑问意在为剧本鼓吹一番,以提高读者阅读兴趣,得到读者的青睐。可见明改古本的《荆钗记》不再强调刊刻的时间,命名方式向多样化趋近,既有直接将书本刊刻的特色题入书目的,亦有将评者加入书名的,展现了不同时期的世风特色。茂林叶氏刻本仍然沿袭了近元本系统的命名方式,但已不再强调贴近宋元旧本,隐隐透露出变化之迹;与此同时它的题名还远不如明改古本题名那么独具特色——突出强调本子的个性和"卖点",这都是明茂林叶氏刻本作为处于过渡期版本的典型特征。

从茂林叶氏刻本的出目设置体制来看,其刊刻年代应在近元本之后和其他明改本之前。不同时代的需求和发展决定了剧本演变。由于早期

①　陈薛俊怡编著:《中国古代典籍》,中国商业出版社 2015 年版,第 155 页。

②　汪燕岗:《古代小说插图方式之演变及意义》,《学术研究》2007 年第 10 期。

③　刘明今:《中国分体文学学史·戏剧学卷下》,山西教育出版社 2013 年版,第 569 页。

的南戏剧本主要是供演员演出所用，而不是案头读本，故没有规范的文本体制。早期南戏与明清改本相比有突出的典型特点：常常出现全本南戏一气呵成，没有分出的情况，如现存最早的《永乐大典戏文三种》、成化本《白兔记》等戏文。钱南扬先生欣赏宋元南戏的古朴原貌，因而曾批判明改本云："南戏的分出，正是明人任意删改的一端，本来原是不分出的。"①

　　在出目、目录等体制上，茂林叶氏刻本呈现出过渡性。早期宋元南戏都是"连场戏"，并不分出，真正分出都是在"明代传奇正式成熟以后"。② 到了明清时期，当戏剧由舞台演出走向案头读物后，即使宋元旧本的戏文故事十分吸引人，但若戏文不分出、没有出目无疑是不便于阅读的。为便于阅读，明代文人对宋元旧本的戏文进行整理和改动，原来不分出的戏文开始分出，并加上出目，戏文的体制才逐渐趋于规范。虽然宋元旧本《荆钗记》已不可考，但作为南戏的经典剧目，部分古地方戏中的《荆钗记》选段确实存在无分出的情况，③《荆钗记》也存在向案板文学规范化的必然历程，明刊《荆钗记》也同样如此。《荆钗记》从不分出到分出并加上出目，这中间尚有一个过渡——虽已分出但尚无出目的阶段，明茂林叶氏刻本就是《荆钗记》的剧本体制规范化的过渡本。宋元旧本已不可见，但现存最早的影钞本只分出，还无出目名称；茂林叶氏刻本同样是分出，无出目，但已经有全戏的目录；到了李卓吾评本、汲古阁本、屠赤水评本等皆既分出，也有出目和目录。可见，在所有明刊《荆钗记》都已分出的情况下，仅有影钞本与茂林叶氏刻本分出但没有出目，那么此两者的产生年代应在李卓吾评本、汲古阁本、屠赤水评本等典型的明改本之前，但比之影钞本，茂林叶氏刻本多目录一体制，

---

① 钱南扬：《宋元南戏百一录·总说·结构》，哈佛燕京学社1934年版，第16页。
② 李修生、赵义山主编：《中国分体文学史·戏曲卷》，上海古籍出版社2014年版，第163页。
③ 详见李贵兴主编《聊城游览文化·荆钗记》，山东科学技术出版社2019年版，第290页。

这意味着茂林叶氏刻本比影钞本更为规范和完整，所以其产生应在影钞本之后，是介于近元本与典型的明改本之间的版本。

在具体曲文与念白上，茂林叶氏刻本与其他明改本一样，对宋元旧本作了改动，但与其他明刻本相比，茂林叶氏刻本又自有特色。茂林叶氏刻本除了存在着其他版本中所没有或不同的曲调与曲文，还存在着大量或与影钞本相同而与汲古阁本相异，或与汲古阁本相同而与影钞本相异的现象。这里将继续以影钞本代表近元本系统，以汲古阁本代表其他明改本系统与茂林叶氏刻本进行勘对。因影钞本与茂林叶氏刻本均是分出但无出目，所以他们都根据出目内容以汲古阁本出目名称代称。

通过与两大系统明改本的校勘，可以发现茂林叶氏刻本是介于影钞本和汲古阁本之间的一种过渡性改本，即对影钞本既有继承，又有改动，同时其对影钞本所作的改动又对汲古阁本产生了影响，为汲古阁本所采用。因此出现了既与影钞本相同而与汲古阁本相异，又与汲古阁本相同而与影钞本相异的现象。茂林叶氏刻本曲文、说白存在与他本皆异之处，如茂林叶氏刻本第四十二出写在钱流行夫妇动身前往投靠王十朋前，玉莲姑母为其饯行。① 汲古阁本无此出戏及相关的情节，影钞本第四十三出虽有此出戏，但曲调与曲文皆异。② 又如茂林叶氏刻本第四十五出，写邓尚书受钱载和所托去向王十朋说亲，影钞本与汲古阁本虽都有此出戏（影钞本为第四十六出，汲古阁本为第四十三出），情节也基本相同，但曲文与念白皆异。另外，茂林叶氏刻本还有与影钞本相同，而与汲古阁本相异之处，如第一出《家门》副末开场所念之词，茂林叶氏刻本与影钞本皆作【满庭芳】，而汲古阁本作【临江仙】，作为开场，虽然此处各本的内容相似、作用相当，但汲古阁本与前两者的曲文截然不同。又或

---

① （元）柯丹邱著，茂林叶氏点校：《新刻王状元荆钗记》，俞为民、洪振宁主编《南戏大典·剧本编·荆钗记一》，黄山书社 2012 年版，第 575—576 页。

② （元）柯丹邱著，温泉子编集，梦仙子校正：《新刻原本王状元荆钗记》，俞为民、洪振宁主编《南戏大典·剧本编·荆钗记一》，黄山书社 2012 年版，第 125—127 页。

者是茂林叶氏刻本与汲古阁本同，而与影钞本异的，如第二出《会议》，影钞本唱词用【满庭芳】【窄地锦】【玉芙蓉】①，而茂林叶氏刻本对中间的曲文作了改动，作【满庭芳】【水底鱼儿】【玉芙蓉】②。汲古阁本此处与后者相同，【窄地锦】作【水底鱼儿】③。显然，明刊本虽都对元本的曲文及句格作了改动，但此处茂林叶氏刻本所改与汲古阁本相同，而与影钞本异。茂林叶氏刻本的这些特征，都表明它是现存的近元本系统与其他明改本系统以外的另一类改本。

　　在一些具体的场次和曲调上，还可以看出从影钞本到茂林叶氏刻本，再到汲古阁本这三者之间的演变之迹。如第十七出《春科》的曲调及【点绛唇】【风检才】两曲的曲文，茂林叶氏刻本的曲调及曲文虽与影钞本有了较大的差异，但首曲【点绛唇】与之全同，而与汲古阁本全异。而汲古阁本【风检才】④ 的曲文又与茂林叶氏刻本相近，从曲文上来看是据茂林叶氏刻本改编而成的。可见先是茂林叶氏刻本对影钞本作了改编，但还保留了首曲【点绛唇】，而汲古阁本又对茂林叶氏刻本作了改编，改掉了首曲【点绛唇】，但保留了茂林叶氏刻本的【风检才】曲。再如《祭江》出（影钞本第三十二出，茂林叶氏刻本第三十一出，汲古阁本第三十出），各个版本皆是敷衍十朋母亲赴京前到江边祭奠玉莲，但茂林叶氏刻本与其他明刻本有很大的差异。首先是出场人物有异，影钞本为李成夫妇两人护送十朋母进京，故有末、丑、贴（南戏中老旦的别称）三个角色上场，而茂林叶氏刻本与汲古阁本皆为李成一人护送，故只有贴、末两个角色。其次，所用的曲调及曲文不同，茂

　　① （元）柯丹邱著，温泉子编集，梦仙子校正：《新刻原本王状元荆钗记》，俞为民、洪振宁主编《南戏大典·剧本编·荆钗记一》，黄山书社 2012 年版，第 2—3 页。

　　② （元）柯丹邱著，茂林叶氏点校：《新刻王状元荆钗记》，俞为民、洪振宁主编《南戏大典·剧本编·荆钗记一》，黄山书社 2012 年版，第 460—462 页。

　　③ （元）柯丹邱著，汲古阁毛氏点校：《绣刻荆钗记定本》，俞为民、洪振宁主编《南戏大典·剧本编·荆钗记一》，黄山书社 2012 年版，第 603—604 页。

　　④ （元）柯丹邱著，茂林叶氏点校：《新刻王状元荆钗记》，俞为民、洪振宁主编《南戏大典·剧本编·荆钗记一》，黄山书社 2012 年版，第 649 页。

林叶氏刻本与影钞本相比，除首曲【风马儿】相同，其余各曲皆异，而汲古阁本的曲调、曲文前半部分与茂林叶氏刻本相同，后半部分与影钞本相仿，与两者皆有交叉。显然是茂林叶氏刻本先对影钞本进行了改编，后来汲古阁本又在茂林叶氏刻本的基础上作了改编，故汲古阁本所用的曲调与曲文，既有与茂林叶氏刻本相同的，如其中的【风马儿】【绵搭絮】【忆多娇】等曲，又有与影钞本相同的，如其中的【风入松】【急三枪】等曲。

从剧情设置安排的角度看，茂林叶氏刻本也展现出《荆钗记》从近元本向更加突出的明改本过渡的特点。在影钞本与汲古阁本之间，茂林叶氏刻本起到了"过渡"的作用。在继承影钞本基本故事框架的基础上，茂林叶氏刻本对影钞本的部分故事情节作了改动，且这些改动大部分被汲古阁本采用，呈现出一脉相传的关系。茂林叶氏刻本在剧情的安排上对影钞本进行改编且为汲古阁本所采纳的主要有以下一些内容。

首先是为了情节的流畅和戏剧演出效果需要，茂林叶氏刻本将影钞本中部分情节进行了出目位置调换。茂林叶氏刻本将影钞本中第三出《堂试》与第四出《庆诞》作了对换，[①]汲古阁本亦是如此。从情节上看，《堂试》与上一出的《会讲》同样是书生讲学、考试的情节，[②]情节性质很相近，如果这两出戏相连演出，其达到的舞台效果较为单调乏味。故为了调节气氛、舒缓故事节奏，茂林叶氏刻本将《堂试》出与《庆诞》出调换，在《会讲》与《堂试》之间插入了具有闹热性质的"庆诞"情节，调节气氛。这也为下面《启媒》出的情节埋下了伏笔，即当钱流行得知王十朋堂试得了第一，便托友人许文通去说亲做媒，使得剧情发展更加流畅、水到渠成。汲古阁本采用了茂林叶氏刻本对影钞本的这一改动。又者，影钞本第三十六到三十九出分别是《时祀》《误讣》《民戴》

---

① （元）柯丹邱著，茂林叶氏点校：《新刻王状元荆钗记》，俞为民、洪振宁主编《南戏大典：剧本编·荆钗记一》，黄山书社 2012 年版，第 463—468 页。

② 详见（元）柯丹邱著，温泉子编集，梦仙子校正《新刻原本王状元荆钗记》，俞为民、洪振宁主编《南戏大典：剧本编·荆钗记一》，黄山书社 2012 年版，第 2—6 页。

《奸诘》,① 茂林叶氏刻本对这几出戏的安排作了调整,将《时祀》与《误讣》调换,同时在《民戴》前加入《夜香》一出。《时祀》及其前一出《赴任》主要为王十朋所敷衍的生角戏,如果顺叙而来,两出生角戏的剧情会略显单调乏味,而若将后一出以钱玉莲为主角的旦角戏《误讣》与《时祀》调换,那么一生一旦交错敷衍,增强了舞台戏剧效果、丰富了剧情发展。将《时祀》与《误讣》调换后,《时祀》与《民戴》又形成两出生角戏连演的情形,故茂林叶氏刻本在两出之间加入旦角戏《夜香》出。

其次是出于情节逻辑和剧情节奏的考量,茂林叶氏刻本将影钞本的部分出目加以兼并或者拆解。如在钱玉莲投江前,影钞本第二十六出《托梦》专演一出使鬼神托梦给钱载和,警示其捞救,而茂林叶氏刻本与汲古阁本皆改之,将其与后面出合并。这段剧情的设置只是为使得后面钱载和适值捞救钱玉莲顺理成章,但此处专设一出使剧情显得拖沓不紧凑。从全剧的情节发展来看,此处没有必要设专场敷衍,所以茂林叶氏刻本将此出戏中有关鬼神托梦的情节删减后并入第二十六出《发水》出,通过钱载和与船家的念白交代清楚:"你且听我说,夜来寝睡之间,忽有神人祝付之语,说有节妇投江,使吾捞救。又道此妇人与吾有义女之分,汝等好生捞救,不可有误。"② 茂林叶氏刻本对影钞本的这一改动,也为汲古阁本所采用,且两者的念白也相近,仅有几处字词的差异,如"神人祝付之语"作"神人嘱咐言语","汝等好生捞救,不可有误"作"汝等驾几只小船,沿江巡哨,不拘男妇,捞救得时,重重赏你"。③ 又如,影钞本第三十三出将《见母》与《赴任》的情节合在一出内敷衍,十朋

① 详见（元）柯丹邱著,温泉子编集,梦仙子校正《新刻原本王状元荆钗记》,俞为民、洪振宁主编《南戏大典:剧本编·荆钗记一》,黄山书社 2012 年版,第 108—129 页。

② （元）柯丹邱著,茂林叶氏点校:《新刻王状元荆钗记》,俞为民、洪振宁主编《南戏大典:剧本编·荆钗记一》,黄山书社 2012 年版,第 532 页。

③ （元）柯丹邱著,汲古阁毛氏点校:《绣刻荆钗记定本》,俞为民、洪振宁主编《南戏大典:剧本编·荆钗记一》,黄山书社 2012 年版,第 671 页。

与母亲会面后，就即刻启程赴潮阳就任，剧情显得过分局促。茂林叶氏刻本将《见母》与《赴任》这两个情节分开敷衍，① 即分为《见母》与《赴任》两出，且在两出之间还插入《遣音》一出，演钱载和遣人到饶州寻人的情节。这样使得情节发展既从容舒缓，又婉转曲折，汲古阁本采用了茂林叶氏刻本对影钞本的这一改动。其实汲古阁本虽然借鉴了诸多茂林叶氏刻本对近元本的改编，但同时自己也保留有一些近元本的痕迹和自己另外的新编，所以并不和茂林叶氏刻本同源，比之茂林叶氏刻本更加有明清特色。

从近元本到典型的明改本，从场上艺术到案头文学，《荆钗记》在戏文题名、出目特征、情节设置和曲文说白等方面都进行了许多改编，而明茂林叶氏刻本作为这个过程中的过渡版本呈现出诸多珍贵的过渡特点和进步性。茂林叶氏刻本保留有影钞本和汲古阁本两本的特色，见证着《荆钗记》由影钞本到汲古阁本改编的趋势和方向，这也是《荆钗记》版本系统不断优化完善、规范化的过程。对于近元本粗疏简陋的部分，茂林叶氏刻本率先对以影钞本为代表的近元本进行改编，并且被后来的《荆钗记》版本采纳，这是茂林叶氏刻本的重要价值和意义。

结　语

戏剧在演出和传播的过程中具有动态演变的特点，其演出属性使之成为与传统意义上的文学不同的一种艺术，而对其珍贵善本进行系统的版本研究是解开戏剧流变的重要钥匙。南戏《荆钗记》是位于四大南戏之首的重点南戏剧目，保存下来的六部明代刊刻的完本版本是《荆钗记》版本研究的珍稀的文献资料。学界已经对《荆钗记》多个版本进行分析和解读，但由于部分版本出现较晚，限制了早期学者对《荆钗记》版本的系统研究，所以在文本细读的基础上，进一步推进对明刊《荆钗记》

---

① （元）柯丹邱著，茂林叶氏点校：《新刻王状元荆钗记》，俞为民、洪振宁主编《南戏大典：剧本编·荆钗记一》，黄山书社2012年版，第545—555页。

的系统校勘和比较有重要意义，有助于明确各版本之间的异同和考察《荆钗记》的流变情况。明刊《荆钗记》的六个完本，如果按产生时代先后、曲文、故事情节异同来看，可以分为三个系统，一是近元本系统，即接近宋元旧本的版本系统；二是由近元本系统向明改本系统过渡的版本系统；三是典型的明改本系统。其中明茂林叶氏刻本是明刊《荆钗记》从近古本向彻底的明改本过渡的版本，既保留了近元本子的主体框架，又在题名、出目特征、情节安排、曲文等诸多方面展现出向明改古本转变的痕迹。它的出现不仅进一步验证了《荆钗记》流变的趋势和方向，也是明刊《荆钗记》版本研究的一个重要阶段性成果，对于《荆钗记》版本流变研究有重要意义。

（杜淑华，青岛大学文学与新闻传播学院研究生）

李怀民"寒士诗"的独特价值

张怀金

提　要：清代高密诗派开创者李怀民的"寒士诗"作为一种盛世寒音，以其沉实、冷静之风对清代乾嘉时期的诗风作了深入的反思，具有独特的诗学价值。"寒士诗"的形成有客观因素，亦有主观原因。怀民生于山左地区，沉潜的齐鲁传统文化及浓郁的儒家诗教精神深刻影响了其性格与思想，家族文化塑造了其刚直、狂狷的个性，而其人格的自我拓展是其"寒士诗"形成的决定性因素。清乾隆时期，诗坛充溢着格调说的阿谀取容之风及性灵说的粗鄙村率之习，怀民"寒士诗"独树一帜，是乾隆盛世的不谐之音，是寒士风格的颂赞之音，是下层文人的凄苦之音。怀民的经历和心态都属布衣寒士类型，他用孤寒的意境和清淡的诗风把寒士坚守自我的内心写照艺术地再现于诗歌之中，具有极高的艺术价值。深刻认识李怀民"寒士诗"的独特价值，不仅可以完善李怀民诗歌及诗学的研究，而且对深刻认识清代高密诗派乃至整个清代诗学发展都有深远的意义。

关键词：李怀民；高密诗派；"寒士诗"；儒家诗教；清寒诗风

清代中期，乾嘉诗坛诗风极盛。神韵派余韵未消，格调派、性灵派轮番登场，三者皆称颂盛世太平景象。而生于齐鲁、远行粤西，创立高密诗派的"高密三李"，却对当时诗学、诗风进行深入的反思，试图通过再度唤起山左诗坛沉实之风的方式，使乾嘉诗风复归冷静、平实。

　　高密诗派是清中期山东地区具有浓郁传统精神与鲜明地域特色的诗歌流派，诗派成员多属沉寂在士人阶级底层的寒士诗人。诗派开创者为李怀民，名宪暠，号石桐，字怀民，以字行。怀民生当乾隆盛世，但终其一生只是一介布衣，其所写"寒士诗"作为一种"盛世寒音"，"一洗百年以来藻缋甜熟之习"①，集中体现了高密诗派对当时诗学的深刻反思。本文之作，即是通过对山左地区独特地域文化和儒家诗学观念的梳理，考察李怀民"寒士诗"的成因，探讨其"寒士诗"的思想主题和艺术特色，进而深刻认识其"寒士诗"的独特价值。

一　李怀民"寒士诗"的成因

　　李怀民"寒士诗"的产生是传统思想、乡邦文化影响地域文学的典型例证。李怀民生于清中期的山左地区，几千年来深厚而沉潜的齐鲁文化传统孕育了其独特的文化性格；出身于世家望族，其家族文化塑造了李怀民刚直、狂狷的个性。同时，李怀民"寒士诗"的形成与其时代，乃至明末清初的时代背景有密切关系，其寒士思想深受清初诗风、学风的影响。最重要的是，其人格的自我拓展对"寒士诗"的产生起到了决定性的作用。

　　首先，山左地区是儒家孔孟思想的发轫之地，孔孟思想是李怀民文化性格形成的重要影响因素。如李伯齐先生《山东分体文学史（诗歌卷）》所言："孔孟学说经过后学的补充、阐发，成为中国传统文化思想的主体，对我国民族文化和民族精神的形成，曾经产生巨大而深刻的影响。"② 儒家思想塑造了李怀民积极入世的精神品格。《论语·微子》篇："夫子怃然曰：'天下有道，丘不与易也。'"③ 孔子很失望地表达：如果

---

① 汪辟疆：《汪辟疆文集》，上海古籍出版社1988年版，第262页。
② 李伯齐：《山东分体文学史（诗歌卷）》，齐鲁书社2002年版，第3页。
③ 杨伯峻译注：《论语译注》，中华书局1980年版，第194页。

天下有道，我就不会同你们一道来从事改革了。可见孔子有心救世，特别强调士人的社会责任感。曾子亦云："士不可以不弘毅，任重而道远。仁以为己任，不亦重乎？死而后已，不亦远乎？"[1] 士人要刚强有毅力，以实现仁德于天下为己任，至死方休。孟子同样强调积极入世："天将降大任于斯人也"，上天赋予了士人关怀国计民生的重大责任，士人理应自觉承担时代赋予的重任，建功立业以实现治国平天下的理想和抱负。孔子、孟子等的积极入世精神对以李怀民为代表的山左文人产生了深远影响，他们多数具有高度的责任感和强烈的进取心，关心国家和民族的盛衰，同情民生疾苦。李怀民《答三诗客》云："黾勉二三子，章句时见投。空言非所取，古道阻且修。努力保冲襟，庶以名理求。匡居非碌碌，元亮何其忧？"[2] 怀民以自己的人生经历回答了三诗客的问询，解释自己的闲居并非碌碌无为，并勉励三诗客务必崇古尚贤，读书明理，积极参与、主动干预社会现实。其《咏贫士赠林鸣九》："落木深秋节，贫家雨又风。旧衣春典尽，新谷日支空。冷灶偎饥犬，晴阶卧病童。独应书卷里，时复见梁鸿。"[3] 写林鸣九家徒四壁、饥寒交迫的惨状，刻画出一位贫困潦倒却志向高洁的寒士的形象，可见怀民对民生疾苦的关怀。《答三诗客》与《咏贫士赠林鸣九》二诗正反映了其积极入世的精神品格。

其次，乡邦文化、家族传统是影响李怀民形成刚直、狷介个性的重要因素，这种个性与"寒士诗"苦寒的内质相契合。自明代始，高密李氏家族就是高密一邑德高望重的世家大族。至清代，高密李氏更是声闻朝野、人才辈出，"李氏家族进士出身的有李岱生、李元直、李宪高、李元正、李师中、李元鼎、李榴、李德运等"。[4] 忠廉孝悌的家风对李氏后

① 杨伯峻译注：《论语译注》，中华书局1980年版，第80页。

② （清）李怀民、李宪暠、李宪乔著，赵宝靖点校：《三李诗钞·三李诗话》，齐鲁书社2020年版，第50页。

③ （清）李怀民、李宪暠、李宪乔著，赵宝靖点校：《三李诗钞·三李诗话》，齐鲁书社2020年版，第39页。

④ 宫泉久：《清代高密派诗学研究》，人民出版社2012年版，第1页。

人产生了深远的影响。对李怀民刚直、狷介个性影响最深的当属其父李元直。《清史稿》载："雍正七年，考选四川道监察御史，八阅月，章数十上。"① 李元直切实履行监察御史的职责，刚正直言，多次进行上书针砭时弊。他曾痛斥朝廷并无可堪重用的大臣，引起雍正帝不悦，但"元直抗论不挠"，雍正帝终"复召入，奖其敢言"。他奉命巡视台湾时，"疏请赠养廉、绝馈遗，并条上番民利病数十事"，"元直悉反所为，时下所属问民疾苦"。② 可知他始终关心民众疾苦。李元直在朝中身份并不尊贵，其在京师被称为"戆李"，但雍正帝评价为"甚矣，才之难得。元直岂非真认事人？乃刚气逼人太甚"③。可见他的刚直个性使雍正帝为之侧目。最终，李元直的刚直个性对其子怀民产生了深远的影响，促成了怀民刚直、狷介个性的形成。

再次，明清之际经世致用的学风及儒家诗学政教精神的复兴是其"寒士诗"形成的时代背景。明清易代之际，国破家亡、生灵涂炭的社会现实唤起了士人们强烈的社会责任感。这一时期士人的一个突出特点，就是具有强烈的经世精神，如顾炎武言："君子之为学，以明道也，以救世也，徒以诗文而已，所谓雕虫篆刻，亦何益哉？"④ 顾炎武提倡经世致用之学，以实事求是为宗，他认为诗文只是雕虫小技，只知写诗作文的读书人对社会毫无益处。君子钻研学问，是为明道救世。因此，士人们对当时的社会政治灾难进行了深刻的反思。"今天的历史学家持经济基础决定上层建筑、意识形态的唯物史观，所以对明代社会政治问题的分析往往从经济方面来说明。但是明清之际的士人们则认为文化学术决定社会政治状况。"⑤ 此时的士人们基于对文化学术与政治状况关系的认识，纷纷从学术文化上寻找明代社会政治灾难的原因。如钱谦益言："治本

---

① 赵尔巽等：《清史稿》，中华书局 1976 年版，第 10530 页。
② 赵尔巽等：《清史稿》，中华书局 1976 年版，第 10530 页。
③ 赵尔巽等：《清史稿》，中华书局 1976 年版，第 10530 页。
④ 顾炎武：《顾亭林诗文集》，中华书局 1983 年版，第 46 页。
⑤ 张健：《清代诗学研究》，北京大学出版社 1999 年版，第 10 页。

道，道本心。传翼经，而经翼世。其关捩统由乎学也。学也者，人心之日月也。"① 李颙言："天下之治乱，由于人心之邪正，人心邪正，由于学术之明晦。"② 他们皆认为，学术文化的明晦决定人心的邪正，人心的邪正决定世道的治乱，因而学术文化状况决定社会政治状况，对国家的兴亡盛衰有深刻影响。所以他们要救世、要寻求摆脱危机和复兴之路，自然要从学术文化入手，进行学术文化的重建。明末清初以来，具有经世精神的士人开始自觉扭转社会学术文化的方向，提出"尊经复古"的口号，这是此时学术思潮的主流，而这段思潮的倡导者以复社为主体。复社的前身是应社，应社的领袖张溥认为应社的立社宗旨在于尊经复古。复社的宗旨亦是如此，"复"即"兴复"之义，复社诸人认为要挽救社会政治危机，就应该从兴复古学开始。同时，以陈子龙为首的几社诸人也以兴复古学为己任，"几"取"绝学有再兴之机"之义，绝学即复社所谓"古学"。而兴复古学，其意义并不只是复兴古代学术，其核心意义更是要重建儒家正统的价值系统，这反映到诗学方面，即复兴儒家诗学的政教精神。

在明代，诗歌实际上失去了其原本的政教功能和功利作用。究其原因，是诗歌得到的重视程度不同。唐代、宋代以诗赋取士，诗歌受到社会的普遍重视。在明代，以八股取士，因此在多数人看来，诗歌是无用的东西，读书人学习八股文的写作被认为是正道，而学习写诗则被认为属于歧途。施闰章《汪舟次诗序》言："会见前辈言，隆、万之间，学者窟穴帖括，舍是而及它文辞，则或以为废业；比其志得意满，稍涉声律，余力所成，无复捡括。"③ 这是指在明代隆庆、万历年间，士人皆致力于科举，如果从事八股之外的诗文，则被视为荒废学业。只有当科举中第

---

① （清）钱谦益著，钱曾笺注，钱仲联标校：《钱谦益全集》第五册《有学集补》卷一七，上海古籍出版社 2003 年版，第 869 页。

② （清）李颙撰，陈俊民点校：《二曲集》，中华书局 1996 年版，第 153 页。

③ （清）施闰章撰，何庆善、杨应芹点校：《施愚山集》卷五，黄山书社 2014 年版，第 92 页。

之后，士人才开始写诗。毛奇龄言："当明崇祯间，访友来杭，人士纷纷多以艺文相往来，每通刺后，必出所镌文互相质询，顾未尝及于诗也。即偶以诗及之，必谢去。"① 这是指在崇祯年间，士人们交谈，互相磋商的是科举之文，不谈论诗歌。即使偶尔有人谈论诗歌，其他人也不愿参与。由此可知，隆庆、万历所属的明中期及崇祯所属的明后期，在很多人眼中诗歌多是无用之物。故而在明代，儒家诗学的政教精神不能得到落实。明清之际，在经世致用精神的影响下，士人们均大力提倡复兴儒家诗学的政教精神。云间派是明清之际的重要诗歌流派之一，其领袖陈子龙极力强调诗歌的美刺作用："夫作诗而不足以导扬盛美，刺讥当时，托物联类而见其志，则是《风》不必列十五国，而《雅》不必分大小也。"② 陈子龙认为诗人抒情言志必须与政治相关联，发挥《诗经》"风雅"的美刺作用。钱谦益作为复社实际上的领袖，他站在儒家诗学政教的立场上，主张："古之为诗者有本焉。《国风》之好色，《小雅》之怨诽，《离骚》之疾痛叫呼。结轖于君臣夫妇朋友之间，而发作于身世逼侧、时命连蹇之会，梦而呓，病而吟，春歌而溺笑，皆是物也，故曰有本。"③ 钱谦益认为诗歌有根本，其关乎君臣夫妇朋友，诗人要关心现实政治，诗歌要为政治服务，这是经世致用精神在诗学上的反映。

李怀民生当乾隆盛世，其时格调说虽以"温柔敦厚"诗教训人，但其"卑靡庸琐"，只知歌功颂德、"阿谀取容"。性灵说"绮靡已甚"，诗人陷入"轻薄游戏之习"。怀民意欲复兴儒家诗学的政教精神，故而"精研中晚唐人格律，而救以寒瘦清真，一洗百年以来藻缋甜熟之习"。④ 他

---

① （清）毛奇龄：《凌生诗序》，《西河文集》卷四一，《文津阁四库全书》集部第 440 册，第 688 页。

② 郭绍虞主编：《中国历代文论选》，上海古籍出版社 2001 年版，第 239 页。

③ （清）钱谦益著，钱曾笺注，钱仲联标校：《钱谦益全集》第五册《有学集》卷一七，上海古籍出版社 2003 年版，第 767 页。

④ 汪辟疆：《汪辟疆文集》，上海古籍出版社 1988 年版，第 262 页。

以"寒士诗"讽喻现实，希望再度唤起山左诗坛的沉实之风，使乾嘉诗风复归冷静、平实。

最后，李怀民人格的自我拓展是其"寒士诗"产生的决定性因素。李怀民对国计民生的关切体现了他作为儒家士人具有的积极入世的思想，但是当用世之志与现实之世相悖时，即积极入世的思想与黑暗的现实发生矛盾乃至出现尖锐冲突时，怀民选择追求个性的独立。子曰："不得中行而与之，必也狂狷也。狂者进取，狷者有所不为也。"① 李怀民这种对独立个性的追求一旦得到拓展，并发展到极致，就是其独特的"狂狷"性格。所谓狂狷，显著特征就是为人落落寡合，自负而不屑谐世。李怀民《自题〈秋箓集〉》言："尚多违古意，渐不悦时人。"其《哭绍伯先生二首》言："古性少相合，菲才时见推。"② 这种"不悦时人"的古性正是他为人狷介、落落寡合的体现。子曰："不义而富且贵，于我如浮云"，在孔子的认知中，义是人生的最高价值标准，在贫富与道义发生矛盾时，他宁可放弃富贵也不肯背弃道义。孟子亦云："士穷不失义，达不离道。穷不失义，故士得己焉。达不离道，故民不失望矣。""我知言，我善养吾浩然之气。"③ 士人贫困时不失道义，能保持自己的操守；富贵时不背离道义，不会使百姓失望。孔子与孟子的人生准则、不与黑暗现实同流合污的做法，孟子提倡的以"浩然之气"坚守道义的原则，成为后世文人坚持独立人格和高洁志向的榜样，这同样影响到了李怀民。其《雨后东园艺菊寄紫汜》言："及兹方春晖，植彼凌霜卉。远松出深柳，春华独不媚。殷念谁与同，闻君有此志。"④ 友人紫汜仰慕陶靖节为人，亦素有爱菊之志。诗人以"远松"拟秋菊，以"深柳"拟春华，不喜春

---

① 杨伯峻译注：《论语译注》，中华书局1980年版，第141页。
② （清）李怀民、李宪暠、李宪乔著，赵宝靖点校：《三李诗钞·三李诗话》，齐鲁书社2020年版，第14、35页。
③ 杨伯峻译注：《孟子译注》，中华书局1984年版，第62、284页。
④ （清）李怀民、李宪暠、李宪乔著，赵宝靖点校：《三李诗钞·三李诗话》，齐鲁书社2020年版，第16页。

华，独爱秋菊，盖因菊有凌寒风姿，如人有气骨品格，此诗寄意于志同道合之友人，又有共相砥砺之意，可知怀民于举世阿谀之世追求人格独立的高洁志向。

李怀民为乾隆间诸生，但他屡试不第，遂绝意科举，专心于诗，其经历和心态都是典型的布衣寒士类型。《论语·雍也》篇载孔子赞颂颜回："贤哉，回也！一箪食，一瓢饮，在陋巷，人不堪其忧，回也不改其乐。贤哉，回也！"《论语·述而》篇云："饭疏食饮水，曲肱而枕之，乐亦在其中矣。"① 孔子的弟子颜回生活贫困不堪，孔子的生活也很简单，但这并没有影响他们学道的快乐。程颢在回忆早年周敦颐对他的教诲时说："昔受学于周茂叔，每令寻颜子、仲尼乐处，所乐何事。"② 周敦颐提出的"寻孔颜乐处"的问题（即何以在贫困中保持快乐的问题）对李怀民人格的自我拓展产生了深远影响。周敦颐云："天地间有至贵至富可爱可求，而异于彼者，见其大、而忘其小焉尔。见其大则心泰，心泰则无不足。"③ 他认为，在人生中有比个体生命更重要的价值，人应当有一种为道德价值和理想信念而超越物质欲求的思想境界。对此，李怀民《紫荆书屋诗话》言："宣圣忘食忘忧，浮云富贵，不知老至诸心况，道充于中，俯仰无憾……此贤人达士，无不有其趣，即无不有其乐。志之所在，即趣之所生，乐之所生。"④ 他同样认为，以功名富贵为人生目的，只是俗人的人生追求。君子必须有超乎富贵的追求，安贫乐道亦"俯仰无憾"，能最终达到"孔颜乐处"的精神境界。有了这种境界的人，即使是处于不堪忍受的贫贱也不会影响、改变他的"乐"。这种"乐"是他的精神境界带给他的，是超越了人生利害而达到的内在幸福和愉快，这同样也是身居贫贱而志向高洁的"寒士"之乐，是"寒士诗"的内涵所在。

---

① 杨伯峻译注：《论语译注》，中华书局1980年版，第59、70页。
② （宋）程颐、程颢著，王孝鱼点校：《二程集》，中华书局2004年版，第16页。
③ （宋）周敦颐：《周子通书》，上海古籍出版社2000年版，第38页。
④ （清）李怀民、李宪暠、李宪乔著，赵宝靖点校：《三李诗钞·三李诗话》，齐鲁书社2020年版，第369页。

二　李怀民"寒士诗"的思想主题

汪辟疆先生《论高密诗派》言："李怀民生于乾隆国势隆盛之时，亲见举世皆阿谀取容，庸音日广，慨然有忧之。"① 乾隆时期，诗坛以沈德潜、袁枚两家最盛。沈德潜继承王士祯衣钵，以格调说"温柔敦厚"的诗教应乾隆盛世之需，但其步入歌功颂德、阿谀奉承的陈腔滥调；袁枚标举"性灵"，宣扬性情至上，但其部分诗作粗鄙村率，使后进诗人沉溺于轻薄萎靡之习。而李怀民身感目睹潜伏在盛世表象下的社会危机，故而趋步中唐张籍、贾岛的苦吟精神，"救之以寒瘦清真"。其"寒士诗"作为一种"盛世寒音"，是寒士风格的颂赞之音，是乾隆盛世的不谐之音，是下层文人的苦寒之音。

第一，其"寒士诗"是中晚唐诗人寒士风格的颂赞之音。袁枚《随园诗话》云："李怀民与弟宪乔选唐人主客图，以张水部、贾长江两派为主，余人为客……二人果有张、贾风味。"② 李怀民仿照唐张为的做法，编《重订中晚唐诗主客图》，以风格的差异将中晚唐诗人分为"清真雅正"与"清真僻苦"两派，奉张籍、贾岛为两派之主，朱庆馀、李洞以下为客。首先，其《重订中晚唐诗主客图》中的中晚唐诗人，多属于仕途中的失意文人，身份、经历乃至个性都与高密派诗人极其相似。以张籍为例，他出身贫寒，早年外出漫游求仕，却屡次碰壁，备尝人间冷暖。等到真正进入仕途，也只是做着太常寺太祝这样的九品小官，俸禄稀少，仍旧过着贫苦的生活。再加上长期患眼病，几近失明，使他贫病交加，被人称为"穷瞎张太祝"。姚合《赠张籍太祝》"野客开山借，邻僧与米炊。甘贫辞聘币，依选受官资。多见悉连晓，稀闻债尽时"及张籍《赠任道人》"长安多病无生计，药铺医人乱索钱"，③ 均写出张籍穷愁潦倒并

---

① 汪辟疆：《汪辟疆文集》，上海古籍出版社1988年版，第262页。
② （清）袁枚：《随园诗话》，人民文学出版社1982年版，第355页。
③ （清）彭定求等编：《全唐诗》，中华书局1979年版，第5651、4324页。

为病痛所折磨的惨淡生活状况。张籍之个性，正如李怀民《重订中晚唐诗主客图》言："余定中晚以后人物，有似于孔门狂狷，韩退之、卢全、刘叉、白乐天，狂之流也；孟东野、贾岛、李翱、张水部，狷之流也。"①他认为，中唐时期张籍、贾岛等诗人都属于狂狷之流，其狂狷的性格与张、贾等人远隔千年产生了共鸣。高密派后学刘大观在为李怀民《重订中晚唐诗主客图》作序时称："因以石桐为张客，少鹤为贾客。"② 指在具体的师法对象上，怀民学张籍、其弟少鹤学贾岛。张籍是中唐时期新乐府运动的重要作家，其乐府诗与王建并称，时称"张王乐府"。张籍乐府诗继承了《诗经》及汉魏乐府讽喻时事的现实主义传统，践行白居易"文章合为时而著，歌诗合为事而作"的口号，使诗歌起到"补察时政""泄导人情"的作用。李怀民《重订中晚唐诗主客图·张籍传》言："水部五言，体清韵远，意古神闲，与乐府词相为表里，得风骚之遗。当时以律格标异，信非偶然。"③ 指的是张籍乐府诗与五言近体诗皆关注社会现实，真切地反映了社会矛盾和民生疾苦。怀民《过和州怀张水部》："感缅张水部，格韵千载幽。诗义齐孟韩，岂止翱湜俦！诗之三十载，力罢道逾修。冷编藏怀袖，风尘谁见收。怅望古城在，遗踪应尚留。"④ 写诗人过"诗之三十载"的张籍之家乡和州，述仰慕之深情。总之，李怀民将张籍奉为清真雅正主，既是张籍在诗歌上的成就可为典范，更多的是对张籍人格的颂赞。同时，李怀民及其弟李宪乔尊奉的清真僻苦主贾岛，也属于寒士诗人。李宪乔《再赠书田翁》："贾孟骨已霜，冷径无人造。岂谓千载下，复得见孤峭。"⑤ 写他继承贾岛、孟郊等人的孤峭风骨，崇贾、孟之诗风。李宪乔《读贾长江诗》："险僻时皆诧，孤清帝遣哦。

① （清）李怀民辑评，张耕点校：《重订中晚唐诗主客图》，中华书局 2020 年版，第 9 页。
② （清）李怀民辑评，张耕点校：《重订中晚唐诗主客图》，中华书局 2020 年版，第 1 页。
③ （清）李怀民辑评，张耕点校：《重订中晚唐诗主客图》，中华书局 2020 年版，第 2 页。
④ （清）李怀民、李宪暠、李宪乔著，赵宝靖点校：《三李诗钞·三李诗话》，齐鲁书社 2020 年版，第 87 页。
⑤ （清）李怀民、李宪暠、李宪乔著，赵宝靖点校：《三李诗钞·三李诗话》，齐鲁书社 2020 年版，第 142 页。

全身生肉少，一卷说僧多。"① 是对贾岛险僻孤清诗风的认可。并且，李怀民对贾岛、张籍等寒士人格的颂赞，诗风的肯定更是见于《重订中晚唐诗主客图》中。如清真僻苦派成员裴说《冬日作》："粝食拥败絮，苦吟吟过冬。稍寒人却健，太饱事多慵。"李怀民评道："不惟诗格似贾，性情乃绝相近。"② 此诗写裴说缺衣少食，苦吟过寒冬，人格却刚健勇毅，怀民评价其同贾岛有相近的性情。另一成员林宽《哭栖白供奉》："侍辇才难得，三朝有上人。琢诗方到骨，至死不离贫。"李怀民评道："著此二句起，以见不宜贫也。""二句撰力纯是贾喻也，以此可赞高士。"③ 诗写苦吟诗人虽穷愁潦倒，却琢诗至死，怀民评价其与贾岛相似的高士精神充斥诗中。综上，生活上的困窘，精神上的孤寂，以及充斥在张籍、贾岛诗中的哀愁悲苦情绪，塑造了其孤僻清寒的诗歌意境。这种意境对李怀民"寒士诗"的创作有深远影响。而李怀民对张籍、贾岛诗风的肯定与寒士人格的颂赞，更多的是来自相同的人生遭遇和社会处境，精神的契合使他们远隔千年时空，产生强烈的心灵共鸣。

第二，其"寒士诗"是乾隆盛世的不谐之音。汪辟疆先生在论及李怀民及其弟李宪乔作诗时言："然誉其诗者日多，心中之慊愈甚，以为能悦于人者，必无得于己。"④ 体现出怀民特立独行、誓与世俗决裂的决心。在古代，知识分子（即所谓的"士"）所扮演的是一个特殊的角色，他们上可成为"公卿大夫"，下则成为"诗人"或"寒士"，这其中的分水岭便是科举考试。"科举是否成功，以及由此而来科名的高低，是士大夫生活境遇差异的根本原因。一个穷酸生员，一旦在科举上取得成功，并顺利进入仕途，就会从经济上得到彻底的改变。"⑤ 如明崇祯年间，

---

① （清）李怀民、李宪暠、李宪乔著，赵宝靖点校：《三李诗钞·三李诗话》，齐鲁书社2020年版，第87页。

② （清）李怀民辑评，张耕点校：《重订中晚唐诗主客图》，中华书局2020年版，第291页。

③ （清）李怀民辑评，张耕点校：《重订中晚唐诗主客图》，中华书局2020年版，第365页。

④ 汪辟疆：《汪辟疆文集》，上海古籍出版社1988年版，第267页。

⑤ 陈宝良：《明代士大夫的精神世界》，北京师范大学出版社2017年版，第60页。

寒门之士即使初举进士，也可以"有田数十顷，宅数区，家童数百指，动拟王侯"。① 科举的失败者则不能摆脱贫困的处境。故而，季羡林先生将知识分子与中国古代的科举考试结合，将士大夫分为"走运"与"不走运"两类，走运者随即飞黄腾达，而不走运者则穷愁潦倒，终日为衣食奔波，又受困于名缰利锁。② 最终，在士大夫阶层中，由于"士"阶层的渐趋贫困化，导致"士"与"仕"的两极分化。沈德潜则是走运者的代表，其苦读诗书大半生，终以六十七岁高龄得中进士，由"士"化身为"仕"。他本一介贫士，在读书求进之时，也曾抱有远大的志向，其诗歌也曾反映民间疾苦，如其《观刈稻了有述》："今夏江北旱，千里成焦土。菱稗不结实，村落虚烟火。天都遭大水，裂土腾长蛟。井邑半湮没，云何应征徭？"反映天灾为患、生灵涂炭的场景，但其一旦中了进士、步入仕途，成为天子词臣，备受乾隆恩宠，为感念皇恩，便极力提倡温柔敦厚的诗教，这注定了他诚惶诚恐、百依百顺的奴仆性格。其所写的应制、奉和之作，无非颂君王、扬纲常，多是一些歌功颂德之作。郑方坤《国朝名家诗钞小传》言："时天子天纵多能，喜与词臣辈更唱迭和，唯学士张南华能当上意，而归愚亚焉。"③ 指出乾隆帝雅好诗词，而张南华和沈德潜能仰体圣意，沈德潜诗以温柔敦厚作则，其诗作多是一些"颂圣德，歌太平"之作，故能得到重用。子曰："富与贵，人之所欲也；不以其道，得之不处也。贫与贱，人之所恶也；不以其道，得之不去也。""富而可求也，虽执鞭之士，吾亦为之。如不可求，从吾所好。"④ 孔子认为，富贵是每个人都会追求的，如果其合乎于道，即使是给人执鞭的下等差事，也愿意去做，但如果富贵不合乎道，就不应该以不正当的手段去得到和使用它；贫贱是每个人都会厌恶的，如果追求富贵的方式不合乎道，就不应该以不正确的途径去摆脱贫贱。李怀民一生清贫，却始终不肯同世俗同流合污，

---

① （清）张履祥著，陈祖武点校：《杨园先生全集》，中华书局 2002 年版，第 1035 页。
② 季羡林：《朗润琐言》，上海文艺出版社 1997 年版，第 123 页。
③ 钱仲联：《清诗纪事》，江苏古籍出版社 2004 年版，第 1264 页。
④ 杨伯峻译注：《论语译注》，中华书局 1980 年版，第 36、69 页。

正是其追求"道"的体现，其《紫荆书屋诗话》言："近来又有以风雅自任者，开口便言《三百篇》，温柔敦厚之旨。及观所作，不异土苴，皆无其气而强为言者。"① 他对备受推崇的格调说进行了批判，当属乾隆盛世的不谐之音。在李怀民看来，沈德潜诗论的温柔敦厚、诗歌的歌功颂德，以及骨子中的奴性，毫无气骨，是勉强为诗，这对诗风的影响是负面的。沈德潜言："诗之为道也，以微言通讽谕，大要援词譬彼，优游婉顺，无放情竭论，而人徘徊自得于意言之余。"② 他着重强调诗歌的伦理道德价值，要求诗人性情优游婉顺、怨而不怒，以"微言"（即委婉曲折的方式）表达对朝政的看法，这是让弱者无须分辨是非曲直、不可有怨言，让他们心甘情愿服从现实。李怀民却不同意这种诗歌理论，其《与某论诗》言："所谓性情者，非必如海阳鞠慕周所谓致中和也。诗人性情只是不合于众，不宜于俗耳。略似古狂狷一流。"③ 他反对诗歌表达性情的中正和平，认为诗歌表达的性情应是狂狷者的性情，应该不合于众，超出流俗。李宪乔更是言辞锋利指责沈德潜："忧近今诗教，有以温柔敦厚四字训人者，遂致流为卑靡庸琐……夫温柔敦厚，圣人之言也，非持教者之言也。学圣人之言而至庸琐卑靡，是学者之过，非圣人之过也。"④ 他认为沈德潜错误理解并使用了温柔敦厚的诗教，致使诗歌表达性情不真、诗风卑靡庸琐。

清中期诗坛，袁枚以其"性灵说"诗论独树一帜，名噪一时。李怀民《北归日记摘录》："诸人仰袁简老，如太山北斗。予每览其诗文，颇芜杂率易，不足惊喜。"⑤ 亦属乾隆盛世的不谐之音。在李怀民看来，相

① （清）李怀民、李宪暠、李宪乔著，赵宝靖点校：《三李诗钞·三李诗话》，齐鲁书社2020年版，第393页。

② （清）沈德潜：《归愚文钞》卷一一《施觉庵考功诗序》，《沈德潜诗文集》，人民文学出版社2011年版，第1314页。

③ （清）李怀民、李宪暠、李宪乔著，赵宝靖点校：《三李诗钞·三李诗话》，齐鲁书社2020年版，第361页。

④ （清）李怀民、李宪暠、李宪乔著，赵宝靖点校：《三李诗钞·三李诗话》，齐鲁书社2020年版，第469页。

⑤ （清）李怀民、李宪暠、李宪乔著，赵宝靖点校：《三李诗钞·三李诗话》，齐鲁书社2020年版，第367页。

比王士禛神韵派诗歌的涂饰柔腻、沈德潜格调派诗歌的性情不真，性灵派诗歌的流入排偶、粗鄙村率，使后学诗人沉溺于轻薄游戏之习，更应当批判。首先，李怀民《论袁子才诗》："子才游历江山，所至投谒大吏，以名猎取财贿，衣冠、饮食穷奢极靡，耄而好色，其于诗文赏鉴，矜才傲物，都乏静气，非真正读书人本色。"① 对袁枚的人格提出了质疑。他批评袁枚以诗名骗取财物，穷奢极欲，极力追求满足七情六欲的物质欲望，非真诗人本色。俗语有云：山左多圣人，江南多才子。地气风土的差异，更容易引起人性的迥异。"山左乃孔子故里，以儒家为基础的传统思想对人们的性格塑造具有一种很强的潜移默化作用。"② 山左地区的士人受儒家思想影响，更注重"修身"，即人格上的自律与完善、行为上的循规蹈矩，李怀民一生穷愁潦倒，也仍怀有"古性原无怨，高情独有诗"的高古情怀。袁枚则是典型的才子诗人，主张以自我为核心，脱离儒家伦理道德的束缚，多注重真性情的表达。正如其所言："诗，以言我之情也，故我欲为之则为之，我不欲为则不为。"③ 他认为诗歌要表达诗人的真性情，这种性情不应是经过伦理道德过滤之后的性情，而是表现出鲜明自我的性情。但这种自我性情的抒发只坚持真实性原则，不对性情加以进步的政治道德规范，极易走向另一个极端，最终流于艳情。其次，对于袁枚之诗格，李怀民也不甚认同。其《紫荆书屋诗话》言："吾乡渔洋先生驰名海外，特兴风韵一派。然其流弊遂成涂饰柔腻，故身后声名日减。南人沈确士力矫渔洋习气，今袁子才亦痛诋渔洋，所恶于渔洋者为其涂饰柔腻也。若子才之诗格未必高于渔洋，而粗鄙村率不值渔洋一笑。"④ 怀民认为袁枚性灵说的缺失在于诗格不高。其诗格粗鄙村率，相

---

① （清）李怀民、李宪暠、李宪乔著，赵宝靖点校：《三李诗钞·三李诗话》，齐鲁书社 2020 年版，第 367 页。

② 石玲：《袁枚与高密派：乾隆时期诗学流派的交融与分野》，《文艺研究》2004 年第 6 期。

③ （清）袁枚：《随园诗话》，人民文学出版社 1982 年版，第 73 页。

④ （清）李怀民、李宪暠、李宪乔著，赵宝靖点校：《三李诗钞·三李诗话》，齐鲁书社 2020 年版，第 375 页。

比王士禛神韵说的涂饰柔腻，格调更低下、影响更恶劣。综上，清中期乾隆盛世的诗坛上，李怀民对格调说的歌功颂德、性灵说的粗鄙村率进行了批判，当属盛世的不谐之音。

第三，其"寒士诗"是乾嘉时期下层文人的苦寒之音。清代高密李氏家族人才辈出，李怀民之父李元直官至监察御史，以刚直蜚声雍正一朝。怀民亦愿秉承父业，他弱冠即砥砺致学，然其屡次落第，功名不显，其经历和心态都是典型的布衣寒士类型，故而其诗歌"寒瘦清真"，充满了盛世孤愤者的不平之鸣，表达了下层文人的凄苦之音。如其《子乔自县中来，言单书田先生贫至食木叶，邀叔白各赋一首为赠》言："食尽门前树，先生空忍饥。只应到死日，始是不贫时。古性原无怨，高情独有诗。即今三日雪，竖卧又谁知。"① 高密诗派的开先河者是李怀民的同邑前辈"三单"（单书田、单烺、单宗元），怀民是在"三单"的直接奖掖提携下成长起来的。诗中刻画了一位生活窘迫、贫至食木叶的寒士形象，热情赞颂了这位前辈诗人"古性""高情"的气骨和安贫乐道的精神，此诗既是下层文人的凄苦之音，亦是一首"寒士"的赞歌。其《高士裘》言："洛阳城中三日雪，袁生冻卧僵欲折……耻向泽中钓时誉，独揽登高吟晓寒。幸语高士卫尔冰霜骨，慎莫负薪傲炎月。"诗并序曰："李五星苦寒竖卧，其有王熙甫、单子庸为制羊裘，强起游眺。余闻其事作《高士裘》。"② 此诗写李五星受困严寒的凄苦遭遇，诗人感其"冰霜骨"，为其作《高士裘》，借"袁安卧雪"的典故，热情歌颂了寒士的气骨风节。其《瘦骡》言："羸骖筋力少，知是主家贫。称作闲人骑，宜将病客身。寻诗同仵兴，步月亦怜春。瘦骨高如许，无劳鞭策频。"③ 此诗是一首托物兴怀之

① （清）李怀民、李宪暠、李宪乔著，赵宝靖点校：《三李诗钞·三李诗话》，齐鲁书社2020年版，第23页。

② （清）李怀民、李宪暠、李宪乔著，赵宝靖点校：《三李诗钞·三李诗话》，齐鲁书社2020年版，第95页。

③ （清）李怀民、李宪暠、李宪乔著，赵宝靖点校：《三李诗钞·三李诗话》，齐鲁书社2020年版，第10页。

作，诗人借瘦骡以咏贫士，筋力少、羸弱多病的骡子是诗人的自然观照，诗歌充满了自悯自怜之意，寒士生态的窘迫与心态的凄苦跃然纸上。

三　李怀民"寒士诗"的艺术特色

李怀民诗歌的"盛世寒音"，不只体现在他诗歌的思想主题上，也鲜明地体现在艺术风格方面。严迪昌《清诗史》："以寒瘦为高境，以独造为本领，以真挚见情景，以融合见苦辛。要旨在戒熟戒俗，不作平庸语。"① 对其"寒士诗"的艺术特色作了精当的概括。李怀民把寒士坚守自我的内心写照艺术地再现于诗歌之中，"寒瘦"主要指其诗孤寒的意境，"戒熟戒俗"则是指其诗清淡的诗风。

首先，孤寒的意境包括其诗选取景物的凄寒及意象的幽寂。李怀民早年丧父、家道中落，科举不第、穷困潦倒的困窘，使其诗歌的感情基调多是忧伤凄苦的。在他的笔下，周围的自然景物似乎同样蒙上了一层感伤的色彩。其诗选取的景物多具有孤寒的特征，即偏暗、偏冷、偏孤静。第一是色调偏暗的诗，这一点是从视觉感受方面言之。李怀民诗歌选取的典型时刻，或是在黄昏，或是在月夜，或是在暗室，或是在阴雨天。如其《烟际钟和韦苏州，同叔白、子乔》："沉沉远钟度，漠漠生烟合。日落山暂明，风定树犹飒。不见暮僧归，微茫辨孤塔。"② 日暮时分，虽山中尚明，但树摇动的飒飒声及隐约可见、仍需费力辨认的孤塔还是增添了一分晚意。其《夜登海山亭望月》："峰头夜尤静，一上睇寥阔。浑浑苍雾中，厌厌生残月。蜃气相吞吐，水怪时出没。凭视但无际，高歌惨不发。"③ 诗中写寂静的海上月夜，月也取"残月"，增添一分晦暗。其《咏贫士赠林鸣九》："落木深秋节，贫家雨又风。旧衣春典尽，新谷

---

① 严迪昌：《清诗史》，人民文学出版社 2011 年版，第 817 页。
② （清）李怀民、李宪暠、李宪乔著，赵宝靖点校：《三李诗钞·三李诗话》，齐鲁书社 2020年版，第 10 页。
③ （清）李怀民、李宪暠、李宪乔著，赵宝靖点校：《三李诗钞·三李诗话》，齐鲁书社 2020年版，第 22 页。

日支空。冷灶偎饥犬，晴阶卧病童。独应书卷里，时复见梁鸿。"① 写深秋风雨交加的时节，暗室中只有冷灶，并无明火取暖照明。其《积雨平度道中，先寄鸣九》："长途亘方倦，积雨绵未歇。漤然生湿云，望山正愁绝。寂历荒店宿，徘徊孤驿发。"② 写阴雨连绵的远行途中，恶劣的天气更增添了诗人的愁苦孤寂。李怀民偏爱黄昏、月夜甚于白昼、太阳，类似的例子在他的诗中不胜枚举，此类景物皆寄寓了其或是忧伤或是凄苦的情感。第二是偏冷的诗。偏冷与偏暗是联为一体、互为作用的，二者在心理上都给人造成阴郁的感觉，故色彩学上把昏暗的色彩划为冷色调。李怀民选择意象时，着意择取雨水、冽泉、冰雪、冷雾等冰质事物，为他的诗境笼上了冷的氛围。其《对雨和韦苏州》："晨兴方凄凄，永日遂渐渐。沾濡花上重，潇洒树间密。稍急始纷喧，渐繁转寥寂。空宇难独对，幽窗易成夕。"③ 写雨自清晨即始，永日不息，空宇幽窗更是增加了这份凄凉冷寂之意。其《雪后晚望寄子汜》："风色向林际，冷吟还水边。夕阳晴照雪，归鸟暮沉烟。树远分高寺，山昏合冻天。仍怀北城下，灯火独萧然。"④ 此诗写雪天思怀挚友，日暮时分，水边凄冷，夕阳照雪天愈寒，荒寒的景色衬托出诗人的萧然。第三是孤静的诗，这一点是从听觉感受方面言之。"蝉噪林逾静，鸟鸣山更幽"是以动衬静、以声衬静的佳句，李怀民对以动衬静之法亦有所造诣，其笔下的静物、寂境写得很有特色。如其《落花》："恨紫与愁红，飘零西复东。离枝犹带雨，拂树乍惊风。客去小斋静，鸟鸣春榭空。物情有荣落，只是与人同。"⑤ 颈联与"蝉噪林逾静，鸟

① （清）李怀民、李宪暠、李宪乔著，赵宝靖点校：《三李诗钞·三李诗话》，齐鲁书社2020年版，第39页。

② （清）李怀民、李宪暠、李宪乔著，赵宝靖点校：《三李诗钞·三李诗话》，齐鲁书社2020年版，第27页。

③ （清）李怀民、李宪暠、李宪乔著，赵宝靖点校：《三李诗钞·三李诗话》，齐鲁书社2020年版，第17页。

④ （清）李怀民、李宪暠、李宪乔著，赵宝靖点校：《三李诗钞·三李诗话》，齐鲁书社2020年版，第35页。

⑤ （清）李怀民、李宪暠、李宪乔著，赵宝靖点校：《三李诗钞·三李诗话》，齐鲁书社2020年版，第35页。

鸣山更幽"有异曲同工之妙，写客人离去，飞鸟始鸣，皆是以动衬静方法的妙用。此诗借花荣花枯写世间沉浮，物我一体，触物伤怀，是一曲充满悲凉色彩的人生咏叹调。李怀民选取这些偏暗、偏冷、偏孤静的自然景物入诗，这种凄寒的景物最终使诗歌的感情基调多是忧伤凄苦的，从而形成孤寒的意境，而其诗歌孤寒意境的形成，不仅依靠这些偏暗、偏冷、偏孤静的自然景物，更重要的是诗歌中大量使用的幽寂的意象。

陈植锷《诗歌意象论》言："（意象）表现在诗歌中即是一个个语词，它是诗歌艺术的基本单位。"[1] 在诗歌中，意象与诗人的情感有密切关系，正如王国维《人间词话》所言："以我观物，故物皆着我之色彩。"[2] 意象大多带有诗人的主观色彩，熔铸了诗人的思想感情。李怀民诗歌意象的选择，除了其个人经历及心态的影响，也和其师法尊奉的"清奇僻苦主"贾岛有很深的联系。贾岛"在诗歌意象的选择上也偏爱用一些细微琐碎、衰败孤寒的景致衬以在自然界中不被常情所重视的昆虫，从而构成独特的幽深冷寂的意境美"[3]。同贾岛类似，李怀民在诗歌中偏爱用一些幽寂的意象来表达其凄苦的情感。如其《夜经墓下》："荒荒下残日，漫漫入榛路。凄风吹野花，平冈生夕雾。故人竟何所，萧条杂古墓。鬼火出阴坎，怪鸟宿深树。夙昔方同室，素性况善惧。仆夫共惨颜，仓皇窘归步。"[4] 太阳有暖阳与残日，风有和风与凄风，此诗是一首悼亡诗，诗人内心痛伤凄苦，故而墓地的景物也"着我之色彩"，诗人选取了"残日""凄风""野花""鬼火""怪鸟"等极易引发恐惧的意象，创作了墓地恐怖阴森的意境。处于这样的环境中，诗人回忆起妻子的善惧性格，以妻子的善惧烘托诗人的关心体贴，进而映衬其痛伤之情，将夫妻

---

① 陈植锷：《诗歌意象论》，中国社会科学出版社 1990 年版，第 39 页。
② 王国维著，刘锋杰、章池集评：《人间词话百年解评》，黄山书社 2002 年版，第 18 页。
③ 张震英：《寒士的低吟——贾岛诗歌艺术新探》，中国社会科学出版社 2006 年版，第 49 页。
④ （清）李怀民、李宪暠、李宪乔著，赵宝靖点校：《三李诗钞·三李诗话》，齐鲁书社 2020 年版，第 19 页。

深情写得惊心动魄，可谓别开生面、不同凡响。其《送赵玉文东归》：
"天边候雁飞，白发望荆扉。落叶满山径，秋风孤客归。何时到乡里，前
路授寒衣。知是无人问，空洲理钓矶。"① 此诗写诗人临行赠衣，赋诗作
别，落叶与秋风本是自然界极其常见的一种自然现象，在送别诗中却熔铸
了诗人的主观情感。诗人选取了"候雁""白发""落叶""秋风""孤客"
"寒衣""空洲"这样一些没有一丝暖意亮色的意象，创造出一个孤寒冷寂
的意境，表现诗人的依依惜别之情及对赵玉文不幸遭遇的同情。

　　综上，李怀民诗歌中多是一些偏暗、偏冷、偏静的自然景物及幽寂
的意象，其诗偏爱使用"黄昏""愁雨""孤村""冷灶""残月""孤
灯""凄风""寒衣"等词语，这是怀民清苦、孤寂内心的反映，同时也
是"盛世寒音"的写照。

　　其次，清淡的诗风是指其诗风具有清真平淡的特点。第一，所谓
"清"，指风格清新。李怀民《重订中晚唐诗主客图》奉张籍、贾岛为
"清真雅正主"与"清真僻苦主"，所谓"清"即谓此。《重订中晚唐诗
主客图·张籍传》言："（张籍）五言近体又皆劲健清雅，脱落尘想。"
《重订中晚唐诗主客图·王建传》言："（王建）字清意远，工于匠物。"
《重订中晚唐诗主客图·马戴传》言："体涩思苦，致极幽清，诚亦贾门之
高弟也。"其评点唐求《题郑处士隐居》："不信最清旷，及来愁已空"一
联按语云："刻清见骨。"② 怀民亦自谓其诗"颇能清"，皆可知其对诗歌清
新风格的追求。如其《山村》诗："山村望处好，翳翳起炊烟。江绕清见
石，山环高入天。人家寒树里，红薮夕阳边。隔水无由访，题诗记泊舟。"③
此诗写山村炊烟翳翳，江清见石，夕阳寒树如诗如画，描写得清新优美。

----

　　① （清）李怀民、李宪暠、李宪乔著，赵宝靖点校：《三李诗钞·三李诗话》，齐鲁书社2020
年版，第5页。

　　② （清）李怀民辑评，张耕点校：《重订中晚唐诗主客图》，中华书局2020年版，第2、69、
275、309页。

　　③ （清）李怀民、李宪暠、李宪乔著，赵宝靖点校：《三李诗钞·三李诗话》，齐鲁书社2020
年版，第78页。

诗人每望山村，便心头舒展，悠然神往，表现了其清闲幽居的生活意趣。
第二，所谓"真"，指写景抒情真切动人。《紫荆书屋诗话·批众家诗话》
中引王士禛诗论："盖文章以气为主，气以诚为主，故老杜谓之'诗史'
者，其大过人在诚实耳"，怀民于"诚"字下注云："一字千金"，并评
论曰："'诚实'二字正对'客气'，阮翁知此论，自是有见识。"① "诚"，
即"真"也。怀民《自题〈秋篓集〉》诗"无需问千载，会取此种真。"
一联亦明言其诗歌对写景抒情真诚动人的追求。其《重订中晚唐诗主客
图·李咸用传》评点李咸用《送从兄坤载》诗"别离当乱世，骨肉在他
乡"。一联云："情至味至，所以为水部派。"② 指出此诗表达了真切的情
感。《重订中晚唐诗主客图·郑谷传》评点郑谷《水轩》诗"读书老不
入，爱酒病还深"一联云："确。入情与张、贾同工。"③ 亦指出其诗抒情
真切动人的特征。其《岑溪悲叔白诗七首·望冈楼》："破除客闷此登楼，
叠叠云山无尽愁。逝者已含终古恨，病躯何事滞边州。"诗题小注云：
"望冈楼，岑邑北城楼也。叔白常醉楼上，其兴往往悲故乡云。"④ 此诗为
伤逝诗，望冈楼为诗人二弟叔白生前久驻北望思归之地。诗人复经旧地，
睹物思情，感叹与弟生离死别，叔白客死异乡，至死不能还乡，抱恨终
生也。此诗悼念亡弟，悲痛至极，仿佛叠叠重云也有无限哀愁，感人至
深。第三，所谓"平淡"，指诗歌语言质朴无华、平易流畅，较少使用典
故。怀民《观海集下》诗"雅道谁能好？希声淡过琴""淡味疑无趣，
寒吟似有悲"⑤，两句皆言其追求诗风的平淡，但是，他诗风的平淡，看
似简单平常，实则精心锤炼；看似平淡无奇，实则耐人寻味。正如清人

① （清）李怀民、李宪暠、李宪乔著，赵宝靖点校：《三李诗钞·三李诗话》，齐鲁书社2020年版，第348页。
② （清）李怀民辑评，张耕点校：《重订中晚唐诗主客图》，中华书局2020年版，第162页。
③ （清）李怀民辑评，张耕点校：《重订中晚唐诗主客图》，中华书局2020年版，第336页。
④ （清）李怀民、李宪暠、李宪乔著，赵宝靖点校：《三李诗钞·三李诗话》，齐鲁书社2020年版，第62页。
⑤ （清）李怀民、李宪暠、李宪乔著，赵宝靖点校：《三李诗钞·三李诗话》，齐鲁书社2020年版，第34、44页。

张维屏所言："其五言朴而腴，淡而永，苦思而不见痕迹，用力而归于自然。五字中含不尽之意，五字外有不尽之音。"① 正是指其诗寓丰富意蕴于平常话语之中的艺术特色。如其《泺口山寺》："鸟鸣石桥外，流水寺门关。秣马客方倦，扫阶僧自闲。烟松浮晓日，华殿倚秋山。聊可息尘念，胡为歧路间。"② 泺口位于济南城区北部，诗人此时来到省城当是与弟叔白一同参加乾隆三十九年（1774）的乡试，此诗是初到济南暂息泺口山寺之作。虽是写山寺的风景：流水、鸟鸣、烟松、华殿，但"客方倦"与"僧自闲"相对，不只是指诗人身体之疲惫，再结合"息尘念"三字，可知对于参试，诗人或许已不上心，对是否中举似乎已无所谓，偶或有悔考之意。清静幽美的风景当是对应诗人的萧闲之致与息机之心。可谓看似信手拈来，实则内涵丰富。

结　语

清代乾隆年间，是中国封建社会政治、经济、文化诸方面经过漫长沉淀之后而空前发展的一个高峰时代。就诗歌而言，地方性诗派的纷纷崛起、诗歌理论的全面繁荣，使清诗显得异常活跃与繁荣。盛世诗坛，主流诗风皆称颂太平景象，李怀民的经历和心态都是典型的布衣寒士类型，这使他的诗风很难与当时的主流诗风相趋同，故而其对当时诗坛的诗学、诗风进行深入反思，"自辟町畦，独标宗旨"，在众多的诗歌流派中独树一帜。其所倡导的"寒士诗"深受儒家诗教观念及地域文化影响，主张维护儒家诗学的正统色彩，强调诗歌的风雅气骨，使乾嘉诗风复归冷静、平实，具有独特的诗学价值。

（张怀金，青岛大学文学与新闻传播学院研究生）

---

① （清）张维屏：《国朝诗人征略初编》，明文书局1985年版，第419页。

② （清）李怀民、李宪暠、李宪乔著，赵宝靖点校：《三李诗钞·三李诗话》，齐鲁书社2020年版，第42页。

忧时悼俗，愤顽嫉邪："嘉靖八才子"任瀚诗歌探赜

尹明洁　周　潇

摘　要： 任瀚列名"嘉靖八才子"，是明代巴蜀地区最具代表性的文人之一，诗歌深得唐顺之、高叔嗣等时人的赞赏。任瀚诗歌惜多散佚，现存者以七言、歌行居多，在题材上属军事边塞、送别、题赠、怀古、咏怀五类。对边塞军旅的描绘、对权贵面目的揭露、对身世的叹恨和与友人的交游无不体现出任瀚忧时悼俗、愤顽嫉邪的情怀。在艺术方面，任瀚诗歌意象与典故丰赡，尤喜用汉代特别是边关典故，以古典言今事，采用印象式刻画，营造出悲凉清苦的情境。

关键词： 任瀚；嘉靖八才子；西蜀四大家

任瀚（1501？—1593？），字少海，号忠斋，自称五岳山人、无知居士，人称固陵先生，四川南充（今南充市）人。嘉靖元年（1522）举人，嘉靖八年（1529）登罗洪先榜进士，改庶吉士，未上，授吏部主事，屡迁考功郎中。嘉靖十八年（1539）因简官僚，改左春坊左司直兼翰林院检讨，十九年（1540）因拜疏引疾私自出郭，又语侵掌詹事霍韬，被勒为民，时年甫四十。后复官致仕。万历时刘思洁、曾省吾先后荐瀚，因时已年高，优旨报闻，终不复用。任瀚一生"清修方正""骨鲠自持"，

不能与权贵俯仰。《明史·任瀚传》云:"瀚少怀用世志,百家二氏之书,罔不搜讨。被废,益反求《六经》,阐明圣学。晚又潜心于《易》,深有所得。"①

任瀚曾与唐顺之、王慎中、李开先等肆力为诗文,有"嘉靖八才子"的美誉,后又与杨慎、赵贞吉、熊过并称"西蜀四大家"。深得唐顺之、高叔嗣等时人的赞赏。惜诗文散佚,传播不广,对其现存诗歌面貌和风格进行探析,对嘉靖文坛和嘉靖八才子的研究均有推进意义。

一 任瀚现存诗歌题材

任瀚一生勤于著述,作品宏富,但散佚颇多,早在明代王兆云编纂《皇明词林人物考》时就曾感叹任诗如"凤毛麟角"般难见,又经过明末的战火,留存下来的作品屈指可数,多散见于《盛明百家诗》、《蜀诗》和《南充县志》等总集方志中。

任瀚现存诗歌大致可分为五大题材:送别诗、咏怀诗、题赠诗、怀古诗和军事边塞诗。根据《盛明百家诗》《南充县志》《任少海集一卷》分类统计如表1。②

表1 　　　　　　　　　　任瀚诗歌分类统计

题材	数量	篇目
送别诗	10首	《五丁峡别衡昆》《留别岐州翟千户》《送华阳陈炼川》《雪山歌送严茂州》《缚月歌送田希古之湖南》《苍石行送杨子》《寄杨升庵》《□□□唐兴杨道人》《书乳碧泉送客》《送张镒张铎试礼节》

① （清）张廷玉等:《明史》卷二八七《任瀚传》,中华书局1974年版,第7371页。
② 黎春林、张祥春《任瀚著作存佚考》根据《南充县志》中所记录的任瀚著作情况,认为任瀚所著《春坊集》《钓台集》《河关留著集》《任诗逸草》《海鹤云巢对联》已佚,存世的《任文逸稿》,今存于台湾中研院傅斯年图书馆,《少海文集》今存于吉林大学图书馆。其他文献记载的任瀚著作《考功集》《吏部集》《忠斋集》等则无从考证(黎春林、张祥春:《任瀚著作存佚考》,《喀什师范学院学报》2004年第2期)。金生杨《任瀚著述新考》考证《春坊集》今仍流传于世,嘉靖二十四年(1545)跋刊,现藏于日本东京尊经阁文库,乃传世孤本,任瀚著述存佚情况详见此文(金生杨:《任瀚著述新考》,《蜀学》第九辑,巴蜀书社2015年版,第127—141页)。

续表

题材	数量	篇目
咏怀诗	16 首	《晚次阆州滕王台》《咸阳东楼望关》《元日禁城十八韵》《诸陵望幸》《陈使君招饮阆州王宫》《别林女雨》《抄夜抒怀》《病怀五首》《龙门寺》《秋江道人弹琴歌》《关中得庐北纪书》《远怀诗》《春野》《杂咏》《固陵避暑西使至简宋伯清都宪二首》《清泉山寺》
题赠诗	4 首	《梁园行赠友人》《题陈松谷少傅江楼》《题谢自然上升》《赠韩石溪起复赴京晋司空》
怀古诗	3 首	《邯郸姬》《业台》《诸葛山寺》
军事边塞诗	4 首	《入关示诸镇将帅三首》《坝底平》《闻边报》《宿州陈愚猛士歌》

　　任瀚现存诗歌中送别诗与咏怀诗数量较多。任瀚为嘉靖八年罗洪先榜进士，与同榜进士唐顺之、李开先、陈束、熊过、吕高等交好，时誉为"嘉靖八才子"。"嘉靖八才子"早期承续李梦阳、何景明为代表的复古派，又各因其文采名噪一时，因此任瀚于吏部与左春坊为官时自然同许多官员有酬唱赠答。同"嘉靖八才子"的其他成员一样，任瀚才高过人，性情耿直，讲究操守，不妄与人交，又重一己之意气，最终因不合时宜而被遣去。因此任瀚诗中常含自负愤懑，嘉靖十九年被遣后所作的诗中也常见忧国忧民的家国情怀。而其早期倾心易学和晚年融会三教的主张，更让其诗歌渗透出不同流俗、超脱飘逸的道家色彩。

二　忧时悼俗的情怀

　　任瀚在诗作中对嘉靖严峻的边关问题和黑暗的社会现实常怀愤世、忧国之心，各类题材诗作中常流露出对社会现实的不满，也有个人抱负不能实现的悲凉。欧阳德在《任宫坊集序》中评其诗为"忧时悼俗，愤顽嫉邪"①。

（一）对明代边塞军旅的描绘

　　任瀚军事边塞题材之作，有颇效唐人高岑边塞诗之感，既表达了对

---

① （明）张时彻：《明文范》卷二四，《四库全书存目丛书》集部第 302 册，齐鲁书社 1997 年版，第 674 页。

边关的担忧和期望建功立业而又功成身退的个人英雄主义情怀，也对边
关凄凉萧瑟、将士怀乡的情感有所描写。

自土木之变后，明朝遭受了自开国以来最严重的军事政治危机，对
蒙古的民族政策也由前期的主动进攻转变为被动防御。而嘉靖皇帝民族
偏见颇深、顽固奉行闭关绝贡政策又使鞑靼频犯中原，外患日益深重。
据俞宪《盛明百家诗·任少海集》："昔者，唐荆川数向予言其人并及其
诗。今刻二十余首，实从荆川抄本得之。嘉靖甲子夏无锡余宪识。"①　嘉
靖甲子为嘉靖四十三年（1564），因此唐顺之抄本所辑录的任瀚诗歌应为
任瀚在嘉靖四十三年之前所作。特别是任瀚四首军事边塞诗同在唐顺之
抄本中，可以推测唐顺之对边塞问题的关注和对任瀚军事边塞诗的肯定。

《入关示诸镇将帅》中，任瀚用三首诗分别记录了一举破敌的愿望，
战前庄严肃整的准备和对军队获小胜的洋洋自得，不能乘胜追击的失望
愤慨。其"铜柱高标限百蛮""九边形胜依秦陇，百二河山枕汉关"极言
边塞地势险要，"都护未收龙头镇，将军好破月支还"希望能够一举破
敌，情绪高昂；"总戎河朔推司马，关塞水霜正誓师""御户昆吾万骑
来，潼关沙苑两宫回"，经过庄严整肃的准备，战争获得阶段性胜利。
任瀚用三首诗记录了战争的不同阶段，"冯翊寝园留冒顿，明光宫阙奉
燕支""已闻破敌飞狐岭，复道观兵戏马台"，匈奴早已深入重镇核心，
官兵却驰马取乐，任瀚用大量汉典言今事，借此警示诸镇将帅这种自上
而下消极萎靡的态度正是边防问题屡禁不止的重要原因。"万户捣衣深
夜月，九回肠断望旌旗"②，而在战乱频仍之外，士卒也只能在深夜月
色中思乡肠断。任瀚始终心系边关，早在嘉靖八年参加殿试时，任瀚就
曾在《乙丑廷试策》中揭露夷狄之患的根源，并指出防治之法。任瀚
被废后，曾在嘉靖四十年前后出游到河洛崤函一带，此时正值边关问题

---

① （明）俞宪：《盛明百家诗》，《四库全书存目丛书》集部第306册，齐鲁书社1997年
版，第89页。
② （明）俞宪：《盛明百家诗》，《四库全书存目丛书》集部第306册，齐鲁书社1997年
版，第91—92页。

严峻之时，任瀚极有可能在亲眼所见与亲身体验中，被蒙古对中原的侵犯触动。

（二）对明中叶权贵面目的揭露

嘉靖帝专事修醮，祈求长生，长期不理朝政，但他却通过残酷待下，故意纵容朝臣之间的派系斗争来巩固自己的统治。而在朝中，前有宦官刘瑾，后有权臣严嵩，他们阴险贪婪，结党营私，排除异己，助纣为虐，倒行逆施。

任瀚早年性情同唐顺之"狷介孑特"，对权贵骄奢淫逸、贪婪丑陋的面目嗤之以鼻，如《元日禁城十八韵》"才人矜六博，贵主狎长斜。狗监通侯第，鸡阉内寺家。金铺明屈戌，宝胜照流霞。斗舞文姬妙，征歌小玉嘉"，才人贵主对弈弹棋，胸无点墨，贪得无厌的狗监仕途顺风顺水。元日禁城期间，皇宫内外流光溢彩、歌舞升平。"陈人藉灵宠，弭节奋幽遐"，"邹枚专代草，房魏并宣麻"①，只有结交佞幸之人才能够平步青云，作者想象善于才辩之事的邹阳、枚乘和敢于直谏的房玄龄、魏徵那样，但面对黑白颠倒的世事，任瀚空有一腔报国之志却只能自比由秦入汉的东陵侯，弭节幽遐，青门种瓜。

（三）书写个人遭际与胸怀

任瀚"少有用世之志，凡百家二氏之言罔不搜讨"②，进士及第后，"初从翰林，改吏部考功大夫，骨鲠自持，不与权贵人通关节，其考察去者多势力门下人，或尝先事以姓名相请托者，一切皆罢去不问，以故权门多按剑疾之"③。明中叶各政治势力拉帮结派、盘根错节，败坏吏治，

---

① （明）俞宪：《盛明百家诗》，《四库全书存目丛书》集部第 306 册，齐鲁书社 1997 年版，第 89 页。
② （清）张廷玉等：《明史》卷二八七《任瀚传》，中华书局 1974 年版，第 7371 页。
③ （清）袁凤孙修，陈榕等纂：《南充县志·艺文志》卷五《刻任少海稿序》，清嘉庆十八年刻本。

任瀚正直耿介，多忤权贵，故常以病辞，但这种高尚的品质与节操并没有得到赏识，反而在嘉靖十八年改左春坊左司直兼翰林院检讨，从正五品降为从六品，这对任瀚无疑是一次沉重的打击。嘉靖十五年，任瀚任吏部考功郎中时，就因不与权贵同流合污而称病以求解职，但由于甬川学士张邦奇相劝，勉强留任。本想凭借报国热血和拒不媚世的正直一改明中叶考课废弛、赏罚不明的政治状况，却暗遭贬谪。

《邯郸姬》中，任瀚以邯郸姬自比，"十四理红妆，十五侍王昌。王昌古荡子，转战出河阳。舞袖闲春绮，歌钟虚夜堂。不落平原宠，空今文信伤"①。邯郸姬短暂受宠又被抛弃悲哀的人生何尝不是任瀚十年仕宦浮沉的写照，"宫酒忆沾元夕宴"②（《春野》），任瀚也时常回忆居庙堂之上的生活，但"时运既苦促，谁免年鬓侵"③（《杪夜书怀》），曾经因世宗御批其殿试试卷，任瀚蜚声海内，但时运不济，韶华不再。《关中得庐北纪书》末句任瀚称"肺病早留丹井在，早衰应羡门期"④，可以推断任瀚可能身体状况不佳，为了治疗肺病习道家炼丹术。身体的病痛与精神的惆怅使任瀚在《病怀五首》中愈加感慨，杪秋、萧森、别馆砧声、严城寒气、天寒鸿雁悲凉情景之下，任瀚叹恨自己的一生"从军金甲敝，归钓水云残。缺计洗兵马，伤心行路难"，从军仕宦与归隐山林一"敝"一"残"，未能结束连年战乱，伤心处世不易，只好"还持石函记，勾漏访丹砂"，逃遁到道教中避世，但在诗歌末尾作者仍坚定"还当御黄鹄，息景紫薇宸"⑤，虽然叹恨身世遭际，依然选择保全高洁的志向，处江湖之远而忧其君。

---

① （明）俞宪：《盛明百家诗》，《四库全书存目丛书》集部第306册，齐鲁书社1997年版，第91页。

② （清）费经虞：《蜀诗》第一册卷三，清道光十三年鹅溪孙氏古棠书屋刻本。

③ （清）费经虞：《蜀诗》第一册卷三，清道光十三年鹅溪孙氏古棠书屋刻本。

④ （明）俞宪：《盛明百家诗》，《四库全书存目丛书》集部第306册，齐鲁书社1997年版，第91页。

⑤ （明）俞宪：《盛明百家诗》，《四库全书存目丛书》集部第306册，齐鲁书社1997年版，第90页。

（四）展现与友人的交游之情

任瀚十年仕宦浮沉，留存了大量送别赠答诗，其中有送别朋友的依依不舍，"后会知谁先白发，清时劳汝问沧州"① （《五丁峡别衡昆》），与田希古十年为伴，江湖浮沉，如今分别却近在眼前，无奈感叹"月行不可缚，君行那可留"② （《缚月歌送田希古之湖南》）；也有对朋友的勉励与鼓舞，《雪山歌送严茂州》中"君能提剑拔犟汉，直取中原万户侯"，"功勋史策万年留"③，希望好友奋勇杀敌，立功凯旋，《梁园行赠友人》中，"君行好丑絮社稷，济世反复思陶君"④，勉励友人以天下为己任，保有济世之志，但在这些友情诗中，任瀚勉励友人，更多的是自勉，寄托任瀚个人的豪情，"老去自吹秦觱篥，西征曾比汉嫖姚"⑤ （《留别岐州翟千户》），"少傅邀我江楼坐，酒酣脚踏沧江破。捕得水龙骑天上，夺取元珠斗来大"⑥ （《题陈松谷少傅江楼》）。自比骠骑将军，抑或想象上天骑龙，都难以掩饰其内心深处渴望与建功立业发生关联。

"瀚家三世业儒，直为取仕进，行义明志，非求隐逸"⑦，但任瀚并非绝意仕途，虽居江湖之远，仍与众多政坛好友交游，但绝不结交权贵，因此"前后经中外荐刻者三十余疏，凡以高明见忌，孤介难容，终于世，圆方不相入，不能用也"⑧，终世宗朝，几经举荐，都因其难以随圆就方，

---

① （清）费经虞：《蜀诗》第一册卷三，清道光十三年鹅溪孙氏古棠书屋刻本。
② （明）俞宪：《盛明百家诗》，《四库全书存目丛书》集部第306册，齐鲁书社1997年版，第90页。
③ （清）费经虞：《蜀诗》第一册卷三，清道光十三年鹅溪孙氏古棠书屋刻本。
④ （明）俞宪：《盛明百家诗》，《四库全书存目丛书》集部第306册，齐鲁书社1997年版，第90—91页。
⑤ （明）俞宪：《盛明百家诗》，《四库全书存目丛书》集部第306册，齐鲁书社1997年版，第91页。
⑥ （清）袁凤孙修，陈榕等纂：《南充县志·艺文志》卷四，清嘉庆十八年刻本。
⑦ （清）袁凤孙修，陈榕等纂：《南充县志·艺文志》卷五《复渭崖霍詹事书》，清嘉庆十八年刻本。
⑧ （清）袁凤孙修，陈榕等纂：《南充县志·艺文志》卷五《刻任少海稿序》，清嘉庆十八年刻本。

终不被用。任瀚曾在被遣后寄诗杨慎："萧条别馆君为客，寂寞荒村我闭关。鹦鹉洲前空作赋，凤凰池上几时还。羁身万里栖滇海，归梦三更到蜀山。此地断金俱白发，往游倾盖正红颜。"①（《寄杨升庵》）句句难掩叹恨身世，怀念往昔之感。而杨慎在《寄宫坊太史任少海》也赞美任瀚不留恋锦衣玉食，志向高洁，"东南孔雀飞何远，西北高楼云自浮"②，语虽赞扬，实为劝慰。这两首诗虽不能明确时间先后，但任瀚在愤懑难平时能够向杨慎倾吐，可见二人交情甚笃。唐顺之与任瀚为同年进士，在明代同年之间情谊颇深。唐在《寄任少海》中怀念与任瀚尊酒论文的岁月，"帝京冠盖同游日，曾忝声名李杜齐。壁树不堪思远道，彩毫何意睹新题。书传剑阁鸿犹阻，月满燕关鹊未栖。尊酒论文那更得，暮云回首雪峰西"③。将任瀚与盛唐李白、杜甫相提并论不免有过誉之嫌。任瀚的诗文同样也得到康海的高度赞誉，在《赠任主事少海》中康海称："琼瑰射人目，殊会杳今昔。再拜睹瑶章，炳灿照光宅。叹君英妙时，沐此滂沛泽。宛如闻都俞，依稀见金石。"④此诗应作于嘉靖十年（1531）任瀚转工部主事后，此时的任瀚因刚刚步入仕途，踌躇满志。康海作此诗显然有恭维客套之谊，但从侧面也能够看出任瀚在当时文坛的重要地位与影响。

三　奋激与悲凉的情感抒发

任瀚诗歌以七律、歌行见长，在现可见作品中，只有少数几首抒怀诗为五言。任瀚诗文在当时即受赞誉，俞宪曰："唐荆川数向予言其人并其诗。"⑤唐顺之也曾有任集的抄本，并称赞其诗"帝京冠盖同游日，曾

---

① （清）袁凤孙修，陈榕等纂：《南充县志·艺文志》卷四，清嘉庆十八年刻本。

② （清）袁凤孙修，陈榕等纂：《南充县志·艺文志》卷四，清嘉庆十八年刻本。

③ （明）唐顺之：《荆川集》，《文渊阁四库全书》第1276册，上海古籍出版社1987年版，第202—203页。

④ （明）康海：《对山集》卷二，《四库全书存目丛书》集部第52册，齐鲁书社1997年版，第290页。

⑤ （明）俞宪：《盛明百家诗》，《四库全书存目丛书》集部第306册，齐鲁书社1997年版，第89页。

忝声名李杜齐"①（《寄任少海》）。嘉靖十四年（1535），高叔嗣曾将任瀚与李杜相提并论："夫李白有诗人之才而无诗人之识，杜甫有诗人之识而无诗人之度，故言匪世法，动迕于时。余观先生雍容谦和，声华益远，制行以周孔为师，陈词与诗书比轨，不激而高，不刻而工。"② 其中未免有过誉的成分，但这也从侧面表现出任瀚在当时的影响力。

欧阳德评价任瀚及其诗云"其志矫，故其行狷，其词隘"③，"狭者，隘也"④，可谓精到。任瀚诗歌用典颇丰，意象悲凉，尤喜用汉代典故，情感奋激处又能真情流露、直抒胸臆，隐晦与直接的感情交互错杂，动人心弦。

（一）丰赡的意象与用典

1. 军事意象与典故

"胡床""鼓角""丝管""戎马""戍楼"，西域边关的意象在任瀚诗中随处可见。"西征曾比汉嫖姚"⑤（《留别岐州翟千户》）、"嫖姚剑拂花"⑥（《元日禁城十八韵》）、"生夺班超虎头印"⑦（《宿州陈愚猛士歌》），霍去病与班超都曾大败匈奴，荣立赫赫战功，其在任瀚诗歌中反复出现，彰显自身雄心壮志和希望靖略边关的决心志向远大而难以施展。特别是对于大漠边关的景色描写，"漏下寒关鼓角雄，秋清丝管郡楼风"⑧

---

①　（明）唐顺之：《荆川集》，《文渊阁四库全书》第1276册，上海古籍出版社1987年版，第202—203页。

②　（明）高叔嗣：《任吏部集序》，《文渊阁四库全书》第1273册，上海古籍出版社1987年版，第621—622页。

③　（明）张时彻：《明文范》卷二四《任宫坊集序》，《四库全书存目丛书》集部第302册，齐鲁书社1997年版，第675页。

④　（汉）许慎著，汤可敬译注：《说文解字》，中华书局2018年版，第3133页。

⑤　（明）俞宪：《盛明百家诗》，《四库全书存目丛书》集部第306册，齐鲁书社1997年版，第90页。

⑥　（明）俞宪：《盛明百家诗》，《四库全书存目丛书》集部第306册，齐鲁书社1997年版，第89页。

⑦　（明）俞宪：《盛明百家诗》，《四库全书存目丛书》集部第306册，齐鲁书社1997年版，第90页。

⑧　（明）俞宪：《盛明百家诗》，《四库全书存目丛书》集部第306册，齐鲁书社1997年版，第92页。

（《咸阳东楼望关》），"腥风西吹酒泉郡，胡沙犯月三重晕"①（《宿州陈愚猛士歌》），"雪山风严寒刺骨，绳州城下鬼夜哭"②（《雪山歌送严茂州》），寥寥数笔勾勒出边塞风严骨寒、胡沙漫天的萧瑟景象，令人读之立生寒意。

在《坝底平》中，坝底作为明代设立的地名，位于河北省承德市隆化县，北接蒙古鞑靼部族。任瀚描写坝底之战胜利却通篇使用汉代的意象典故。"招摇指舆鬼，星弧怒天狼"③，"星弧射狼"出自《史记》卷二七《天官书》："其东有大星曰狼。狼角变色，多盗贼。下有四星曰弧，直狼。"④裴骃集解曰："弧九星，在狼东南，天之弓也。以伐叛怀远，又主备贼盗之知奸邪者。弧矢向狼动移，多盗。"⑤任瀚用星宿起兴，言出师征讨。"大将肃鞬鍪，银鞯紫游缰。鐎斗三四鸣，数进七郡良。"⑥鞬鍪、银鞯、游缰、鐎斗，作者用军事意象概括出军队严阵以待。最终战争取得胜利，"遮道留嫖姚，终古绥夷荒"⑦，"遮道"出自汉代骠骑将军寇恂的典故，《后汉书》卷一六《邓寇列传·寇恂》："百姓遮道曰：'愿从陛下复借寇君一年。'乃留恂长社，镇抚吏人，受纳余降。"⑧任瀚希望边境在英勇大将的治理下永保安定。

2. 失意文人的典故

任瀚一生骨鲠自持，嘉靖十四年任瀚刚任吏部员外郎不久，费宏再相，费宏向时任吏部员外郎林春晚要求进善文者，林春晚以任瀚、李开

---

① （明）俞宪：《盛明百家诗》，《四库全书存目丛书》集部第 306 册，齐鲁书社 1997 年版，第 90 页。

② （清）费经虞：《蜀诗》第一册卷三，清道光十三年鹅溪孙氏古棠书屋刻本。

③ （明）俞宪：《盛明百家诗》，《四库全书存目丛书》集部第 306 册，齐鲁书社 1997 年版，第 90 页。

④ （汉）司马迁：《史记》，中华书局 1982 年版，第 1306 页。

⑤ （汉）司马迁：《史记》，中华书局 1982 年版，第 1308 页。

⑥ （明）俞宪：《盛明百家诗》，《四库全书存目丛书》集部第 306 册，齐鲁书社 1997 年版，第 90 页。

⑦ （明）俞宪：《盛明百家诗》，《四库全书存目丛书》集部第 306 册，齐鲁书社 1997 年版，第 90 页。

⑧ （南朝宋）范晔撰，（唐）李贤等注：《后汉书》卷一六《邓寇列传·寇恂》，中华书局 2000 年版，第 625 页。

先对，两次未果。① 嘉靖十八年，简官僚，任瀚改任东宫。可见，任瀚虽受赏识，但始终未能仕进，因此诗中多见汉代失意文人的典故。如在《留别岐州翟千户》中，"宣室难容贾谊朝"②，文帝即使想念贾谊也不过是"不问苍生问鬼神"，并未再次委以贾谊重任；在《关中得庐北纪书》中，"庾信飘零知遇少"③，任瀚自比庾信，虽隐居山林，从学者甚众，多次被中外荐举，却仍不复用；《远怀诗》中，又自比"东观老儒文字尽"，悲哀于"螟蝗世难江乡遍"中"空有英雄憔悴在"④。

3. 归隐意象与典故

任瀚被遣后所作诗中"玉壶抱冰心，清华谅难歇"，"柴门昨寄书，空山长薇薇"⑤（《别林女雨》），"寻真远溯蓬莱流，微闻海客谈瀛洲"⑥（《送华阳陈炼川》），多出现玉壶、采薇、蓬莱等归隐意象。其隐居于家乡栖霞洞，题其户曰："庞德公衣挂汉江云，已知身在风尘表；鲁仲连脚踏沧海水，何用名垂天地间。"⑦ 庞德公拒绝刘表延请，与其妻登鹿门山，采药不返，齐人鲁仲连长于谋略，不肯做官，归隐东海。任瀚以庞德公、鲁仲连清高自比，才识高绝却不留恋世俗功名利禄，高风亮节。"青门旧种瓜""草《玄》或不愧，音赏赖侯芭"⑧"扫破愁云望人都，杜陵扬雄今有无"⑨，任瀚又曾在《元日禁城十八韵》和《书乳碧泉送客》中，引汉初东陵侯召平青门种瓜和扬雄淡于势利，作《太玄》来抒发自己对黑

---

① （明）李开先：《李中麓闲居集》卷九《湖东费相国传》，《四库全书存目丛书》集部第93 册，齐鲁书社1997 年版，第96—102 页。
② （明）俞宪：《盛明百家诗》，《四库全书存目丛书》集部第306 册，齐鲁书社1997 年版，第91 页。
③ （明）俞宪：《盛明百家诗》，《四库全书存目丛书》集部第306 册，齐鲁书社1997 年版，第91 页。
④ （清）费经虞：《蜀诗》第一册卷三，清道光十三年鹅溪孙氏古棠书屋刻本。
⑤ （清）费经虞：《蜀诗》第一册卷三，清道光十三年鹅溪孙氏古棠书屋刻本。
⑥ （清）费经虞：《蜀诗》第一册卷三，清道光十三年鹅溪孙氏古棠书屋刻本。
⑦ （清）袁凤孙修，陈榕等纂：《南充县志·艺文志》卷五《刻任少海稿序》，清嘉庆十八年刻本。
⑧ （明）俞宪：《盛明百家诗》，《四库全书存目丛书》集部第306 册，齐鲁书社1997 年版，第89 页。
⑨ （清）袁凤孙修，陈榕等纂：《南充县志·艺文志》卷四，清嘉庆十八年刻本。

暗政治的不满，淡于势利，成就留待后人赏识。清人费经虞在所编《蜀诗》中收录了任瀚18首诗作，多为任瀚隐居于家时所作，与任瀚早期慷慨沉郁的诗风有所不同，这一时期的诗歌多交织着年病苦促的悲凉与仕途蹭蹬的无奈，自我劝慰与老当益壮的情感交互错杂，凸显了任瀚身隐心难隐的矛盾与落寞。王九德在《附原刻任少海稿序》称任瀚"嘉陵江上有山田数亩，钓台一区，不足资口食，而先生惟日坐草庐中弹琴著书，澹然忘老"①，在嘉陵江边著书讲学，这种悠然自得的心境正是其穷且益坚精神的外化体现。

4. 道教意象及典故

任瀚诗（特别是晚年的作品）中充斥着大量道教意象及典故。嘉靖时期，各种思想多样并存，甚至世宗也沉迷道教。以唐顺之为首的嘉靖八才子，他们的思想较杂，有程朱、阳明，也有庄、禅，其中有不少人晚年的思想都受到庄子的影响，这也帮助他们渡过了艰难的心路。任瀚也不例外，嘉靖十八年，任瀚改任左春坊左司直兼翰林院检讨，闲暇之余大量阅读易学诸书，把阐明易学作为自己的职责，晚年"反求六经"，潜心于易，结交道士，对道家有深入研究，其易学本体论即带有鲜明的道家道教色彩。钱谦益在《列朝诗集》中称"少海入青城山遇异人，授鸿宝修炼秘法，家故贫，盘盂盆盎皆点化汞银，为之灿然满堂，虽陶猗不是过也……至今蜀人谈玄怪者，皆本任氏熊氏"②。蔡汝楠称"坐转金丹不老身，水晶宫里驻芳春。谁言学士焚鱼早，还道青山不负人"③。可见任瀚致仕以后还习丹道。

《别林女雨》中"古有王子乔，飞仙振寥廓。尘缨厌世鞅，所思在五岳"④，王子乔于修炼三十年后，飞升而去；《秋江道人弹琴歌》中"待

---

① （清）袁凤孙修，陈榕等纂：《南充县志·艺文志》卷五《刻任少海稿序》，清嘉庆十八年刻本。

② （清）钱谦益：《列朝诗集小传》丁集上《任司直瀚》，上海古籍出版社1983年版，第376页。

③ （明）蔡汝楠：《自知堂集》卷二〇《致翰林任固陵先生》，《四库全书存目丛书》集部第97册，齐鲁书社1997年版，第705页。

④ （清）费经虞：《蜀诗》第一册卷三，清道光十三年鹅溪孙氏古棠书屋刻本。

儿有麻姑，似言此是王方平"，在道教的神仙体系中长寿之神的女性神是麻姑，葛洪《神仙传》称其为仙人王方平的妹妹，沧海桑田，"别去人间五百载，来过洛阳宫殿改"；① 《送华阳陈炼川》中写仙人陈虎丘"仙年不少亦不老，岁耕青霞种瑶草"，"人间已过三千霜，上界霓裳听未了。神霄夜冷风霜粗，明星陨地生白榆。辉辉一粒照八表，饵之可以升元都"，作者极言仙界之玄虚与神秘，"起骑黄鹤入青冥，世上功名付屠狗"，② 与其贪恋人间功名，不如食一粒白榆飞升玄都。这是任瀚对社会现实进行了深刻审视与反思的结果，也是对现实无奈的逃遁与反抗。

这种丰赡的意象与用典背后，究其原因，一方面由于任瀚祖茔位于清泉山，汉故城所在地正位于清泉山边的清泉坝五里店，因此从地理溯源上，任瀚自然与汉代有着密切的情感联结；另一方面，嘉靖时期文网甚严又对士大夫严法重刑，因此当时的士大夫言语文字都十分谨慎，特别是八才子或放或死，使任瀚感到"今世文禁方严，所志莫不按剑决眦以待，盖自获麟后，文章之不幸未有甚于南渡与今日者"③，因此用古典隐晦地抒发忧国忧民与愤懑之情，无疑不是一种韬晦自保的做法。另外，陈田在《明诗纪事》中"按少海诗音节抗朗，在嘉靖八子中自为一派，与前后七子略近"④，嘉靖八才子为矫前七子剿袭雷同之流弊，诗学六朝初唐，宗尚绮靡诗风，朱彝尊《静志居诗话》云："明三百年诗凡屡变……弘、正间，三变为盛唐，嘉靖初，八才子四变为初唐，皇甫兄弟五变为中唐，至七才子已六变也。"⑤ 后受阳明心学的影响，唐顺之等人诗风又转向主观精神的自由表现。在此过程中，任瀚始终宗法复古派诗必汉魏盛唐的观念，大量引用古典，即使是后期飘逸超脱的道教诗歌中，

① （清）费经虞：《蜀诗》第一册卷三，清道光十三年鹅溪孙氏古棠书屋刻本。
② （清）费经虞：《蜀诗》第一册卷三，清道光十三年鹅溪孙氏古棠书屋刻本。
③ （明）凌迪知：《名公翰藻》卷一六，《四库全书存目丛书》集部第313册，齐鲁书社1997年版，第520页。
④ （清）陈田辑撰：《明诗纪事》卷九，上海古籍出版社1993年版，第1542页。
⑤ （清）朱彝尊：《静志居诗话》卷二一《曹学佺》，人民文学出版社1990年版，第636页。

也音节抗朗，孤高自立，使任瀚诗歌创作独具特色。

（二）悲凉清苦情境的印象式表达

不论是失意文人贾谊、庾信，汉代意象骠骑将军都护，还是取自《史记》《汉书》等汉代著作的典故，任瀚诗中多用汉代意象与典故，以古典言今事，这就使任瀚在诗歌创作中由此时此景触发，模糊具体事件，以抒发个体情感为主，形成一种印象式表达的特点。

由于任瀚诗中多用边关与道家隐逸超脱意象，因此其诗歌意境大多悲凉清苦，情感色彩凝重沉郁。他时常追忆汉代大破匈奴的雄风，抒发自己的愤世忧国之情，这使其诗作在雄壮之风外，蒙上一层悲凉哀切的情感色彩。这种悲凉首先体现在壮志未酬与归隐山林的矛盾中，在《咸阳东楼望关》中，听到寒关鼓角丝管的声音，还是唤起了任瀚对于朝堂的思绪，但此时他已不在官位，只能暗自感叹"身世留连双凤阙，乾坤衰晚一渔翁"①。身世留连是因为壮志未酬，性格清修自持又使他只能选择居远庙堂，冷峻的现实和身世遭际使这种悲凉空漠的情感弥漫于几乎所有诗作之中。任瀚《别林女雨》与唐顺之《潞河别林汝雨提学浙江》中的主人公应为同一人——林女（汝）雨，唐顺之在诗中对友人的才华志向大加赞誉，"君去会稽何日到，诸生湖上待花骢。定因立雪知游酢，不独传经似马融"②。唐顺之运用北宋理学家游酢的典故，表明林（汝）女雨实现志向的决心，情感高昂激越。而任瀚诗中，高洁的友人终于远离了萧索世事，只是一片冰心难以栖托，"念予遗世姿，行去焉栖托。杜蘅与江蓠，芳馨远萧索。玉壶抱冰心，清华谅难歇"③。显然，任瀚诗歌较唐诗情感低回清苦。

任瀚这种悲凉凝重在出世与入世矛盾背后，实则是对权臣当道的愤恨和对国家生民的担忧。在这些作品中，作者直抒胸臆，感情充沛，无

---

① （清）陈田辑撰：《明诗纪事》卷九，上海古籍出版社1993年版，第1542页。

② （明）唐顺之：《荆川集》，《文渊阁四库全书》第1276册，上海古籍出版社1987年版，第201页。

③ （清）费经虞：《蜀诗》第一册卷三，清道光十三年鹅溪孙氏古棠书屋刻本。

一不反映了其受到重大打击而处于人生谷底的挣扎抗争状态，充满了对不平命运的控诉和对那些媚上狗监的嘲讽，因而具有强烈的感染力。"才人矜六博，贵主狎长斜。狗监通侯第，鸡阁内寺家。"①（《元日禁城十八韵》）倒行逆施的狗监能官居高位，正直的高洁之士却报国无门。因才识高妙，任瀚"宠眷甚渥"，却"为当国者所忌"，不禁控诉"世上功名付屠狗"②（《送华阳陈炼川》）。在《留别岐州翟千户》中，任瀚怒斥朝廷中权臣当道，正直不容，但自己即使处江湖之远，也会"自吹秦觱篥"，不改如西汉嫖姚将军霍去病的雄心气魄和孤直耿介的节操。

结　语

任瀚一生正直磊落、清修自持，无论是在朝为官还是隐居于乡，都时刻保持其道德操守，不与权贵同流合污。其军事、怀古咏怀、题别赠答等诗歌，情感或高昂激越，或委婉蕴藉，无一不是围绕忧国忧民，壮志难酬抒发。而其"生不媚世以取用，没亦不以文媚人而衍其用"③，是对世事的无情嘲笑，对志向的至死坚守和任情天地的真正超脱。

（尹明洁，青岛大学文学与新闻传播学院研究生；周潇，青岛大学文学与新闻传播学院教授）

---

① （明）俞宪：《盛明百家诗》，《四库全书存目丛书》集部第 306 册，齐鲁书社 1996 年版，第 89 页。

② （清）费经虞：《蜀诗》第一册卷三，清道光十三年鹅溪孙氏古棠书屋刻本。

③ （清）袁凤孙修，陈榕等纂：《南充县志·艺文志》卷五《任少海文集序》，清嘉庆十八年刻本。

后　记

　　《古代文学与文化研究论集》是青岛大学文学院古代文学教研室与山东省高等学校青创人才引育计划团队"中国语言文学研究创新团队"共同编著的学术论文集，旨在挖掘和传承中国古代文学艺术、典籍文献、文化名人、哲人思想及相关领域的传统文化知识。本论集力求立足于学科前沿，既注重在基本文献的整理与考据下发现新问题、探索新认知，也注重对前人研究成果重新进行思考与总结，强调的是学术性与可读性的统一。

　　本论集共选取论文10篇，研究范畴贯穿于整个中国古代，其中有对早期诗歌、音乐及二者间关系方面的整理与研究，有对早期诗歌作者真伪问题的重新思考，有对六朝文人借鉴传承前代诗歌艺术方面的探析，有对北朝乐府歌诗的创作与表演进行的专门研究，有对唐代名人散文编集与版本流传的考辨，有对明清时期的戏曲演变、文学思潮、诗人诗派等方面的梳理与考证，等等，希望这些文章能够给读者提供一些传统文化方面的新知识，也能够给相关研究者带来一定的启发。

　　论集中的学术论文有的是中青年学者的研究成果，有的由古代文学专业的研究生与中青年学者合作完成，还有相当一部分是研究生在老师的指导下独立完成的。之所以这样编排，是因为本论集编著的一个重要目的就是提携、培育学术新人。也许在目前层出不穷的学术论著中，这本论文集只不过是沧海一粟，甚至很快会湮没无闻，但是对于培育新人来说，过程或许比结果更为重要。所以，希望借助结撰此类论文集的契机，增强古代文学与文化爱好者持续从事科学研究的能力和信心，进而在前辈的引领下造就出一批愿意为学术献身的继任者。当然，限于能力和水平，论文集中部分学者（尤其是研究生）的成果中，难免会有诸类问题或不足之处存在，希望得到各位方家的批评指正。另外，本论集的出版得到了山东省高等学校青创人才引育计划团队"中国语言文学研究创新团队"的经费支持，在此一并致谢。

孙立涛

2022 年 5 月 20 日